Le Livre de Poche Jeunesse

Surf Sisters

Michelle Dalton

Après avoir grandi à Atlanta, Michelle Dalton fait ses études à l'Université du Michigan où elle suit des cours de psychologie et de littérature. Elle écrit pendant deux ans dans le journal de l'université avant de se lancer dans le journalisme. Elle commence en parallèle sa carrière d'écrivain en 1999, à laquelle elle finit par se consacrer pleinement.

Du même auteur

- 15 ans
- L'été de mes 16 ans

MICHELLE DALTON

Surf Sisters

Traduit de l'anglais (États-Unis)
par Alice Marchand

Titre original :
PULLED UNDER
(Première publication : Simon Pulse, an imprint of Simon & Schuster
Children's Publishing Division, New York, 2014)

Pour Carey et Terry,
qui m'ont emmenée sur la promenade du front de mer
et m'ont fait découvrir la plage.

Juin

Les questions difficiles, il en existe de toutes les sortes. Il y a les grandes questions philosophiques du genre : « Quel est le sens de la vie ? » et les petites questions personnelles du genre : « Comment savoir si on est vraiment amoureuse ? » Il y a aussi les questions sournoises (oui, je parle de vous, madame Perkins) du genre : « Pour l'équation quadratique qui n'a qu'une seule solution, quelle est la valeur de C ? » Mais, parmi toutes les questions du monde, il y en a une qui se distingue. La plus difficile de toutes.

« Est-ce que j'ai l'air grosse avec ce maillot de bain ? »

Si on vous l'a déjà posée, vous savez de quoi je parle. Vous ne pouvez pas répondre « Non, mais de toute façon, tu as un gros cul ». Et vous ne pouvez pas non plus répondre « Oh, pas du tout, il est superbe. Il faut absolument que tu le portes sur la plage, là où tous les mecs que tu connais te verront. » Vous devez trouver un compromis subtil entre l'honnêteté et la gentillesse.

Je le sais parce qu'on me la pose sans arrêt, cette

question. Le week-end et l'été, je travaille chez Surf Sisters, une boutique de surf de Pearl Beach, en Floride, où les femmes qui vous demandent si tel ou tel maillot leur va bien sont légion. (Ou, comme dirait mon père, « reviennent aussi souvent que les vagues ». Je sais. Les pères.)

D'après mon expérience, une grande majorité de celles qui posent cette question connaissent déjà la réponse. Je compte dans ce groupe les filles canon qui posent la question juste pour qu'on leur répète qu'elles sont canon. Avec celles-là, je me contente de hausser les épaules et de répondre : « Il ne te donne pas l'air grosse, mais il a un effet un peu bizarre sur ta poitrine. » Quand on emploie les mots « bizarre » et « poitrine » dans la même phrase, elles ne reposent plus la question, en général.

Cependant, la plupart des filles me la posent parce qu'elles ont conscience que ce maillot de bain ne leur va pas, même si elles ne savent pas trop pourquoi. C'est le cas de la fille qui vient de me la poser. Elle veut juste avoir la meilleure allure possible et se sentir bien dans sa peau. Malheureusement, c'est impossible avec le bikini qu'elle est en train d'essayer. Je commence par l'aider à s'en débarrasser en avançant des raisons qui n'ont aucun rapport avec *elle* :

– Je trouve qu'il te va bien, mais je n'aime pas trop ce qu'il devient quand il est mouillé, ce maillot. Il se déforme et il fait un peu crado.

– Ouh là, fait-elle. Mauvais plan.

Je devine qu'elle est soulagée d'avoir une excuse pour

l'enlever, alors je décide de m'aventurer un peu plus loin dans les eaux de la sincérité.

– Et puis pour être honnête, tu n'as pas l'air très à l'aise dedans.

Elle me regarde, puis elle s'examine dans le miroir et secoue la tête.

– Non, c'est vrai, je ne suis pas très à l'aise. Je n'arrive pas à trouver le bon maillot.

– C'est là que j'interviens. Mais j'ai besoin de savoir ce que tu cherches, et comment tu te vois. Tu es un requin ou un dauphin ?

Elle incline la tête.

– Qu'est-ce que tu veux dire ?

– Les requins sont des créatures fuselées et mortelles. Des mangeurs d'hommes.

– Et les dauphins ?

– Ils sont plus... joueurs et plus intelligents.

Elle y réfléchit un instant et sourit.

– J'aimerais bien ressembler davantage à un requin, mais... je suis cent pour cent dauphin.

– Moi aussi. Tu sais, dans l'océan, quand un requin et un dauphin se battent, c'est toujours le dauphin qui gagne.

– Peut-être, mais sur la terre ferme, en général, c'est l'inverse !

On s'esclaffe toutes les deux et je décide qu'elle m'est sympathique.

– Voyons ce qu'on peut faire pour changer ça, dis-je. Je pense qu'on a deux ou trois modèles qui iraient bien à un dauphin.

Un quart d'heure plus tard, quand je l'encaisse, elle est pleine de gaieté et d'assurance. Au risque de paraître cucul, c'est ça que j'adore chez Surf Sisters. Contrairement à la plupart des boutiques, où les filles qui ne sont pas Miss Bikini n'ont aucune chance de trouver leur bonheur, celle-ci a toujours été tenue par des femmes. Et même si on a des tas de clients hommes, on a toujours honoré notre slogan : « Des vagues et des courbes. »

Mais en ce moment précis, il s'agit davantage de pluie diluvienne que de vagues. Voilà pourquoi, quand ma nouvelle copine s'en va avec, non pas un, mais deux maillots de bain qui la mettent en valeur, le rapport employés-clients du magasin passe à trois pour deux. Et, comme les deux clientes semblent plus soucieuses d'attendre la fin de l'orage que d'acheter quelque chose, j'ai tout le loisir de reporter mon attention sur *Le Show de Nicole et Sophie*, qui est toujours divertissant.

– Tu ne sais pas de quoi tu parles, dit Nicole tandis qu'elles plient et empilent d'une main experte un nouveau lot de T-shirts. Absolument pas.

En plus d'être mes collègues, Nicole et Sophie sont mes meilleures amies depuis toujours. Au premier coup d'œil, on dirait deux opposées. Nicole est une blonde aux yeux bleus d'un mètre quatre-vingts, toute en bras et en jambes. C'est super pratique sur le terrain de volley, mais ça la rend gauche avec les garçons. Sophie, quant à elle, est une petite pile électrique. Elle a cinquante pour cent de sang italien, cinquante pour cent de sang cubain et cent pour cent d'assurance.

À voir la tête de Nicole, qui affiche un mélange caractéristique de colère et d'indignation, Sophie a dû désapprouver sa passion incurable pour Cody Bell, qui est aussi mignon qu'inaccessible.

– Pendant un certain temps, c'était une lubie embarrassante, mais acceptable sur le principe, précise Sophie. Mais ça, c'était à l'époque du stage de musique de troisième. Depuis, c'est passé par plusieurs phases de plus en plus sévères et tu en es à l'obsession maladive qui nécessite une intervention.

J'ai certes assisté à des variantes de la même conversation au fil des années, mais elle n'avait pas eu lieu depuis un moment, parce que Sophie vient de rentrer de sa première année de fac. Du coup, j'ai l'impression de revoir le premier épisode d'une de mes séries télé préférées. Sans le pop-corn qu'on fait sauter au micro-ondes.

– Une obsession maladive ? rétorque Nicole. Tu te rends compte de l'absurdité de ce que tu dis ?

– Non, mais je me rends compte de l'absurdité de ce que tu *fais*, réplique Sophie. Tu le suis partout, mais tu ne lui parles jamais. Ou alors si tu lui dis quelque chose, ce n'est jamais quelque chose de sincère, comme le fait que tu craques pour lui.

– Et tu les sors d'où, tes infos ? tempête Nicole. Tu étais à trois cents kilomètres. Tu ne sais rien. Peut-être que Cody et moi, on a vécu une folle passion pendant que tu étais à l'Université d'État de Floride.

Sophie se tourne vers moi en levant les yeux au ciel.

– Izzy, est-ce qu'il y a eu un épisode de folle passion

dans la saga *Nicole et Cody* pendant que j'étais à Tallahassee ? C'est devenu le couple du siècle ? La presse people les a rebaptisés « Nicody » ?

Pas question de prétendre qu'il s'est passé quelque chose, mais je ne vais pas non plus tirer sur l'ambulance en admettant que la situation s'est effectivement aggravée. J'esquive lâchement :

– Moi, je suis la Suisse. Je suis totalement neutre. Tout ce qui m'intéresse, c'est le chocolat.

– Bel exemple de courage, raille Sophie avant de renvoyer la question à Nicole. Alors dis-moi, toi. Tu as vécu une folle passion avec Cody cette année ?

– Non, avoue Nicole après une hésitation. Je voulais juste te faire remarquer que tu n'étais pas là, que tu ne peux pas savoir ce qui s'est passé ou non.

– Et tu prétends que tu ne l'as pas suivi partout ?

– Cody et moi, on a des intérêts communs, alors il nous arrive d'être à peu près au même endroit. Mais ça ne veut pas dire que je le suis partout ni que c'est devenu une... Je ne sais plus comment tu as appelé ça.

– Une obsession maladive qui nécessite une intervention, je glisse.

Nicole se tourne vers moi.

– Comment tu définis le mot « neutre », au juste ?

Je fais mine de verrouiller ma bouche avec une clé et je lui adresse un grand sourire d'excuse.

– Donc ce n'est pas à cause de Cody que tu as soudain décidé d'entrer dans la section tambours ? Alors que tu as toujours été la première clarinette ?

– Tu lui as dit pour la section tambours ? me souffle Nicole avec indignation.

Je n'en reviens pas.

– Tu vas défiler devant toute la ville avant les matchs de foot. Ce n'est pas exactement un scoop !

– J'ai changé d'instrument parce que je voulais aller un peu plus loin sur le plan musical, explique Nicole. Le fait que Cody aussi soit dans la section tambours est une pure coïncidence.

– Et c'est aussi une coïncidence si Cody est le président du club de latin et si tu viens d'en être élue vice-présidente ?

J'ai encore droit à un regard torve.

– J'y crois pas !

– J'étais fière de toi, dis-je, tâchant d'y mettre une note positive. Je voulais te faire mousser.

– Oui, c'est une coïncidence, dit Nicole en se tournant de nouveau vers Sophie. D'ailleurs, il y a des tas de filles dans le club de latin et tu ne les accuses pas de le suivre, elles.

– Pour commencer, il n'y a pas *des tas* de filles au club de latin. Je parie qu'il y en a *trois,* réplique Sophie. Et contrairement à toi, je suis sûre qu'elles font vraiment du latin. Tu fais de l'espagnol, toi, alors tu devrais être inscrite au... Comment ça s'appelle, déjà ? Ah oui : au club d'espagnol.

Autant souligner tout de suite que malgré sa longue absence, Sophie est loin d'être rouillée. Elle y va à fond et, même si ça peut paraître dur vu de l'extérieur, vous pouvez me croire quand je dis qu'elle fait ça par amour.

– Je me suis disputée avec les membres du club d'espagnol à propos du planning, se justifie Nicole. Et puis j'ai pensé que ma participation au club de latin ferait bonne impression dans mes dossiers de candidature pour la fac.

Il est évident que quel que soit le nombre d'exemples que citera Sophie, Nicole continuera de contourner le problème avec des tonnes de mauvais prétextes. Alors Sophie décide de piquer un sprint vers la ligne d'arrivée. Malheureusement, c'est moi, la ligne d'arrivée.

– Désolée, la Suisse, me dit-elle. Je te renvoie la balle. Qui a raison ? Moi ou notre tambour latiniste ?

Ne tirez pas de conclusions trop vite : je vous garantis que si elle me pose la question, ce n'est pas parce que je suis spécialiste des histoires de mecs. Au contraire, elles savent toutes les deux que je n'ai pratiquement aucune expérience dans ce domaine. C'est juste que je tiens la caisse et que chaque fois qu'il y a un désaccord au magasin, la fille qui tient la caisse doit départager les autres. C'est une vieille tradition entre nous, et chez Surf Sisters, on ne prend pas les traditions à la légère.

– Tu tiens vraiment à porter ça devant la caisse ? je demande, rechignant à me charger de ce verdict. Le jour de ton retour ?

– Oui, vraiment, répond Sophie.

Elle ne me laisse aucune marge de manœuvre.

– D'accord, lui dis-je. Mais pour que je parvienne à un verdict, tu vas devoir m'expliquer pourquoi tu soulèves cette question maintenant. À part le club de latin, tout ce que tu évoques, c'est de l'histoire ancienne.

– Premièrement, je n'étais pas là et je pensais que tu la tenais à l'œil, dit-elle. Et puis ce n'est pas de l'histoire ancienne. Pendant que tu aidais cette fille à trouver un maillot de bain... Beau boulot, au fait !

– Merci.

– ... Nicole m'a raconté que la semaine dernière, elle a suivi Cody pendant deux heures en restant à quelques mètres derrière lui. Elle est entrée dans plusieurs bâtiments à sa suite, en marchant quand il marchait et en s'arrêtant quand il s'arrêtait, sans jamais lui adresser la parole. C'est clairement un cas d'obsession maladive.

– D'accord. Waouh ! je laisse échapper, un peu surprise. C'est vrai que ça paraît... vraiment grave. Nicole ?

– Ça paraît grave parce qu'elle oublie de préciser qu'on visitait le campus de l'Université de Floride, dit Nicole avec hauteur. Et qu'on était quinze dans le groupe. On s'arrêtait tous ensemble et on se remettait à marcher tous ensemble pour entrer dans des bâtiments. On ne pouvait *pas* se parler parce qu'on écoutait le guide, et qu'il n'y a rien de pire pour un membre du conseil d'admission qu'une fille qui drague alors qu'elle est censée se concentrer.

J'imite un juge de mon mieux en pointant un index indigné vers Sophie.

– Maître, je suis tentée de classer l'affaire sans suite étant donné que vous m'avez caché des éléments cruciaux.

– Ce sont des détails sans importance, soupire-t-elle. C'est quand même une obsession maladive.

– De plus, les faits relatés ne sont pas tout à fait exacts, je poursuis. Ce n'était pas la semaine dernière. Nicole a visité l'Université de Floride il y a plus d'un mois, ce qui renvoie au-delà de la période de prescription.

À cet instant, je remarque une touche de culpabilité dans l'expression de Nicole. Ce n'est visible qu'une seconde, mais ça suffit à semer le doute en moi.

– Je croyais que tu avais dit que c'était la semaine dernière, lui dit Sophie.

Nicole s'éclaircit la gorge.

– Peu importe le moment où ça s'est passé. Qu'est-ce que ça peut faire ?

– Si, ça importe, réplique Sophie.

– En plus, tu m'as tout raconté sur cette visite et tu n'as pas mentionné une seule fois la présence de Cody, j'ajoute, perplexe moi aussi.

– Peut-être parce que, malgré ces allégations ridicules, je ne suis pas obsédée par lui. J'allais voir une université, pas un mec.

– Oh là là ! fait Sophie, comprenant enfin. Tu y es allée une deuxième fois, c'est ça ? Tu as fait la visite le mois dernier. Et tu y es retournée la semaine dernière parce que tu savais que Cody y serait et que ça te donnerait l'occasion de le suivre.

Nicole nous regarde toutes les deux et, au lieu de nier l'accusation, elle se remet à plier des T-shirts.

– Je croyais que l'affaire était classée sans suite.

– Izzy a juste dit qu'elle était *tentée* de la classer sans suite. Elle n'a pas fait tinter la caisse.

– Je l'ai entendue tinter distinctement, prétend Nicole.

– Impossible, dis-je. Je crois que Sophie a raison. Tu as fait deux heures et demie de route jusqu'à Gainesville, tu as recommencé cette même visite de deux heures et refait deux heures et demie de route au retour, juste pour suivre Cody d'un bout à l'autre du campus, n'est-ce pas ?

Après un silence, elle acquiesce lentement.

– En gros, oui.

– Je suis désolée, mais tu es coupable des faits dont tu es accusée, dis-je en faisant tinter la caisse.

– J'avais vraiment le projet de lui parler, cette fois, dit-elle avec dépit. J'avais préparé tout un discours en route, et puis, le moment venu... je suis restée tétanisée.

Sophie réfléchit.

– Ça devrait être ta peine.

– Qu'est-ce que tu veux dire ? demande Nicole.

– Tu as été jugée coupable. Ta peine devrait être *l'obligation* de lui parler. Impossible de te dérober. Impossible de rester tétanisée. Et il faudra que ce soit une vraie conversation. Pas juste trois mots sur la fanfare ou le club de latin.

– Mais qu'est-ce que je fais s'il a envie de parler de la fanfare ou du club de latin ? Si c'est lui qui aborde ce sujet ? Tu veux que je l'ignore ?

– C'est l'été, on est en vacances et on vit au bord de la mer, dit Sophie. S'il tient à parler de la fanfare ou du club de latin, je pense qu'il est temps que tu t'intéresses à quelqu'un d'autre.

Nicole hoche la tête et j'officialise l'affaire.

– Nicole Walker, vous êtes condamnée à avoir une vraie conversation avec Cody Bell d'ici... deux semaines.

– Deux semaines ? proteste-t-elle. Il me faut au moins un mois pour pouvoir réfléchir à ce que je vais dire, et organiser mon...

Je lui coupe la parole :

– Deux semaines.

Elle s'apprête à réclamer ma clémence une fois de plus lorsque la porte s'ouvre à la volée sur un garçon qui déboule pour échapper à la pluie. Il est grand, il mesure plus d'un mètre quatre-vingts et, si je me fie à son air embarrassé, il n'avait pas prévu de faire une entrée aussi fracassante.

– Désolé, nous lance-t-il.

Il y a un silence gêné, puis il demande :

– Je peux parler au responsable ?

Sans la moindre hésitation, Nicole et Sophie me montrent du doigt. Je ne suis pas exactement la responsable, mais elles adorent me mettre sur la sellette, et comme il serait inutile d'expliquer qu'elles sont cinglées, je joue le jeu.

– En quoi puis-je vous aider ?

Je l'examine rapidement pendant qu'il s'avance vers la caisse. Le fait qu'il semble avoir notre âge et que je ne l'ai jamais vu avant me suggère qu'il n'est pas d'ici. De même que la façon dont il est habillé. Son T-shirt rentré dans son short de sport et ses chaussettes blanches remontées sur les mollets complètent un look qui ne fait pas vraiment plage. (Et qui lui vaudra un ignoble bronzage de camionneur, dès que la pluie aura cessé.) Pourtant, il y a le logo du Département des Loisirs de Pearl Beach sur son polo, ce qui semble indiquer qu'il est d'ici.

J'essaie de comprendre ces éléments contradictoires, et peut-être aussi de déterminer sa taille exacte, quand je m'aperçois qu'il me regarde avec l'air d'attendre quelque chose. Je mets un moment à me rendre compte que j'ai dépassé les bornes : je ne suis plus en train de lui jeter un rapide coup d'œil, mais carrément de le mater avec insistance. Et j'étais tellement absorbée dans ma contemplation que je n'ai pas dû entendre sa question. Précisons que malgré le côté ringard de la description ci-dessus, il est carrément canon.

– Alors ? demande-t-il avec espoir.

Je lui souris. Il me sourit. Le malaise devient pesant. C'est là qu'une fille pourrait espérer que ses meilleures amies pour la vie se précipitent à sa rescousse et lui évitent de se ridiculiser définitivement. Hélas, l'une des miennes vient juste de rentrer de la fac avec l'envie de taquiner ses petites potes du lycée, et l'autre trouve que j'ai été trop dure avec elle lors du jugement qui a conclu notre petit procès entre amies. Je comprends vite que je dois me débrouiller toute seule.

– Excuse-moi, tu peux répéter ?

– Quelle partie ? demande-t-il avec un sourire en biais qui, lui aussi, détourne dangereusement mon attention.

Quand il devient évident que je n'ai pas de réponse, Sophie intervient enfin.

– Je pense que tu ferais mieux de lui rejouer la scène entière.

Elle se retient de rire, mais je l'ignore pour pouvoir me concentrer et entendre ce qu'il me dit, cette fois. J'espère que la deuxième sera la bonne.

– Pas de problème, dit-il. Je suis Ben et je travaille pour le Département des Loisirs de la ville : je vais voir les commerçants de toute la ville pour leur demander s'ils veulent bien coller cette affiche qui annonce quelques-uns des événements qu'on a prévus pour l'été.

Il ouvre son sac à dos et en sort une affiche avec un calendrier d'événements surmonté d'une photo de la promenade en bois qui longe le front de mer.

– On organise un défilé, un feu d'artifice pour le 4 Juillet, toutes sortes de trucs sympa, et on veut le faire savoir.

Maintenant, quelqu'un de normal se contenterait de prendre l'affiche avec un sourire et de passer à autre chose. Mais apparemment, je ne suis pas quelqu'un de normal. Alors je le regarde (une fois de plus), je me demande (une fois de plus) combien il mesure exactement et j'essaie (une fois de plus) de comprendre qui il est.

– Excuse-moi, tu es *qui* ?

– Ben, répète-t-il avec lenteur, clairement perplexe. J'ai bien dû le dire trois fois.

– Non, je ne te demande pas comment tu t'appelles, je te demande qui tu es. Pearl Beach n'est pas si grand que ça et j'ai vécu ici toute ma vie. Comment est-ce possible que tu bosses au Département des Loisirs de la ville et qu'on ne se soit jamais vus ?

– Oh, c'est simple. C'est mon premier jour de boulot. Je suis là pour l'été, je séjourne chez mon oncle. Mais je vis à Madison, dans le Wisconsin.

J'entends Sophie chuchoter à Nicole :

– Ah, ça explique son problème de chaussettes.

Retrouvant enfin un semblant de normalité, je lui souris.

– Ravie de te rencontrer, Ben du Wisconsin. Je m'appelle Izzy. Bienvenue à Pearl Beach.

Ensuite, pendant quelques minutes, on papote en accrochant l'affiche dans la vitrine. Je sais qu'en principe, il n'y a pas besoin de s'y mettre à deux pour accrocher une affiche, mais comme ça, l'un de nous (Ben) peut scotcher l'affiche pendant que l'autre (moi) vérifie qu'elle est bien droite.

Malheureusement, quand je sors examiner la vitrine pour vérifier l'affiche, je vois mon reflet et je suis horrifiée. À cause de la pluie, mes cheveux ont frisotté dans tous les sens et j'ai manifestement une tache de guacamole en forme de cœur sur mon T-shirt. (Avertissement : c'est dangereux de manger des plats à emporter de chez Mama Tacos dans une réserve exiguë.) J'essaie nonchalamment de cacher la tache, mais ça me donne l'air de prononcer le Serment d'allégeance[1].

1. Au drapeau américain.

– Alors, ça donne quoi ? demande Ben quand je retourne dans la boutique.

Je suis toujours préoccupée par mon T-shirt, alors je commence à dire « C'est crade » avant de me rappeler qu'il parle de l'affiche qu'on vient d'accrocher, alors j'essaie de dire « cool » à la place. Ce qui sort de ma bouche, c'est un mix des deux qui donne à peu près : « cradool ».

– Hein ?

– Cool, dis-je. L'affiche est cool.

– Super. Au fait, je vais aller me chercher à manger et je me demandais...

La cinglée qui occupe mon esprit s'imagine carrément qu'il va m'inviter à déjeuner avec lui. Comme si ça pouvait m'arriver, ce genre de chose. À moi ? Impossible.

– ... où est-ce que tu as trouvé de la nourriture mexicaine ?

– De la quoi ?

Là-dessus, il désigne la tache sur mon T-shirt.

– En voyant ce guacamole, je me suis dit que ce serait *muy bueno* [1] de manger mexicain à midi.

Pendant une seconde, j'envisage de me rouler en boule dans un coin, mais je réussis à répondre :

– Mama Tacos, à deux rues d'ici en longeant la plage.

– *Gracias* [2] ! dit Ben avec un clin d'œil.

---

1. « Très bon », en espagnol.

2. « Merci », en espagnol.

Il jette son sac à dos sur son épaule, salue mes copines d'un geste et disparaît sous la pluie. Je retourne lentement, tristement vers la caisse en me demandant ce que Nicole et Sophie ont entendu.

– J'avais remarqué cette tache tout à l'heure, je voulais te la signaler, dit Nicole.

– Merci, je réponds. Ça aurait pu me rendre service.

– Bon, je ne sais pas ce que vous en pensez, les filles, lance Sophie, mais moi, je trouve que Ben est « cradool » !

Apparemment, elles ont tout entendu. Au mot près.

– Et je trouve ça « cradool » que notre petite Izzy soit raide dingue de lui, ajoute-t-elle.

– Excuse-moi, dis-je. Tu parles de quoi, là ?

– On parle de ton gros coup de foudre pour Ben du Wisconsin, intervient Nicole.

– C'est le Wisconsin, le fameux État laitier, non ? demande Sophie.

– Oui, confirme Nicole.

– Alors je pense qu'on devrait l'appeler le Ben Lacté, suggère Sophie.

– Il est hors de question qu'on l'appelle le Ben Lacté ! je m'exclame.

– Ben la Crème ? tente-t-elle.

– On ne lui donne *pas* de surnom. Un point c'est tout.

– Tu vois ce que je veux dire ? fait Nicole. Elle est déjà surprotectrice avec lui.

– Tu as perdu la boule. Tout ce que j'ai fait, c'est accrocher une affiche avec lui. Ça équivaut à un gros coup de foudre, ça ?

– Oui, mais tu n'as pas fait que ça, rectifie-t-elle. En plus du guacamole et du « cradool », il y a eu le moment où tu étais tellement éblouie par son apparition que tu n'entendais pas ce qu'il te disait. C'était vraiment l'angoisse, ça, d'ailleurs.

– Ah oui ! renchérit Sophie. On se serait crues dans un film d'horreur. Sauf qu'au lieu d'une tronçonneuse, l'assassin avait des chaussettes si blanches qu'elles t'ont clouée sur place en t'aveuglant.

Vous êtes hilarantes, les filles, je grommelle, espérant changer de sujet de conversation.

– Tu le nies ? demande Nicole, incrédule.

– Ça ne mérite même pas que je prenne cette peine. C'est de la pure fiction.

– Euh... Je suis obligée de te contredire. Je pense que je vais devoir aller à la caisse.

– Tu ne peux pas aller à la caisse, dis-je. C'est *moi* qui tiens la caisse.

– Vraiment ? fait Sophie. Parce qu'on dirait bien que c'est moi.

À ce moment-là, je m'aperçois que Sophie s'est glissée derrière la caisse pendant que j'aidais Ben.

– Attends une minute ! je proteste. C'est une machination. Un coup monté contre moi.

Sophie ne me laisse même pas une chance de me défendre. Elle passe direct au verdict.

– Izzy Lucas, vous avez été jugée coupable de coup de foudre au premier regard.

– Tu devrais l'obliger à lui parler, puisqu'elle m'a

condamnée à parler à Cody, suggère Nicole, en quête d'une revanche. C'est dur, le karma, hein ?

– Non, je réponds. Mais je connais deux filles qui mériteraient bien un coup du sort.

– Vraiment ? me défie Sophie. Tu cherches à me provoquer juste avant que je prononce ta peine ?

– Oh, dis-je en comprenant mon erreur. Je ne parlais pas de vous deux...

– Trop tard, s'esclaffe Sophie. Isabel Lucas, vous avez deux semaines pour... partager un repas avec Ben – on l'appellera comme ça en attendant de lui trouver un surnom embarrassant.

– Un repas ? Le pouvoir t'est monté à la tête ou quoi ? Nicole fait cinq heures de route pour suivre un mec et tout ce qu'elle a à faire, c'est lui parler. Pourquoi ma peine serait plus lourde que la sienne ?

– Parce qu'elle va passer toute l'année scolaire avec Cody, explique Sophie. Alors que Ben a dit qu'il n'était là que pour l'été. Ça ne te laisse pas beaucoup de temps.

Trop rapide pour me permettre de lui demander grâce, elle fait tinter la caisse, rendant son verdict officiel.

Pearl Beach est une île barrière[1] de treize kilomètres de long, reliée au continent par un pont double. J'y ai passé les seize années de ma vie, et l'endroit où je me

1. Île étroite et longue, parallèle à la côte. Le bras de mer qui la sépare du continent forme une lagune.

sens chez moi, ce n'est pas ma maison ou mon quartier, mais l'océan.

Voilà pourquoi, même si ce sont les vacances d'été et que je devrais être profondément endormie, je me réveille à six heures et demie du matin et j'enfile ma tenue estivale préférée : un body de surf à manches longues et un short. La tempête d'hier soir, associée à la marée montante et à un petit vent régulier, devrait m'assurer des conditions idéales pour le surf.

La plage est à deux rues de ma maison, et quand j'arrive à l'escalier qui descend depuis la digue, la vue est spectaculaire. Des traînées orange et violettes strient le ciel, et le soleil émerge à peine de l'eau.

Il ne reste de la tempête que les touffes d'écume qui dansent sur le sable comme des virevoltants et la fine couche de coquillages écrasés qui sont remontés du fond de l'océan et craquent désormais sous mes pieds. Si tôt le matin, la température de l'eau chasse brutalement de mon organisme les derniers vestiges de sommeil et, tandis que je m'avance vers le large en ramant sur ma planche, il n'y a pas âme qui vive en vue. J'ai l'impression que Dieu a créé tout ça rien que pour moi.

J'ai hérité de mon père ma passion pour le surf. Quand j'étais petite, il m'emmenait sur son longboard et on prenait des petites vagues. Il me tenait les mains pour que j'arrive à me mettre debout. On surfe toujours très souvent ensemble, mais ce matin, je suis sortie discrètement de la maison pour pouvoir être seule et réfléchir.

Ça me dérange de m'être mise dans tous mes états

l'autre jour quand j'ai rencontré Ben. Je ne veux pas en faire tout un plat, mais la vérité c'est qu'avec les garçons, je ne suis ni un requin ni un dauphin. Je suis une otarie pataude. Je manque d'entraînement, voilà tout. Je n'ai jamais eu de petit copain, jamais eu le moindre rencard. Je n'ai même jamais embrassé personne. C'est en partie parce que je suis d'une nature timide et en partie parce que j'ai passé toute ma vie sur une île avec les mêmes garçons. Même quand il y en a un que je trouve mignon, j'ai du mal à oublier celui qu'il était en primaire quand il m'appelait Izzy le Zizi et qu'il racontait des blagues de pets.

Ben est différent. Mon seul passé avec lui, c'est moins de cinq minutes dans la boutique de surf. Et, même si je n'ai pas voulu l'avouer à Nicole et Sophie, je me suis bel et bien rendue coupable d'un coup de foudre. Je ne sais pas trop pourquoi au juste. Ce n'est pas seulement parce qu'il est mignon. Je ne suis même pas certaine que toutes les filles le trouveraient mignon. C'est juste qu'il y a eu une sorte de... Je ne sais pas comment appeler ça. Une connexion, de l'électricité, un accès de démence passagère. En tout cas, c'était une sensation totalement nouvelle pour moi.

Et maintenant, comme Sophie a profité de ce que j'avais le dos tourné pour investir la caisse, je dois essayer de le convaincre de partager un repas avec moi. C'est un total abus de pouvoir de la part de Sophie, mais je ne plaisantais pas quand j'ai dit qu'on prend les traditions au sérieux chez Surf Sisters. Les filles ne m'en voudront pas si j'échoue. Mais si je n'essaie pas, j'en entendrai parler jusqu'à la fin de mes jours.

Je m'assieds à califourchon sur ma planche, l'avant pointé vers le large, pour guetter les vagues. J'en vois une série de trois qui vient vers moi et soudain, toutes mes questions sur les garçons et les coups de foudre s'effacent de mon esprit. Je m'allonge sur le ventre et je me mets à ramer lentement vers le rivage. Je laisse les deux premiers rouleaux passer en dessous de moi et, dès que je sens le troisième commencer à me soulever, je rame le plus vite possible pour m'efforcer d'aller à la même vitesse.

Juste avant que la vague déferle, je sens qu'elle emporte ma planche et je saute sur mes pieds. Ce moment me coupe le souffle. À chaque fois. C'est magique. Tu rames de toutes tes forces et soudain, tu glisses sur la vague et tu as l'impression de t'envoler dans les airs. Tu arrêtes de réfléchir. Tu arrêtes de te faire du souci. Tu ne fais plus qu'un avec la vague et tout le reste disparaît.

Ça ne dure pas longtemps. Même si tu la prends super bien, la vague finit toujours par déferler sur la plage et te ramener à la réalité. Mais ces quelques instants, surtout dans les moments où je suis seule, comme maintenant, c'est une perfection.

Si seulement les garçons étaient aussi prévisibles que les vagues, alors je saurais quoi faire.

Le Triangle des Bermudes est une zone de l'océan Atlantique où les bateaux et les avions se volatilisent mystérieusement. C'est n'importe quoi, ça repose sur la théorie ridicule d'un complot extraterrestre. Mais mon père en a tiré l'expression le « Triangle d'Izzy ». Il aime répéter : « C'est l'endroit où nos filles disparaissent tout l'été. »

Contrairement au Triangle des Bermudes, toutefois, ce triangle-ci a un fond de vérité. Si vous me cherchez à un moment quelconque entre juin et août, il y a de grandes chances que vous me trouviez dans un de ces trois endroits : la plage (en train de surfer), ma chambre (en train de lire) ou Surf Sisters (en train de glander ou de travailler). Je ne saurais même pas dire avec précision quand j'ai véritablement commencé à *travailler* dans la boutique. J'y étais tout le temps et petit à petit, je me suis mise à donner un coup de main chaque fois qu'elles avaient besoin d'aide.

C'est là que je vais maintenant, bien que ce soit mon jour de congé. J'ai fait du surf ce matin et j'ai terminé mon dernier roman policier, alors je me dis que ce serait bien de voir des êtres humains. (Sors un peu de ta coquille, fichue timide !) En plus, Sophie et Nicole travaillent toutes les deux, aujourd'hui, et une fois qu'elles auront terminé leur journée, on a prévu d'aller au cinéma.

Le problème, c'est que je sais qu'elles vont me tomber dessus dès la seconde où je franchirai la porte. Quelques jours sont passés depuis l'incident avec Ben (Sophie a envie de l'appeler le « Benincident », mais je le lui ai interdit) et elles voudront savoir si j'ai fait des progrès avec lui. Si je dis que non, elles vont m'accabler de reproches et me rappeler que je n'ai plus beaucoup de temps. Alors je décide de prendre un risque calculé et de m'arrêter au Kiosque en chemin.

Le Kiosque, c'est la scène en plein air de notre ville. Il se trouve à l'extrémité nord de la promenade du front de mer et c'est là qu'on donne de petits concerts et divers événements annuels comme le Noël des tubas et le Bal des châteaux de sable, qu'on aime critiquer en rigolant mais qu'on adore tous en secret. C'est aussi là que se trouve le bureau du Département des Loisirs. Je pense que Ben passe la majeure partie de son temps dans les parcs et les centres de loisirs, alors il y a peu de chances qu'il soit au bureau. Si j'y fais un saut, je pourrai au moins dire aux filles que j'ai essayé de le voir. Et même s'il y est, je ne suis pas obligée de lui parler. Je peux faire comme si j'étais là pour une autre raison et dire aux filles que je l'ai vu – ce qui sera vrai, techniquement.

Le bureau se trouve derrière Le Kiosque, dans un bâtiment quelconque en parpaing dont le seul élément décoratif est une fresque peinte sur un des côtés. Elle est censée ressembler à *La Naissance de Vénus*, sauf qu'à la place de Vénus, il y a une perle. Le slogan *PEARL BEACH, LA PERLE DE L'OCÉAN* est inscrit en haut. C'est tellement ringard que je trouve ça génial, en fait.

En ouvrant la porte, je suis accueillie par une bouffée glaciale d'air climatisé. Dès le premier coup d'œil, je constate que Ben n'est pas là et mon cœur se serre. Je m'aperçois que j'espérais secrètement le voir. Ce qui me surprend et me démontre une fois de plus que tout ça est complètement nouveau pour moi.

Je m'apprête à m'en aller quand j'entends une voix m'appeler par mon prénom :

– Izzy ?

Je me retourne et je vois Mme McCarthy derrière un bureau. Elle habite au bout de notre rue et elle est très amie avec ma mère. J'avais complètement oublié qu'elle travaillait ici.

– Bonjour, madame McCarthy. Comment ça va ?

– Bien, dit-elle. Quel bon vent t'amène ?

– Je cherchais...

Au milieu de ma phrase, je me rends compte que je ne sais pas comment la finir. Je bredouille une seconde, puis je dis :

– Eh bien, il y a un nouveau qui vient de commencer à travailler ici et...

– Ben ? demande-t-elle avec ce sourire entendu des adultes qui croient savoir ce qui se trame. Tu cherches Ben ?

Une sonnette d'alarme retentit dans ma tête quand je comprends que cette information sera rapportée à ma mère quelques secondes après mon départ.

– En fait, ce n'est pas *lui* que je cherche. Je cherche une *affiche*. Il en a déposé une chez Surf Sisters hier et Mo, une des deux sœurs qui tiennent la boutique, veut que j'en prenne une autre pour qu'on l'accroche. Vous savez... pour soutenir la ville... et tous les événements formidables qu'elle organise.

Mme McCarthy me jette un regard légèrement sceptique.

– D'accord. Si tu veux juste une affiche, il y en a là-bas.

Elle désigne une table. Je m'en approche et je vois une pile d'affiches.

– Ouais, c'est ça, dis-je en me servant. C'est pour ça que je venais. Elle est chouette, cette affiche. Jolie et instructive. Merci beaucoup. Mo sera super contente.

Je me rends bien compte que j'en fais trop. Je décide qu'il vaut mieux que je me taise et je la salue d'un signe de tête.

Pendant que je me dirige vers la sortie, Mme McCarthy ajoute :

– Je sais bien que ce n'est pas pour ça, mais *si jamais* tu étais venue pour voir Ben, je t'aurais dit que tu viens de le rater et qu'il est parti chercher un déjeuner sur la promenade.

Je trouve cette information fort intéressante, mais je ne veux pas qu'elle – et par conséquent ma mère – le sache, alors je prends un air détaché pour répondre :

– O.K.

Je feins l'indifférence jusqu'à sortir de son champ de vision. Là, je pique un sprint vers la promenade.

La promenade du front de mer est la principale artère touristique de Pearl Beach. Elle s'étend sur huit pâtés de maisons, depuis Le Kiosque jusqu'à la jetée. En temps normal, étant timide, je l'évite à cause de la foule, mais comme c'est sur mon chemin et qu'il est suffisamment tôt dans la saison pour que la foule ne soit pas trop dense, je décide de passer par là.

Après deux pâtés de maisons, j'aperçois Ben, toujours aussi splendide avec ses chaussettes blanches et son short de sport, qui fait la queue devant chez Beach-a-Pizza. C'est un stand de pizzas à emporter avec des tables de pique-nique qui donnent sur l'océan. Il me vient une idée : je pourrais faire la queue, m'en acheter une part et m'asseoir à la même table que lui. Ainsi, on mangerait ensemble et je me serais acquittée de mes obligations. Ce que je suis maligne...

Je rejoins la queue et je constate qu'il y a quelques personnes entre nous. C'est seulement une fois plantée là que ça me revient : j'ai toujours cette stupide affiche à la main. Je l'ai gardée pour pouvoir prouver aux filles que je me suis vraiment arrêtée à son bureau, mais maintenant, c'est gênant. Je réfléchis à une stratégie pour m'en débarrasser lorsqu'il se retourne et me voit.

– Salut... Tu es Izzy, c'est ça ?

– C'est ça. Et toi, c'est Ben.

Il sourit.

– Tu t'en es souvenue.

– Il suffit de me dire les choses trois fois et je les retiens.

Il laisse passer devant lui les gens qui sont entre nous pour être à côté de moi. Je sais que ça n'est pas grand-chose, mais il me plaît d'autant plus. La plupart des gens essaient de s'arranger pour que vous les rejoigniez vers l'avant de la queue en doublant d'autres personnes, et ça me met toujours mal à l'aise. Certes, je ne suis pas particulièrement à l'aise en cet instant précis, à faire la queue avec mon affiche sous le bras. Mais vous voyez ce que je veux dire.

– Il y a un problème avec l'affiche ? demande-t-il en la pointant du doigt.

– Nan. Je suis juste passée en chercher une autre à mettre sur la deuxième vitrine.

Apparemment, il est aussi naïf que moi, parce qu'il a l'air de trouver que c'est une excuse acceptable.

– Ça fait plaisir de voir que l'info circule.

– Bon, et qu'est-ce que tu fabriques ? je demande, comme s'il y avait plusieurs raisons possibles de faire la queue devant chez Beach-a-Pizza.

– Je veux juste m'acheter une pizza et un Nes.

– Un Nes ? je répète, perplexe. Tu parles d'un Esquimau ?

– Non, un café. Vous n'appelez pas ça un Nes, vous, le café soluble ?

Je m'esclaffe.

– On dit « un café », nous.

– O.K., très bien. Tu m'auras appris quelque chose. Je vais prendre une pizza et… un café.

– Bravo, dis-je, jouant le jeu.

– Je pourrai bientôt passer pour un indigène.

– Euh… non, pas tant que tu mangeras ici.

Il me jette un coup d'œil.

– Il y a un problème avec Beach-a-Pizza ?

– À part son nom, tu veux dire ?

Je me penche vers lui et je lui chuchote :

– Elles ont un goût de carton tartiné de ketchup.

– Ça semble plutôt populaire, observe-t-il. Regarde tous ces gens qui font la queue.

– Ben oui, regarde-les, je réponds, toujours à voix basse. Ils sont tout blancs, ils portent des chaussures avec leur maillot de bain et ils ont une banane à la ceinture. Une banane, Ben ! Qu'est-ce que tu en déduis ?

Il y réfléchit un instant et secoue la tête.

– Je ne sais pas, qu'est-ce que je suis censé en déduire ?

– Que ce sont des touristes. Il n'y a que des touristes dans la queue. Les gens qui vivent à Pearl Beach ne sont pas ici. Toi, tu habites ici pour l'été. Tu ne penses pas que tu devrais aller chercher une pizza là où on l'achète, nous ?

– Mais tu vis à Pearl Beach, toi, réplique-t-il. Pourquoi tu fais la queue ici ?

Il me prend au dépourvu avec cette question. Je ne peux guère répondre : « Parce que Sophie tenait la caisse et que je dois manger avec toi sous peine de moqueries à perpétuité. » J'hésite une seconde avant de lâcher :

– Parce que je voulais te sauver et te montrer où on va, nous.

– Me sauver ?

Cette idée lui plaît.

– Tu es mon prince charmant, en quelque sorte ?

– Ta princesse charmante, disons... mais bon, c'est pareil.

– En tout cas, tu avais raison à propos de Mama Tacos, dit-il, me rappelant ma honte lors de cette recommandation avec tache de guacamole à l'appui. C'était délicieux, alors je te fais confiance. Où est-ce qu'on devrait aller, d'après toi ?

– Chez Luigi's, le lave-auto.

– Pour manger une pizza, je voulais dire.

– Mais oui, c'est bien de ça que je te parle !

– Ça a l'air ignoble...

Il hésite une seconde.

– Allons-y !

On dirait bien que j'ai invité un garçon à déjeuner avec moi. C'est comme un vrai rencard...

Pendant qu'on descend Ocean Avenue dans un vieux pick-up bleu du Département des Loisirs, j'ai l'occasion d'inspecter Ben de près pour la première fois depuis le Benincident. (Sophie n'a pas le droit de l'appeler comme ça, mais moi, si.) J'essaie de m'empêcher de le dévisager avec insistance, mais au moins, comme je lui indique le chemin, j'ai une excuse pour être tournée vers lui.

Il faut que je revienne sur mes déclarations de tout à l'heure, quand j'ai dit que je n'étais pas certaine que toutes les filles le trouvent mignon. Je pense que le radar à garçons de celles qui ne le trouvent pas mignon, voire canon, est gravement endommagé. Son visage anguleux et son allure constamment débraillée lui donnent un côté brut que je trouve irrésistible. Mais l'argument décisif, c'est son sourire. Il a un sourire naturel et décontracté, avec des dents si blanches qu'il pourrait jouer dans une pub pour le lait du Wisconsin.

– Explique-moi pourquoi on va chercher une pizza dans un lave-auto, dit-il en affichant ses dents de publicité.

– C'est compliqué, je réponds. Quand mes parents étaient mômes, c'était vraiment un lave-auto. Mais à un moment, Luigi s'est rendu compte qu'il gagnerait plus d'argent en vendant des pizzas qu'en lavant des voitures, alors il a décidé de se reconvertir en pizzeria.

– Mais ça s'appelle toujours Luigi's Car Wash ?

– C'est ça qui est compliqué. Techniquement, c'est toujours un lave-auto, j'essaie d'expliquer. C'est carrément sur la plage, et les propriétés du front de mer valent un prix fou. Les promoteurs adoreraient se débarrasser de Luigi, démolir la baraque et construire un immeuble résidentiel ou un hôtel ou un autre truc affreux de ce genre. Mais tant qu'il garde ce nom et qu'il lave quelques voitures chaque semaine, c'est protégé par une vieille loi qui était en vigueur à l'époque où il a ouvert.

Ben rigole et me regarde d'un air sceptique.

– Ça m'allait très bien de manger une pizza sur la promenade. Une pizza de lave-auto, ça ne paraît pas très net, je dois dire. Pourquoi j'ai l'impression que tu m'emmènes dans un traquenard ?

– Pas du tout. Je t'assure.

– Bon, avant que je me ridiculise, ils appellent bien ça une « pizza » ? demande-t-il. Je ne vais pas refaire le coup du « Nes » et découvrir que je n'ai pas employé le bon mot ?

Il est marrant. J'aime bien les gens marrants.

– Non, je réponds, alors qu'on se gare sur le parking.

Mais si tu veux vraiment avoir l'air de savoir ce que tu fais, dis juste que tu veux deux parts de Big Lu.

– C'est quoi, un Big Lu ?

– C'est l'abréviation de Big Luigi, une pizza avec tout dessus. C'est la spécialité de la maison, et tu peux me croire, c'est ça que tu voudras commander.

– Tu es en train de me dire qu'elle est bonne ?

– Non, je suis en train de te dire que ça va changer ta vie.

– Une pizza de lave-auto va changer ma vie ? répète-t-il alors qu'on sort de la voiture. Ça promet d'être intéressant.

Luigi's Car Wash a toujours l'apparence d'un lave-auto, ce qui fait partie de son charme. (Ça fait également partie des obligations légales qui le protègent.) Quand on s'approche du comptoir pour commander, je me sens soudain très mal à l'aise. Je n'avais encore jamais eu de rencard avec un garçon – et d'ailleurs je ne suis pas sûre que c'en soit un, mais j'entre chez Luigi avec un mec et je ne connais pas tous les protocoles. En fait, je ne connais aucun des protocoles. Il n'y a pas de file d'attente, alors on se dirige droit vers le comptoir.

– Je voudrais deux parts de Big Lu et un...

Il est sur le point de dire un « Nes », mais il se rattrape et dit un « café ».

Puis il ajoute quelque chose qui me surprend :

– Et ce qu'elle voudra.

Je ne m'attendais pas à ce qu'il m'invite, mais je pense que ça mérite une croix dans la colonne « C'est un genre de rencard. »

– Je vais prendre la même chose, dis-je.

Le caissier enregistre la commande, nous donne deux gobelets et un numéro à emporter à notre table. Ben refait sa blague sur le « Nes » (« C'est du Nes ou du café ? ») quand on va chercher nos boissons, et puis on s'installe à une table. Je suis déjà venue mille fois chez Luigi, pourtant, cette fois, je me sens comme un poisson hors de l'eau.

– Tu vis à Pearl Beach depuis combien de temps ? demande Ben.

– Depuis ma naissance. Troisième génération. En général, on dit « P.B. », au fait.

– Encore le jargon local, dit-il avec un hochement de tête en buvant une gorgée de café. Jusqu'ici, j'ai appris « café », « Big Lu » et « P.B. ». Bientôt, je le parlerai couramment. C'est important, vu que je suis d'ici.

Je le regarde avec surprise.

– Je crois que tu vas un peu vite, là. Tu as commandé deux parts de pizza. Ça ne fait pas de toi un indigène.

– Non, non, non, dit-il. C'est vrai. Je suis né ici.

– Tu es né à Pearl Beach ? je demande, sceptique.

– Nan, je suis né à P.B. Tu vois, je parle le jargon du cru.

Je ris.

– Tu me fais marcher.

– Pas du tout. Je suis né l'été après que mon père a terminé ses études de droit. C'est ici que ma mère a passé son enfance, et comme il ne commençait son nouveau boulot qu'au mois de janvier suivant, ils sont venus ici et ils ont squatté chez ma grand-mère. Comme ca, ils ont fait des économies et mon père a pu réviser pour le concours du barreau. J'ai passé les six premiers mois de ma vie ici.

– Dans ce cas, je suppose qu'il y a un îlien quelque part en toi, je plaisante. On n'a plus qu'à te débarrasser de la couche de Wisconsin qui le recouvre.

– Fais attention à ce que tu dis à propos du Wisconsin, réagit-il avec une indignation feinte. C'est l'État laitier des États-Unis.

– Je ne faisais aucun sous-entendu négatif.

– Tu n'as pas intérêt. Il y a des tas de choses importantes qui viennent du Wisconsin.

– Ah oui ? je le taquine. Comme quoi ?

Je l'ai peut-être pris au dépourvu.

– O.K... répond-il avec une hésitation. Je vais te faire une liste...

Il s'interrompt un instant. Je croise les bras en signe d'impatience.

– Les motos Harley-Davidson... et la crème pâtissière.

– La crème pâtissière ?

Il prend un air gourmand et ravi.

– Tant que tu n'as pas goûté la crème pâtissière de Babcock Hall, tu n'as pas vécu.

– Je veux bien te croire.

– Il y a aussi les Green Bay Packers[1]. Tout le monde adore les Packers.

---

1. Équipe professionnelle de football américain basée à Green Bay.

Je hausse les épaules.

– Sans oublier le lait. Sans lui, on n'aurait pas nos magnifiques sourires.

Il affiche un de ses fameux sourires et je dois avouer qu'il me convainc.

– O.K., tu as gagné, dis-je.

Je ne sais pas si c'est à cause du côté ping-pong de notre conversation ou de toutes les endorphines générées par le merveilleux parfum de pizza qui règne dans la salle, mais je me détends un peu.

– Admettons que le Wisconsin soit un endroit formidable. Mais puisque tu es coincé avec nous pour l'été, explique-moi en quoi consiste ton job au Département des Loisirs, au juste ?

– Je crois que je suis chargé de tout ce que personne d'autre ne veut faire, dit-il en riant. Il y a beaucoup de ménage, pas mal de coups de tondeuse à passer. Et à partir de lundi, je serai un des animateurs du centre aéré. Ça devrait être super : quatre jours par semaine avec un tas de gamins braillards qui feront tout ce qu'ils peuvent pour me tourmenter.

– J'ai fait ça, moi aussi, dis-je.

– Tu as été animatrice ?

– Non, j'ai été un de ces gamins braillards qui font tout ce qu'ils peuvent pour tourmenter les animateurs. C'était super marrant.

– Le programme est incroyable, dit-il. Il y a un truc différent tous les jours. On a base-ball, foot, piscine, on va même sur le terrain de golf une fois par semaine.

– Et n'oublie pas les Surf Sisters, dis-je.

– On va chez Surf Sisters ?

– Le mardi, les enfants apprennent le respect de l'océan, les règles de sécurité sur la plage et les bases du surf, dis-je, citant la brochure.

– Je croyais que c'était chez un certain Eddie's Surf je-ne-sais-quoi...

– Steady[1] Eddie's Surf School, dis-je.

– C'est ça.

– Surf Sisters est vraiment tenu par deux sœurs, et Steady Eddie, c'était leur père, j'explique. C'est la même chose.

– Super nouvelle, dit-il avec un sourire. Alors tu seras notre monitrice de surf ?

J'essaie de cacher ma déception en lui répondant que non.

J'omets de préciser que j'étais censée être la monitrice mais que j'ai refilé le bébé à Sophie, parce que je ne voulais pas m'approcher de tous ces gamins braillards. Bien sûr, je n'avais pas imaginé que je pourrais avoir envie de m'approcher de leur charmant moniteur.

– Dommage, dit-il. On aurait pu leur courir après ensemble.

Cette révélation me désole un bon moment, mais deux parts de Big Lu vous consoleraient de n'importe quoi. Ensuite, on parle de sa ville et de son lycée. Je me dis que si je le laisse parler, je risque moins de faire une

1. *Steady* signifie « stable » en anglais.

gaffe, chose qui m'est arrivée souvent par le passé. Cette stratégie semble fonctionner, parce qu'on continue à bavarder une fois qu'on a fini de manger, ce qui est plutôt cool.

J'essaie de résister à ma tendance naturelle, celle d'analyser le moindre détail, mais je ne peux pas m'empêcher de chercher un signe d'intérêt de sa part. Il me regarde dans les yeux avec aisance : ce n'est pas un regard insistant et gênant, mais il maintient le contact. Il ne jette que de vagues coups d'œil au match diffusé sur le grand écran de télé derrière moi. Mieux encore, il y a deux filles du genre requin à la table voisine. Elles sont mignonnes et n'arrêtent pas de glousser assez fort – dans le but d'attirer son attention, à mon avis –, mais il ne semble pas les remarquer.

– Tu ne penses pas ? demande-t-il, et je m'aperçois que je n'ai aucune idée de ce dont il parle. (Quelle ironie ! En pensant qu'il maintenait le contact, je me suis mise à rêvasser.)

– Si, carrément, dis-je en espérant que c'est la bonne réponse.

Redoutant de poursuivre cette conversation sans savoir de quoi on parle, je décide de changer de sujet.

– Et comment tu t'es retrouvé ici pour l'été ?

Ça ne me semblait pas être une question piège au moment où je l'ai posée, mais en voyant sa tête, je change d'avis.

– Excuse-moi. Je ne voulais pas être indiscrète.

– Non, ça n'a rien de secret, c'est juste un peu triste,

dit-il. Mes parents sont en train de divorcer dans des conditions vraiment moches. Avec des avocats et des disputes retentissantes. Ma mère avait peur que ça me traumatise à vie, alors elle s'est arrangée avec oncle Bob pour que je vienne ici et que je travaille avec lui.

– Je suis vraiment désolée de l'apprendre. Quelques-uns de mes amis ont des parents divorcés, et ça a été dur pour eux. J'ai tellement de chance que les miens soient heureux ensemble !

– Le pire, reprend Ben, c'est que mon père se comporte vraiment comme un abruti. Je ne comprends pas. Il est tellement méchant avec elle. Je regrette de ne pas être là-bas, parce que je voudrais la soutenir. Mais elle a pensé que ça ne serait pas bon pour moi.

Cette discussion sur ses parents assombrit l'ambiance, et avant que j'aie trouvé un autre sujet, son téléphone sonne. L'échange est bref et, quand il a raccroché, Ben annonce :

– Le devoir m'appelle.

Il boit sa dernière gorgée de café et se lève.

– Qu'est-ce qui se passe ?

– Il y a un pavillon, à côté du terrain de jeux, où les gens aiment bien organiser leurs anniversaires, dit-il.

– Je le connais bien. Je crois que j'y ai fêté mes sept ans.

– Apparemment, certains gamins viennent de découvrir ce qui arrive à ton système digestif quand tu manges des tonnes de gâteau et de glace juste avant de tourner à toute vitesse sur le manège.

– Et c'est toi qui dois nettoyer ? je demande avec une grimace.

– Comme je te le disais, mon boulot, en gros, c'est de faire ce que personne d'autre ne veut faire.

Il hausse les épaules.

– Je vais te raccompagner. Tu vas où ?

– Ce n'est pas loin, je peux y aller à pied. Je ne veux pas te mettre en retard.

– Je suis à peu près certain que le problème sera toujours là, dit-il.

– D'accord, je veux bien que tu me raccompagnes chez Surf Sisters.

Pendant qu'on se dirige vers sa camionnette, je parviens à envoyer un texto en douce à Nicole et Sophie : *Arrangez-vous pour avoir le parking en vue d'ici trois minutes. Faites-moi confiance !*

Je range mon téléphone dans ma poche et j'ignore la vibration des messages que je reçois en réponse. Elles me demandent sans doute des explications.

– Merci de m'avoir fait échapper à la pizza de la promenade, lance Ben tandis qu'on roule sur Ocean Avenue. Il n'y a pas de doute, la pizza de chez Luigi est la meilleure que j'aie jamais mangée.

– C'était la moindre des choses, dis-je. Et merci de m'avoir invitée. Tu n'étais pas obligé.

– Tu pourras m'inviter la prochaine fois.

En disant ça, il affiche ce sourire qui me trouble tant, et je me sens bien.

La prochaine fois. Cette idée m'enchante. Mais comme

d'habitude, je ne sais pas trop comment interpréter son sourire. Est-ce qu'il sourit par politesse ? Est-ce qu'il sourit parce qu'il apprécie ma compagnie ? Ou est-ce qu'il sourit parce qu'il vient de manger la meilleure pizza du monde ?

Quand il se gare devant chez Surf Sisters, je jette un coup d'œil et je vois que Nicole et Sophie sont toutes les deux à la fenêtre. Elles sont ébahies quand elles s'aperçoivent que c'est moi qui suis dans la camionnette avec Ben, et je dois fournir un effort surhumain pour rester impassible. En plus, je suis mal à l'aise quand, au moment de lui dire au revoir, j'essaie de trouver la formule idéale pour qu'il continue à penser à moi.

– Bon, dis-je avec un sourire clownesque, amuse-toi bien à nettoyer le vomi.

Je n'ai rien trouvé de mieux. J'ai conclu mon tout premier rencard-qui-n'était-peut-être-pas-un-rencard avec un garçon en lui parlant de vomi. Bon sang ce que je suis glamour.

– Je vais tâcher, dit-il. Merci encore.

Je sors de la camionnette, je le salue d'un geste et je le regarde s'éloigner.

Je ne sais toujours pas trop quoi penser, mais ça n'atténue en rien mon sentiment de triomphe absolu quand j'entre dans la boutique. Pendant un moment, les deux autres me fixent d'un air incrédule.

– Il y a un problème, les filles ?

– Non, dit Sophie en s'efforçant de réprimer un sourire (mais elle échoue lamentablement). Tu étais où ?

– Oh, tu sais, je mangeais juste une pizza chez Luigi avec Ben. Rien d'important.

– Tu es sérieuse ? demande Nicole.

Je hoche la tête en souriant.

– Absolument.

– O.K., fait Sophie, tout excitée. Il y a des questions qui exigent des réponses. Beaucoup de questions.

Pour une fois dans ma vie, je tâche de paraître relax.

– Non, pas du tout. Il y a une seule question qui exige une réponse.

– Laquelle ?

Je me tourne vers Nicole, qui tient la caisse.

– J'aimerais qu'il y ait un verdict officiel à ce sujet : j'ai assuré ou j'ai assuré ?

Nicole répond avec un sourire :

– Izzy Lucas, tu as carrément assuré.

Et elle officialise la sentence en faisant tinter la caisse.

Comme il y a du monde à la boutique, les filles n'ont pas l'occasion de me tirer les vers du nez avant la fin de la journée, quand on roule vers le cinéma. C'est Sophie qui conduit, Nicole a pris le siège passager. (Un des avantages à mesurer un mètre quatre-vingts, c'est qu'on a toujours le droit de s'asseoir à l'avant. Elle pivote pour me regarder, à l'arrière.

– Réexplique-moi comment c'est arrivé.

– Au départ, je suis passée au bureau du Département des Loisirs pour voir si je pourrais « tomber sur lui » là-bas. Et j'ai appris qu'il était parti sur la promenade pour sa pause déjeuner.

– Je suis entourée de tordues qui suivent les mecs partout, commente Sophie en me faisant un clin d'œil dans le rétroviseur.

– Alors je suis allée me balader sur la promenade et je l'ai vu faire la queue chez Beach-a-Pizza.

– Chez B.A.P. ? fait Nicole. Beurk !

– C'est précisément ce que je lui ai dit. Alors je lui ai proposé d'essayer chez Luigi, et voilà. On y est allés.

– Bien joué, commente Nicole.

– Tu vois ce qui arrive quand on adresse vraiment la parole à un mec, lance Sophie à Nicole en haussant un sourcil.

– On peut revenir à Izzy ? grogne Nicole, qui ne veut pas d'un énième sermon sur l'obligation de parler à Cody. Il est comment, ce Ben ?

– Je ne sais pas. Enfin, il a l'air super. Il est drôle. Un peu clown, mais dans le bon sens.

– J'adore, dit Nicole. Je préfère largement les mecs mignons et drôles aux mecs sexy qui se la jouent.

Sophie jette un nouveau regard insistant à Nicole, mais décide de ne pas la tanner à propos de Cody. À la place, elle m'observe une seconde dans le rétroviseur et demande :

– Et donc tu craques pour lui ?

Je réfléchis.

– Je ne sais pas. Peut-être.

Nicole sourit.

– Sa bouche dit « Peut-être », mais ses joues cramoisies disent « Bien sûr que oui » !

On s'esclaffe toutes les trois. Sophie se gare et on sort de la voiture.

– Jure-moi que tu as choisi ce film parce qu'il est censé être bien, dit Sophie à Nicole, et pas parce que tu penses que « tu sais qui » sera là.

– Il ne sera pas là, affirme Nicole. Il l'a déjà vu samedi dernier avec des mecs de chez Interact.

Sophie se fige.

– Et comment tu le sais ?

– J'ai déjà été condamnée pour l'avoir suivi, je ne peux pas être inculpée deux fois pour le même délit, réplique Nicole. Alors lâche-moi.

Avec Sophie, on échange un coup d'œil et on secoue la tête. Il faut vraiment que Nicole fasse quelque chose.

– Tout ce que je dis, c'est que j'ai forcé la main à Izzy et que ça a payé, répond Sophie. J'aimerais bien que tu aies la même chance.

– Du calme ! j'interviens. Pas sûr que ça ait « payé », pour moi. On a mangé une pizza ensemble, Ben et moi, mais je ne sais pas si je lui plais ou non. Peut-être qu'il a juste apprécié les pizzas.

– Tu n'as pas vu de signes ? demande Sophie.

– Ouais, fait Nicole. Il paraît qu'il y a des signes.

– Les signes étaient mitigés, dis-je. À certains moments, j'avais l'impression de lui plaire, et à d'autres, pas spécialement. Le fait que ses parents soient en plein divorce n'arrange rien. Je pense que ça l'a peut-être un peu dégoûté des relations amoureuses.

On arrive devant le guichet. Sophie se tourne vers moi.

– Au fait, c'est toi qui me payes mon billet.

– Ah bon, et pourquoi ?

– Parce que tu as une dette envers moi... Une grosse dette.

– Et pourquoi ?

– Parce que j'ai bidouillé sur l'ordi, même si c'était une vraie galère, et que j'ai échangé mes jours avec toi pour que tu bosses tous les mardis jusqu'à la fin de l'été.

Je mets un moment à comprendre.

– Tu veux dire...

– C'est toi qui seras la monitrice de surf des gamins du centre aéré, ce qui devrait te donner amplement l'occasion de déchiffrer les signes qu'envoie Ben.

Je la prends dans mes bras et, comme elle est toute petite, je la soulève du sol.

– Tu es géniale parfois, tu sais ?

– Non, je suis *totalement* géniale *tout le temps*. Et dès que vous en aurez pris conscience, toutes les deux, votre vie deviendra mille fois plus agréable.

Inutile de préciser que je suis ravie de lui payer son billet.

Le mardi matin, je consacre un temps infini à essayer de choisir ma tenue de surf. D'habitude, c'est automatique : combi intégrale les mois d'hiver, shorty pour les matins frisquets, bikini et T-shirt en lycra quand il fait chaud. Le lycra a deux fonctions. Il protège ma peau de toute la wax et du sable qui s'accumulent sur ma planche. Et en bonus, il m'évite de perdre mon haut de bikini quand je tombe.

Bien sûr, *d'habitude,* tout ce qui m'intéresse c'est d'être à l'aise et bien équipée pour surfer. Mais aujourd'hui, ce n'est pas comme d'habitude.

Au lieu de foncer vers les vagues pour en trouver une parfaite, je vais enseigner le surf à un groupe de gamins de primaire. Ce qui signifie qu'ils vont tous me regarder pendant que je passe mon temps à me pencher et à me plier en deux. Je ne voudrais surtout pas leur montrer trop de détails de mon anatomie. Mais Ben sera là aussi, et ça ne me dérangerait pas d'être un peu jolie.

Après d'innombrables essais, je choisis finalement un short de surf à rayures arc-en-ciel qui est bien coupé mais couvre quand même tout ce que j'ai besoin de couvrir, et un T-shirt en lycra bleu ciel de chez Surf Sisters que j'enfile par-dessus un haut de maillot de bain noir. Quand je jette un dernier coup d'œil au miroir de ma chambre, je compatis avec toutes les femmes qui me demandent de les aider à trouver un maillot de bain. Malgré tout, à ma grande surprise, l'ensemble est plutôt mignon et, dans un rare moment d'assurance, je suis prête à dire que je suis passée de l'otarie au dauphin.

À la plage, Sophie m'aide à tout installer avant que les enfants n'arrivent. Elle réussit à rester légère et drôle pour m'éviter de paniquer. Elle est capable de vous vanner impitoyablement, mais quand vous en avez besoin, elle peut être votre meilleur supporter. On rigole de je ne sais quoi lorsqu'on entend le bruit lointain d'un troupeau qui s'approche en sifflant comme un seul homme.

Je lève la tête juste au moment où Ben entraîne une escouade de gamins de l'autre côté d'une dune et les mène droit vers nous. Ils sifflotent une mélodie débile en faisant semblant de marcher au pas, c'est absolument adorable.

Je parie que Ben n'a pas consacré le quart du temps que j'y ai passé à s'inquiéter de sa tenue. Il a remplacé son short de sport par un caleçon de bain à fleurs style hawaïen, mais il a conservé son look habituel avec un polo rentré dans son maillot, des chaussettes blanches et des chaussures de sport. On pourrait croire que c'est un uniforme ou une tenue obligatoire pour son boulot, sauf que les deux autres animateurs sont en maillot de bain et T-shirt.

– Il porte des chaussures et des chaussettes, me glisse Sophie. *Sur la plage.*

– Ouais, dis-je. Il va falloir que je travaille là-dessus.

Les autres animateurs, je les connais du lycée. Le mec s'appelle Jacob. C'est une vedette de l'équipe de foot, mais il traîne avec le groupe d'intellos et il reste assez discret. Je ne peux pas dire qu'on soit amis, mais je l'ai toujours trouvé sympathique et on s'entend bien. La fille, c'est une autre histoire.

Kayla est une chef de clique, un requin – tandis que

moi, je suis un dauphin. Son but dans la vie, c'est de veiller à ce que les filles comme moi sachent qu'elles sont loin d'être aussi magnifiques que les filles comme elle. Par exemple, pour que tout le monde voie à quel point elle est superbe, elle porte un haut de chez Surf City beaucoup trop serré qui met ses formes en valeur – et qui l'empêche de respirer, j'imagine. Surf City est un immense magasin d'Ocean Avenue où des filles comme Kayla, en débardeur et mini-short, vendent des T-shirts et des planches de surf hyper chers à des touristes qui ne voient pas la différence. Ce sont nos ennemis jurés.

– Méfie-toi d'elle, souffle Sophie en désignant Kayla du menton. Si elle devine que tu es après Ben, elle va te le taxer.

On parle de « taxer » quand quelqu'un vous grille la priorité sur une vague que vous êtes déjà en train de surfer.

Bien que la présence de Kayla émousse un peu ma bonne humeur, les choses s'arrangent quand Ben me voit et me fait un de ses fameux sourires.

Même Sophie le remarque.

– Eh bien, même si son sens de la mode laisse à désirer, il se rattrape avec ses fossettes, dit-elle en me donnant un petit coup de coude amical. C'est le signal : il est temps que je vous laisse seuls tous les deux... enfin, tu sais, seuls avec la marmaille hurlante et la monitrice fourbe.

Elle me sourit, puis adresse un signe amical à Ben et aux enfants en repartant vers la boutique.

Au moment où ils sont sur le point de me rejoindre, Ben lève la main comme pour imiter un stop.

– Arrêtez-vous, les enfants !

Les mômes s'immobilisent en simulant des freinages caricaturaux. Certains vont même jusqu'à se rentrer dedans au ralenti avant de s'écrouler dans le sable. Manifestement, son côté clown est contagieux.

– Je croyais que ce ne serait pas toi qui ferais cours, me dit Ben.

– Il y a eu un changement de programme.

Je tâche de paraître mystérieuse, mais j'ai sans doute l'air paumée.

Il reste songeur une seconde, puis hoche la tête.

– Super.

Il se tourne vers les enfants pour leur parler et, vu la façon dont ils sont pendus à ses lèvres, je vois qu'ils l'adorent.

– Dites bonjour à Izzy.

– Salut, Izzy ! vocifèrent-ils à l'unisson.

– Salut, tout le monde ! Vous êtes prêts à devenir les rois du surf ?

Devant leurs « oui » enthousiastes, je me dis que même si Ben n'était pas là, je n'aurais jamais dû essayer d'échapper à ça. Ces gosses sont super et j'adore leur parler de l'océan. Je ne peux pas m'empêcher de revoir l'été où j'ai fait ce stage, moi aussi, et où je suis venue ici pour suivre les mêmes cours. Mon père m'avait déjà appris les bases, mais c'est à ce moment-là que j'ai vraiment accroché. C'est aussi à ce moment-là que j'ai commencé à traîner chez Surf Sisters.

– Avant toute chose, je continue, je voudrais que vous répétiez tous ces trois mots : Hop ! Splash ! Pouf !

– Hop ! Splash ! Pouf ! crient-ils en chœur.

– Qui peut me dire ce qu'ils signifient, ces trois mots ?

Voyant que personne d'autre ne lève la main, Ben saute sur l'occasion.

– Hop, splash, pouf, dit-il. C'est ce qui m'est arrivé quand j'ai essayé de me lever dans ma baignoire ce matin.

Les enfants rigolent.

– Bien essayé, dis-je. Mais ce n'est pas la réponse que j'attendais. Je vais vous dire pourquoi ces mots sont importants. Si vous devez rester longtemps au soleil, vous devez toujours « enfiler un T-shirt, hop », « vous enduire de crème solaire, splash » et « mettre un chapeau, pouf ».

J'ouvre les deux grands cartons que Sophie m'a aidée à préparer et je distribue des T-shirts en lycra, des casquettes Steady Eddie et des tubes de crème solaire.

– On adore le soleil, mais il faut faire attention, dis-je. Trop de soleil, c'est mauvais pour la peau. Pas vrai, Kayla ?

Tous les regards se tournent vers Kayla, dont la peau hyper bronzée montre bien qu'elle ne suit pas ce conseil.

– C'est vrai, acquiesce-t-elle sans enthousiasme en me fusillant du regard.

Une fois que tout le monde s'est équipé et enduit de crème solaire, je leur demande de se mettre en cercle pour faire des étirements. Je ne sais pas si c'est une coïncidence ou une ruse sournoise, mais Kayla se retrouve pile en face de Ben, de sorte qu'il a une vue imprenable sur elle pendant qu'elle fait les étirements. Et j'ai beau la détester, je dois admettre qu'elle est plutôt canon.

Une fois qu'on s'est tous étirés, je brandis une grosse planche en polystyrène d'environ un mètre cinquante de long et je demande :

– Qui peut me dire ce que c'est, ça ?

Sans hésiter, Ben répond :

– Une planche de surf !

Croyant qu'il plaisante, tous les gamins s'esclaffent, mais je vois à sa tête qu'il croyait donner la bonne réponse. Je viens vite à sa rescousse.

– Ben essaie de vous faire marcher, les gars, pas vrai ?

– Oui ! s'égosillent-ils.

Ben sourit et joue le jeu.

– C'est beaucoup trop court pour être une planche de surf, n'est-ce pas, Ben ?

– Absolument, dit-il avec un sourire reconnaissant. Beaucoup trop court. Même pour les minus dans votre genre.

– Alors qui, à part Ben, peut me dire ce que c'est, en vrai ?

Quelques enfants lancent :

– Un bodyboard !

– Exact. Un bodyboard. On dit aussi un « boogie-board » et, même si on s'en sert pour glisser sur les vagues, on ne se met pas debout dessus comme sur un surf, si ?

– Non, répondent-ils.

Je remarque une fille du fond qui est trop timide pour s'égosiller avec les autres. Elle me rappelle celle que j'étais à son âge, alors je la pointe du doigt et je lui demande :

– Comment on se met sur un bodyboard ?

En posant la question, je me frotte le ventre.

– Sur le ventre ? hasarde-t-elle avec une note d'incertitude.

– Exact, on se met à plat ventre dessus. D'ici la fin du stage, vous saurez tous vous mettre debout sur un surf. Mais pour aujourd'hui, on va se contenter de surfer à plat ventre avec ça. D'accord ?

– D'accord ! hurlent-ils, et cette fois, elle hurle avec eux.

On répartit les enfants en petits groupes et on les emmène dans l'eau peu profonde par quatre ou cinq à la fois. Ça leur permet de s'habituer à la dynamique des vagues et de prendre de l'assurance sur leur planche. Et puis c'est follement amusant.

La plupart d'entre eux prennent le coup tout de suite, et je me prends vite d'affection pour la petite timide, qui s'appelle Rebecca. Je note les changements de son attitude à chaque petit succès et ça me rappelle encore la fille que j'étais à neuf ans.

Le seul à avoir des difficultés, c'est Ben. Pour commencer, il a du mal à prendre une vague et, quand il y arrive enfin, il s'allonge trop à l'avant de la planche et finit la tête la première dans le sable. Ça amuse beaucoup les enfants, et Ben aussi – pour ça, il est vraiment génial. Il y a beaucoup de mecs qui se seraient sentis humiliés et obligés de prendre un air cool, mais lui, il se contente de faire le clown et les gamins adorent.

Dès le milieu de la session, je suis sûre que c'est plus qu'un petit coup de cœur pour moi. Il me plaît vraiment beaucoup et j'adorerais lui plaire, moi aussi. Le problème, c'est que je ne sais pas du tout si je l'intéresse un tant soit peu.

Il est détendu quand on se parle, ce qui me donne l'impression que je l'intéresse, mais il fait le clown avec les enfants aussi, alors peut-être qu'il est comme ça, tout simplement. En plus, il ne semble pas se rendre compte que Kayla est un requin en tenue de surfeuse et il paraît parfaitement à l'aise avec elle aussi. Je n'ai ni le corps ni l'assurance pour me comporter comme elle et je commence à me dire qu'il est trop bien pour moi.

Je n'ai toujours pas réussi à décoder la situation à la fin du cours, quand on rapporte tous nos planches à la boutique. Ben marche à côté de moi.

– C'était génial, dit-il. Les mômes ont adoré. Moi aussi. Évidemment, je vais avoir besoin de beaucoup d'entraînement et de conseils, mais c'était super.

Je n'arrive pas à savoir s'il me tend une perche pour

que je lui propose de l'aider à s'entraîner ou s'il dit juste ça pour faire la conversation. Je continue à marcher en silence pendant un moment avant de bafouiller :

– Eh bien, tu sais... si tu veux vraiment progresser... je pourrais toujours...

C'est là que Kayla débarque. Sophie m'avait prévenue. Elle se glisse à côté de lui et le prend par le bras avec une aisance aussi impressionnante que cruelle.

– Tu es génial avec ces gosses, Ben, dit-elle, toute en fossettes et en gros seins. Tu ne trouves pas, Iz ?

Je n'arrive pas à croire qu'elle m'appelle « Iz » comme si on était de vieilles copines. Bien sûr, je ne peux rien faire d'autre qu'acquiescer :

– Formidable.

Pendant un moment, on se regarde dans les yeux, elle et moi, et je sais que la guerre est déclarée. Avant que j'aie eu le temps d'ajouter quoi que ce soit, un des gamins accourt vers Ben.

– Ben, Ben, Ben ! s'écrie-t-il, tout excité. Tu ne vas pas le croire. Il y a un poisson mort et ses tripes ont éclaté partout. C'est carrément dégueu.

– Bon, si c'est *carrément* dégueu, fait Ben avec une grimace exagérée, il faut que je voie ça.

Ils s'éloignent avec empressement, me laissant seule avec Kayla. Ni elle ni moi ne disons un mot de plus sur le reste du chemin. Nous sommes un requin et un dauphin qui nagent côte à côte sur le sable.

– Tu es ma fille et je t'aime, dit mon père avec une profonde tendresse avant d'ajouter avec un sourire cruel : mais je vais d'abord te détruire, puis t'anéantir.

Bienvenue à la soirée jeux de société de la famille Lucas. C'est toujours marrant, toujours compétitif, toujours plein d'insultes. On est au milieu d'une partie de *Risk* particulièrement animée et papa est sur le point d'attaquer mes armées du Groenland. Il est content de lui jusqu'à ce que maman l'interrompe pour le taquiner :

– Tu sais bien que « détruire » et « anéantir », ça veut dire la même chose.

Il s'immobilise alors qu'il s'apprêtait à lancer les dés.

– Quoi ?

– Tu ne peux pas l'anéantir si tu l'as déjà détruite. Ta menace n'a aucun sens.

– Donna ! gémit-il. Je joue la carte de l'intimidation et tu fais tout capoter, littéralement.

– Au sens figuré, tu veux dire, réplique-t-elle. À moins que tu aies vraiment un bateau à faire chavirer dont j'ignorais l'existence ?

– Voilà qu'elle recommence, grogne mon père d'un air agacé. Voilà qu'elle recommence.

– Je suis désolée, mais je pense que si tu veux devenir un tyran international, la moindre des choses serait que tu t'exprimes correctement.

Mes parents me font marrer. Ils sont tous les deux enseignants au lycée de Pearl Beach. Maman dirige le département de lettres, d'où son obsession pour la correction linguistique, tandis que mon père est prof d'histoire et entraîneur de course à pied, ce qui explique son esprit de compétition. Au lycée, j'ai peut-être légèrement tendance à les éviter, mais en fait, ils sont super cool et on s'amuse bien avec eux. L'été, on joue à des jeux de société sur la table de la cuisine deux soirs par semaine.

– Et si je disais ça : Je vais d'abord envahir ton pays, et ensuite je vais l'anéantir ? lance mon père pour rire.

– Pourquoi envahir un pays si tu veux l'anéantir ? Ce que tu veux dire, à mon avis, c'est que tu vas envahir son pays et anéantir son armée, mais ce n'est pas ce que tu as dit. Ta maîtrise du vocabulaire est aussi impressionnante que tes armées en Afrique du Nord...

Il essaie de trouver une réplique quand on sonne à la porte.

– Sauvé par le gong, dit-il. Littéralement.

– Merci, répond-elle. Cette fois, le terme « littéralement » est pertinent. Même si ce n'est pas exactement un gong...

Elle se lève et ajoute :

– Je vais ouvrir. Comme ça, tu pourras poursuivre tes attaques contre le Groenland et contre notre belle langue.

– Ah, ces profs de lettres, grommelle-t-il entre ses dents en me faisant un clin d'œil.

Il s'apprête à lancer les dés quand je reconnais une voix familière qui parle à maman depuis le seuil. Je fais signe à papa de s'arrêter.

– Attends une seconde. C'est Ben ou je rêve ?

Soudain, d'embarrassantes visions dansent dans ma tête. Je me tourne vers papa et je prends mon air le plus désespéré.

– Ne sois pas toi-même. Ne fais pas de blagues à deux balles. Ne raconte pas d'histoires gênantes. Pour une fois, sois normal.

– Je proteste, dit-il avec indignation. Je ne vois pas du tout à quoi tu fais allusion.

Je le fusille du regard et il fait de même.

– Vraiment ? dis-je.

– Vraiment.

Je les entends marcher vers la cuisine : je n'ai plus beaucoup de temps.

– Si tu es sage, je te promets de ne pas t'attaquer en Afrique du Nord, et on peut s'allier contre maman en Asie.

– Marché conclu, dit-il avec un rictus.

On se serre la main pour sceller le pacte juste avant que maman arrive avec Ben.

– Salut, Izzy, dit-il timidement.

– Salut, Ben, dis-je en essayant de deviner pourquoi il peut bien être là. Papa, maman, je vous présente Ben. Il vient du Wisconsin, il est ici pour l'été. Ben, je te présente mes parents.

– Ravi de vous rencontrer, dit-il. Je suis désolé d'interrompre votre partie.

– Ce n'est pas grave, assure maman. On allait justement faire une pause.

– Ah bon ? se lamente mon père, déçu que ses projets de domination mondiale soient constamment interrompus.

– Oui, oui, insiste maman. On va acheter des glaces chez The Islander, toi et moi.

Sans la moindre hésitation, ma mère attrape son sac et se précipite vers la porte. Papa la suit mais, juste avant de s'en aller, il se retourne et sort son portable pour prendre une photo.

– Papa ? dis-je, soudain inquiète. Qu'est-ce que tu fais ?

Il photographie le plateau de jeu et me regarde d'un air sévère.

– Juste au cas où quelqu'un se cognerait « accidentellement » contre la table pendant mon absence. Je veux être sûr qu'on puisse remettre les pions à l'endroit où ils sont censés être.

Au lieu de répliquer, je me contente de secouer la tête et de les laisser partir.

– Je suis vraiment désolé de débarquer comme ça, dit Ben une fois qu'ils sont sortis. Mais je n'ai pas ton numéro et j'ai un service à te demander.

– Pas de problème, dis-je en tâchant de paraître décontractée et sûre de moi, même si je ne suis ni l'un ni l'autre en cet instant précis. Mais si tu n'avais pas mon numéro, comment tu as su où j'habite ?

– Je suis passé à la boutique pour voir si tu y travaillais, et une de tes copines était là. Elle m'a dit comment te trouver.

– La fille super grande ?

– Non, c'était celle qui dit que je ne m'habille pas comme il faut à la plage.

Je fais une grimace gênée.

– Tu as entendu.

– Elle a une voix qui porte, dit-il. Mais c'est pas grave. Ça ne m'a pas vexé. Je ne sais vraiment pas quoi mettre à la plage. Et je croyais vraiment que ce bodyboard était un surf.

– Je sais.

– Et je n'utilise pas les bons mots pour désigner les choses.

– Ouais.

– Si je dois passer l'été ici, je ne veux pas avoir l'impression d'être un extraterrestre qui débarque d'une planète lointaine.

– D'accord, mais c'est quoi, le service que tu veux me demander ?

– Tu peux m'apprendre tout ça ? Quoi mettre, où aller, comment faire la différence entre un bodyboard et un surf ?

– Bien sûr, dis-je. Avec plaisir.

– Vraiment ?

– Absolument. C'est quand, ta prochaine journée de congé ?

– Samedi.

– Parfait. Moi aussi, je suis en congé samedi. On n'a qu'à se retrouver ici à onze heures, si ça te va ?

Revoilà ce fameux sourire, et puis il me dit la chose la plus fantastique du monde :

– O.K. pour le rencard.

Le samedi matin, je me réveille tôt pour aller surfer devant la petite plage près de chez moi. Les vagues sont mieux autour de la jetée, mais je ne cherche pas à me dépasser. Je veux juste faire le vide dans ma tête et commencer ma journée par un moment de détente.

En ramant, je n'arrête pas de penser à un truc que Nicole m'a dit hier soir. Elle est passée chez moi pour me voir et, surprise surprise, on a fini par parler de Ben. Vu notre ignorance commune au sujet des garçons, c'était le genre de conversation où un aveugle guide un autre aveugle. Du moins jusqu'au moment où elle a dit : « Avec lui, il faut te comporter comme quand tu es en train de surfer. »

Au début, cette remarque faussement profonde m'a fait rire. Mais en y réfléchissant, j'ai compris que Nicole n'avait pas tort. Le problème, c'est que j'ai su surfer avant de savoir marcher, alors qu'avec les garçons, j'en suis à peine à mes premiers pas. Je ne vois pas du tout comment fondre ces deux filles en une seule.

J'essaie de trouver un moyen pendant que je suis assise sur ma planche, les jambes dans l'eau. Malheureusement, ma séance de brainstorming produit autant de vagues que l'océan, ce matin. Il est plat comme un lac et, au bout d'un quart d'heure sans voir grand-chose de plus que du clapot, je décide de m'arrêter là. Mais au moment où je commence à ramer, les dieux du surf me surprennent avec un cadeau inopiné. Je me retourne pour jeter un dernier coup d'œil au large et je vois une vague qui se forme au loin. Elle va être grosse et elle n'est rien que pour moi.

Ma planche est déjà parfaitement positionnée, alors je n'ai plus qu'à m'allonger sur le ventre et me mettre à ramer. Je vais lentement, au début, puis j'accélère quand la vague se rapproche. Lorsque je sens la vague s'élever en dessous de moi, j'essaie d'étudier ma technique. Peut-être que c'est aussi simple que le prétend Nicole et qu'il me suffit de regarder comment je suis sur ma planche pour savoir comment me comporter avec Ben.

Je sens monter une bouffée d'excitation lorsque la vague emporte ma planche, et je saute sur mes pieds. J'analyse le moindre détail – l'aspect de la vague, la position de mes pieds et la façon dont ma main se tend vers l'écume qui se détache de la crête, derrière moi. Je répartis mon poids et je plie les genoux pour rapprocher mon centre de gravité de la planche. J'observe tout... pendant à peu près trois secondes.

Puis je fais un nosedive.

On parle d'un « nosedive » quand l'avant de votre planche se plante sous l'eau et vous envoie valdinguer vers l'avant. J'en fais un spectaculaire et, avant même de comprendre ce qui m'arrive, je fais un beau plat du visage sur l'eau. C'est plus déroutant qu'effrayant. Je surfe une vague et la seconde d'après, je me fais secouer dans tous les sens par Mère Nature. Sous l'eau, j'ai l'impression de vivre un curieux mélange de ralenti et d'accéléré quand la puissance de la vague m'enfonce loin de la surface.

Je suis ballottée pendant quelques secondes jusqu'à ce que la vague passe au-dessus de moi. Ensuite, je marche jusqu'à la ligne de marée basse et je m'affale sur le sable pour reprendre mon souffle. L'arrière de mon épaule me pique à l'endroit où je me suis éraflée contre des coquillages, et ma cheville me lance parce que le leash qui la relie à la planche l'a tirée d'un coup violent. Mais dans l'ensemble, mon corps est loin d'être aussi blessé que mon orgueil.

Je n'ai pas honte d'être tombée. Ça arrive à tout le monde. C'est juste que je suis tombée comme une débutante qui essaierait de prendre sa première vague. Je ne suis même pas sûre de ce qui s'est passé. J'étais si occupée à analyser le moindre de mes mouvements qu'on pourrait s'attendre à ce que je sois capable de le comprendre. Mais en faisant défiler mentalement la liste, j'ai l'impression d'avoir tout fait correctement.

C'est là que ça me vient.

La raison pour laquelle j'ai valdingué, c'est justement *parce que* j'étais en train d'analyser le moindre de mes mouvements. J'ai trop réfléchi. En temps normal, je ne réfléchis pas du tout. J'agis, c'est tout. Ben oui : vous ne pouvez pas lutter contre une vague ; vous ne pouvez aller que là où elle vous emmène. Peut-être que les mecs sont comme ça, eux aussi. Au lieu d'analyser le moindre détail et de chercher des signes avec Ben, je devrais juste voir où ça me mène. Juste être moi-même.

Bien, ce n'est peut-être pas la plus originale des révélations, mais c'est nouveau pour moi. D'habitude, quand je suis avec des garçons, j'essaie d'être n'importe qui sauf moi-même. Mais je me rappelle que c'est Ben qui a proposé qu'on traîne ensemble aujourd'hui et que c'est lui qui a appelé ça un « rencard ». Peut-être bien que je lui plais, finalement.

Cette idée me donne une bouffée d'assurance pendant que je rentre chez moi à pied avec ma planche sous le bras. Tout à l'heure, le déroulement de la journée m'inquiétait, mais maintenant, je me dis que ça peut très bien se passer. Certes, c'est peut-être parce que je me suis cogné la tête super fort quand j'étais sous l'eau, mais je décide d'y croire.

Ce qui m'aide aussi, c'est que je me suis débarrassée de mes problèmes de garde-robe, cette fois. Contrairement au jour où j'ai donné un cours de surf aux gamins du centre aéré, je n'ai pas besoin de passer une éternité à me demander comment m'habiller. On s'en est occupées hier soir avec Nicole. J'ai choisi un débardeur rose flottant à porter par-dessus le haut de mon maillot de bain et un vieux short en jean qui me composent un look cool sans donner l'impression que je fais trop d'efforts.

En m'examinant dans le miroir, je me sens... prudemment optimiste. Je sens aussi que mon épaule me lance. Je pivote pour voir si elle est enflée, mais je m'interromps quand j'entends des pas sous le porche. Ma chambre est située à l'avant de la maison, alors je suis toujours la première au courant lorsque quelqu'un vient à la porte. C'est pénible quand on essaie de dormir le samedi matin, mais c'est génial dans des moments comme ça, quand je veux être sûre d'aller ouvrir avant mes parents.

Je m'engage dans le couloir de l'entrée et j'attends que Ben frappe.

J'attends.

Et j'attends.

À travers la porte, j'entends le bruit d'une respiration profonde et des pas lourds qui vont d'un bout à l'autre du porche. On dirait qu'il fait les cent pas en haletant, ce qui est absurde. Ce n'est pas possible qu'il soit nerveux à l'idée de me voir. Si ?

Je jette un coup d'œil par la fenêtre et j'écarquille les yeux de stupeur.

– Papa ! je m'exclame en ouvrant la porte à la volée.

Mon père fait de grandes fentes avant sous le porche et vérifie son pouls en plaçant trois doigts sur son poignet. En plus, il porte un short de sport qui est un peu trop court à mon goût, un T-shirt trempé de sueur et un bandana décoré d'un smiley.

– Qu'est-ce que tu fais ? je demande d'un ton impérieux.

– Je reprends mon souffle, dit-il entre deux halètements. À mon âge, il faut s'étirer pour éviter les crampes.

J'envisage d'ajouter qu'à son âge il devrait également éviter les mini-shorts, mais je n'ai pas le temps. Je regarde ma montre et il est onze heures pile. Ben sera là d'une seconde à l'autre.

– Tu es obligé de t'étirer ici ?

– Je suppose que je pourrais faire ça devant chez les Baker, mais je pense que ça leur paraîtrait un peu bizarre.

– Désolée de te décevoir, mais ça paraît bizarre de toute façon, dis-je en fouillant les alentours du regard pour voir si Ben arrive. Et puis pourquoi tu portes un bandana avec un smiley ? Tu as perdu un pari ?

Papa s'arrête un instant et me jette un regard perplexe.

– Il se passe quelque chose dont je ne suis pas au courant ?

– Non, absolument pas. Bon, tu veux bien entrer avant de tout gâcher ?

Au début, il est totalement ahuri, puis il semble comprendre.

– Trop tard.

D'un mouvement du menton, il désigne le bout de la rue, où Ben marche vers chez nous.

– Je crois avoir compris pourquoi tu es stressée. Il s'appelle Ben, c'est ça ?

– Pourquoi tu veux le savoir ?

– Hello moussaillon, Ben ! lance-t-il.

Moussaillon ? Sérieux ?

– Hello capitaine, dit Ben en arrivant dans l'allée. Salut, Izzy.

– Salut, dis-je en m'efforçant de sourire, tout en faisant signe à mon père de disparaître.

Papa n'a pas l'air de piger, parce qu'il continue à s'étirer. Maintenant, il a cessé les fentes avant pour fléchir les genoux.

– Faites comme si je n'étais pas là, dit-il comme si c'était possible. J'ai toute une série d'étirements à faire après avoir couru.

– Moi aussi, dit Ben. Ça rend dingues les mecs de mon équipe.

– Ton équipe ? répète papa.

– Je fais de la course à pied au lycée.

– Comme le monde est petit ! s'exclame papa. J'entraîne une équipe au lycée de P.B.

Il vous est déjà arrivé de souhaiter que votre vie soit un DVD enregistrable ? Moi oui. Comme ça, je pourrais appuyer sur pause et revenir en arrière dans l'espoir que cette scène se passe autrement.

– On pourrait courir ensemble, suggère papa.

– Ce serait super, répond Ben. Je me suis inscrit à une course de dix kilomètres le mois prochain et je dois m'entraîner.

– Le Rocket Run ?

– C'est ça.

– Moi aussi, j'y participe, dit mon père. On pourrait s'entraîner ensemble et se tenir compagnie pendant la course.

Ce n'est vraiment pas comme ça que j'imaginais cette journée. Mais au moment où je me dis que ça ne pourrait pas être pire, Ben prononce quatre mots qui me brisent le cœur.

– O.K. pour le rencard.

Quand il m'a dit ça à propos de notre journée ensemble, j'ai décidé que ça signifiait que c'était un vrai rencard. Mais maintenant, je commence à penser que c'est juste une de ses expressions.

Papa termine enfin ses étirements et demande :

– Qu'est-ce que vous avez prévu pour aujourd'hui ?

– Une grande séance de coaching, dit Ben. Izzy va m'enseigner les us et coutumes de Pearl Beach. Elle va m'aider à me fondre dans la faune locale.

Je m'attends à ce que papa m'achève avec une blague du genre : « Comment pourrait-elle le savoir ? » Mais il ne relève pas.

– Donc tu cours… et tu es malin. C'est une bonne combinaison. Amusez-vous bien, les jeunes.

Ça paraît peut-être cucul, mais en direct, sur le moment, c'est mignon. Une fois que papa est rentré dans la maison, Ben se tourne vers moi et se frotte les mains par anticipation.

– Alors, on commence par quoi ?

– Ça dépend, je réponds. Tu veux une transformation radicale ou pas ?

– Je veux tout le programme de protection des témoins, dit-il. Garde-robe, attitude, la totale.

Je souris.

– Bon. Alors on a intérêt à aller s'acheter une glace.

The Islander sert des glaces sur la promenade du front de mer depuis qu'elle existe. Il a une entrée côté plage et une côté rue, ainsi qu'un double comptoir au milieu de la boutique, qui fait face aux deux entrées. Ce comptoir a une forme d'île : c'est de là que The Islander tient son nom. Et comme P.B. est justement une île, les gens d'ici l'ont adopté et ils aiment bien porter les T-shirts « Islander[1] » de la boutique en signe de fierté civique.

Je commande la même chose que d'habitude, un cône en gaufrette avec deux boules de glace à la menthe parsemées de pépites de chocolat, et Ben un petit sundae avec de la sauce au chocolat chaud et de la crème fouettée sur une glace au chocolat avec des éclats de noisette. Il y a une rangée de tables contre le mur. On s'installe à celle du milieu.

– Je suis toujours partant pour un dessert, dit Ben, mais je ne vois pas comment un sundae peut m'aider à mieux connaître Pearl Beach. Figure-toi qu'on a aussi des glaces chez moi, dans le Wisconsin. Cette histoire d'« État laitier de l'Amérique », ce n'est pas seulement pour décorer les plaques d'immatriculation.

– On n'est pas ici pour la glace, dis-je.

Je me tourne sur le côté pour m'adosser contre le mur et je tends les jambes devant moi. Il comprend et m'imite. Maintenant, on regarde le comptoir.

– On est ici pour la vue, j'explique.

---

1. *Islander* signifie « habitant d'une île », en anglais.

– Qu'est-ce que ça a de si spécial, une vue sur un comptoir de glacier ?

– Pearl Beach a deux facettes : le côté touristes et le côté local. Il ne pourrait pas y avoir l'un sans l'autre. On a besoin des touristes et les touristes ont besoin de nous.

– O.K., dit-il. Logique.

– Mais on n'a pas la même plage, eux et nous. Ce qu'ils viennent chercher ici, c'est un truc qu'ils ont vu au cinéma et sur des cartes postales. C'est un peu comme la version parc d'attractions et pas la réalité.

– Je commence à perdre le fil.

– Je vais te donner un exemple. Tu es déjà allé au magasin de bonbons à côté de l'arcade ? je demande. Celui qui a ces grosses machines à mélanger qui entortillent des caramels ?

– Ouais, dit-il. J'y suis allé quand je distribuais des affiches. Il est super cool.

– Ils t'ont proposé de goûter un caramel à l'eau de mer ?

– Deux, avoue-t-il avec un sourire coupable. Ils étaient délicieux.

– Tu sais pourquoi ils appellent ça des caramels à l'eau de mer ?

Il me regarde comme si c'était une question piège.

– Parce qu'ils sont faits avec de l'eau de mer ?

– Non. Ce sont juste des caramels ordinaires faits avec de l'eau fraîche.

– Alors pourquoi ils les appellent comme ça ?

– Parce qu'il y a plus de cent ans, un magasin de bonbons sur une promenade du New Jersey a été inondé lors d'une tempête. Tous les caramels ont été arrosés d'eau de mer, alors le vendeur a dit pour rigoler que désormais, c'étaient des caramels « à l'eau de mer ». Il plaisantait, mais quand les gens en ont entendu parler, ils se sont mis à en acheter. Ils ont pensé que les caramels à l'eau de mer, c'était un truc qu'on ne pouvait trouver qu'à la plage. Et depuis, on s'attend à trouver des caramels à l'eau de mer sur toutes les promenades de bord de mer.

– Tu es en train de me dire que le bord de mer est plein d'escrocs qui profitent des touristes ?

– Pas du tout, je réponds. Tu aimes bien ça, les caramels. Ils sont délicieux. Et les gens s'attendent à en trouver. Ils veulent venir à la mer et voir ces jolis bonbons en cours de fabrication dans ces grosses machines. Ils veulent en acheter une boîte décorée pour l'offrir à leur grand-mère. Ça n'a rien de mal. Mais même si les touristes voient ça comme quelque chose qui a un rapport avec la mer, on voit ça comme quelque chose qui a un rapport avec les touristes. C'est factice. Ce qui est vrai de presque tout sur la promenade.

– Alors les gens du coin ne viennent pas ici ? demande-t-il.

– Pas tellement. Certains jeunes viennent en quête d'un amour d'été, mais pour la plupart, les gens du coin ne descendent ici que pour deux choses : travailler et...

– Manger une glace, termine-t-il, comprenant enfin.

J'acquiesce.

– The Islander, c'est un super bon glacier. Mais si tu te tournes vers l'entrée côté promenade, la plupart des gens que tu verras arriver de la plage sont des touristes. Si tu te tournes vers Ocean Avenue, tu verras des gens du coin. Cette table, c'est l'endroit où les deux univers se rencontrent. C'est l'endroit idéal pour les observer côte à côte et voir en quoi ils sont différents.

Ben analyse toutes ces informations et comprend ce que je veux dire.

– O.K., dit-il en se tournant vers moi. C'est assez génial.

– Et n'oublie pas que la glace est *fabuleuse*.

Il en prend une cuillerée et m'approuve d'un hochement de tête.

– Oui, c'est vrai.

On passe une demi-heure à observer les gens, et Ben repère vite les différences principales. Il commence par les plus flagrantes, comme les vêtements et les coups de soleil, mais ensuite, il finit par repérer des choses plus subtiles, comme l'attitude.

– D'accord, dit-il. Je comprends le coup des chaussures et des chaussettes.

– Sophie va être drôlement soulagée.

– Mais il y a un truc que je ne pige pas.

Il désigne le côté plage du menton.

– Tous ces gens sont en vacances.

Puis il désigne le côté rue et continue :

– Mais ceux-là paraissent bien plus détendus.

Je ne pourrais pas être plus fière. C'est pour cette raison que nous avons commencé ici.

– Tu as tout compris, dis-je en me levant. Tu as réussi la première étape. Il est temps qu'on passe à la suite.

Je me dirige vers la sortie côté promenade et il me suit.

– Mais non, je n'ai rien compris du tout, insiste-t-il. J'ai juste remarqué la différence. Je ne sais pas pourquoi ils sont différents.

On continue à parler en se faufilant entre les petits groupes de gens sur la promenade.

– Tu n'as pas besoin de savoir pourquoi. Il te suffit de savoir que c'est vrai. On a tous des théories différentes sur la raison.

– Vraiment ? C'est quoi, la tienne ?

– Ma théorie n'a pas d'importance.

– Peut-être, mais j'ai quand même envie de la connaître. Je ne veux pas seulement comprendre ce qui se passe à la plage.

– Qu'est-ce que tu veux dire ?

Il me regarde.

– J'aimerais aussi comprendre ce qui se passe dans ta tête. Tu... m'intrigues.

J'ai peur que ça me fasse rougir, alors je souris en baissant les yeux.

– O.K., dis-je. Viens par ici et regarde l'océan.

On s'approche de la balustrade qui s'étend au-dessus de l'eau.

– Je pense que c'est parce que les touristes sont

comme des vagues. Mais je suis peut-être la seule. Je pense toujours que tout s'apparente au surf d'une façon ou d'une autre.

– En quoi les touristes sont comme des vagues ?

– Quand une vague se dirige vers la plage, on a l'impression que *l'eau* vient vers la terre ferme.

– Et ce n'est pas le cas ?

– Pas vraiment. C'est essentiellement une illusion d'optique. La vague est une onde d'énergie qui traverse l'eau, la faisant monter et redescendre. Elle s'ourle vers l'avant et retombe un peu, mais l'eau reste au même endroit, dans l'ensemble. Et une fois que la vague est passée, toute l'eau est revenue à son emplacement de départ. Les touristes font pareil. Ils se précipitent ici et c'est hyper excitant, tout ça, mais ils ne restent pas longtemps. Alors ils doivent tout caser dans ce bref laps de temps. Ils sont tellement pressés qu'ils sont prêts à entrer dans une boutique de souvenirs pour acheter des coquillages alors qu'il leur suffirait de se balader sur la plage et d'en ramasser gratuitement. C'est dément. Alors pour moi, ils sont comme les vagues qui s'écrasent sur le rivage, et nous, on est comme l'eau. Ils s'amusent bien. Ils montent et redescendent. Mais ce n'est pas relaxant. Et une fois qu'ils sont partis, on retrouve la vie normale, comme si rien ne s'était passé.

– C'est... profond, commente Ben, songeur. Tu es toujours aussi philosophe ?

– Pas du tout. Mais je passe beaucoup de temps à penser aux vagues.

– D'accord. On va où, maintenant ?

– Maintenant, on va franchir les lignes ennemies, dis-je alors qu'on se remet à marcher sur la promenade. Mais promets-moi que tu n'achèteras rien là-bas, sous aucun prétexte.

– Si c'est encore un marchand de glaces, je ne pourrai peut-être pas résister. Ce petit sundae m'a donné faim sans me rassasier tout à fait.

– Ça n'a pas de rapport avec la nourriture, mais je suis sérieuse. Il *faut* que tu me le promettes.

– D'accord, je te promets de ne rien acheter, dit-il. Mais *où* est-ce que je ne dois rien acheter ?

Rien que le fait de dire ce nom me fait grimacer :

– Chez Surf City.

C'est immense, Surf City. On dirait un magasin de surf sous anabolisants. Et, comme les gens sous anabolisants, tout y est artificiel, surtout les filles. Elles ont des gros seins, des petits débardeurs et une connaissance du surf tellement limitée qu'elle en devient comique. Prenez par exemple la fille de l'entrée qui nous accueille en nous parlant hawaïen. Vous savez, parce que même si on est à huit mille kilomètres de Hawaï, ça fait tellement surf.

– *Mahalo !*

Bien sûr, elle ignore que *mahalo* veut dire « merci » et pas « bonjour ».

– Ma-hello à toi aussi, je réponds avec une pointe de sarcasme en secouant la tête.

J'entraîne Ben sur le palier du premier étage pour qu'on puisse passer les lieux en revue. Le rez-de-chaussée est bourré de maillots de bain, de vêtements et d'accessoires. À l'étage, il y a des planches de surf dans toutes les couleurs de l'arc-en-ciel. Chaque centimètre du magasin scintille, et où qu'on se tourne, on tombe sur une énième Barbie Malibu en chair et en os.

– Bienvenue dans le ventre de la bête, dis-je en regardant autour de moi. Les forces du mal.

Ben examine les lieux une seconde et se tourne vers moi. Je vois qu'il est tiraillé mais ne sait pas comment le dire.

– Qu'est-ce qui ne va pas ? je demande. Vas-y, crache le morceau.

– Tu adores le surf, non ?

– Plus que tu ne pourrais l'imaginer.

Il observe encore le magasin avant de ramener son attention sur moi.

– Alors pourquoi ce n'est pas ton endroit préféré au monde ? Tout est dit dans le nom : c'est « la ville du surf », ici.

Je ne réponds pas avec des mots. J'émets un grondement sourd. Il se reprend :

– O.K., je reformule. Je sais que c'est pour toi le pire endroit au monde, ici, mais comme je ne suis qu'un péquenaud du Wisconsin, pourrais-tu m'expliquer pourquoi c'est si affreux ?

– Avec plaisir. Pour commencer, ça appartient à une corporation sans visage. Le seul objectif de ce magasin, c'est de gagner de l'argent. Il se trouve qu'ils gagnent leur argent en vendant des planches de surf. Ils n'ont pas l'amour de l'océan ou du surf dans les gènes. Regarde-moi ces planches : elles sont disposées par couleur, comme si c'était la caractéristique qui compte le plus. C'est un peu comme si tu entrais dans une librairie et que tous les livres étaient rangés selon leur nombre de pages. Personne ne se soucie de trouver la bonne planche pour chaque client. Ils veulent juste que tu en achètes une, peu importe laquelle. Et pour être honnête, ces planches servent surtout à créer une ambiance artificielle pour qu'ils puissent te vendre des maillots de bain, des chemises hawaïennes et des lunettes de soleil à un prix exorbitant. Ou, mieux encore, un tas de T-shirts Surf City avec leur logo partout, pour que tu deviennes un panneau publicitaire ambulant lorsque tu rentreras chez toi et que tu raconteras à tout le monde tes fabuleux exploits sur ta planche, quand tu as fait un hang ten[1] ou pris des vagues difficiles.

Une fois que j'ai fini de cracher ma bile, je me rends compte que j'ai été un peu plus véhémente que prévu. Mais Ben ne se laisse pas démonter et plaisante :

– Si je comprends bien, tu me dis que tu n'aimes pas trop, toi ?

Je m'esclaffe.

– C'est ça. Je dis que je n'aime pas trop. Mais mon

---

1. Position de surf avec les dix orteils sur le nez de la planche, tout à l'avant.

objectif, ce n'est pas de t'expliquer ce qui me plaît ou pas. C'est de te montrer comment te fondre parmi les gens du coin. Et si tu regardes autour de toi, tu t'apercevras qu'il n'y en a pas ici. Il n'y a que des touristes. Tu vois leurs bananes et leurs coups de soleil ?

– Et leurs chaussettes blanches.

– Remontées jusqu'en haut, j'ajoute en secouant la tête.

– Je regrette que tu ne m'aies pas prévenu hier, avant que j'aille acheter tous ces T-shirts Surf City.

Il plaisante, mais je lui jette quand même un regard sévère. Et je n'aime pas me vanter, mais mon regard sévère est assez impressionnant.

– Mais tu as dit qu'ils étaient le mal incarné. Pourquoi ce serait plus répréhensible que vendre des caramels à l'eau de mer ? C'est tout aussi malhonnête, ça, et ça ne te dérange pas.

– Sept dollars pour une boîte de friandises à offrir, ce n'est pas la même chose que sept cents dollars pour un longboard, dis-je.

– Sept cents dollars ? répète-t-il avec un rire comique. Tu plaisantes.

– Regarde.

On s'approche d'une rangée de longboards bleus et il jette un œil aux prix. Il secoue la tête, incrédule.

– Et le pire, ce n'est même pas l'argent, dis-je. C'est beaucoup trop long pour un débutant, ce genre de planche. Mais jamais ils ne te le diront. Ils vont te laisser repartir avec et collectionner les chutes une fois dans l'eau. Ils ne te diront jamais que tu peux trouver un fish d'occase pour environ soixante-dix dollars, et qui sera bien mieux pour apprendre.

– Un fish d'occase ?

– C'est un type de planche, je lui explique. Mais gardons cette leçon-là pour plus tard. On avance tout doucement.

Il s'esclaffe et on se prépare à partir (à s'échapper ?) quand on passe devant le panneau d'affichage du magasin. On y trouve des photos de quelques-uns des surfeurs qui composent l'équipe de Surf City à côté d'une vitrine pleine de coupes.

– Impressionnant, commente Ben.

– Ouais. Ça me fait mal de l'admettre, mais leur équipe est formidable. Ils gagnent la plupart des compétitions de Floride.

– Comme King of the Beach ? dit-il, citant la compétition annuelle de Pearl Beach.

– Comment as-tu entendu parler de King of the Beach ?

– C'est sponsorisé par le Département des Loisirs. Je dois y travailler cet été.

– Surf City a gagné les deux coupes, dis-je. Celle de la meilleure équipe et celle du grand champion. Bailey Kossoff a remporté la coupe du grand champion deux années de suite.

– C'est un mec d'ici ?

Je secoue la tête.

– Non. Ils sponsorisent des gars de tout l'État. C'est comme ça qu'ils s'assurent la victoire.

– Il y a une équipe chez Surf Sisters ? demande-t-il.

Je secoue la tête.

– On n'a pas le budget pour ça. Ces mecs-là, ils peuvent engager n'importe qui de super bon.

– Je parie qu'ils ne peuvent pas t'engager, toi.

– Effectivement, ils ne pourraient pas, mais comme je ne fais pas de compètes, ça ne change pas grand-chose.

– Pourquoi pas ?

– C'est pas mon truc. J'aime bien que ça reste entre l'océan et moi, le surf. Pas de spectateurs, pas de juges.

Sceptique, il hausse un sourcil mais change de sujet.

Pour le moment, il me semble que notre journée se passe super bien. Je ne sais toujours pas si je lui plais ou s'il cherche juste une pote, mais je me sens plus à l'aise avec Ben que je ne l'ai jamais été avec un autre mec. Mes blagues le font rire et, quand j'essaie d'expliquer pourquoi je considère les touristes comme des vagues ou pourquoi Surf City est le mal incarné, il ne me regarde pas comme si j'étais folle. Mais le moment de la grande épreuve est arrivé.

Maintenant, on va chez Surf Sisters.

– Surf City appartient à une ignoble corporation sans visage, résume-t-il tandis qu'on marche sur Ocean Avenue. En revanche, tu as dit que Surf Sisters appartient vraiment à deux sœurs, n'est-ce pas ?

– Mickey et Mo. Elles sont géniales.

– Mickey et Mo, ça fait plus penser à des frères du surf qu'à des sœurs du surf.

– C'est parce que les mecs qu'elles battaient dans toutes les compétitions de surf il y a trente ans avaient trop honte de dire qu'ils se faisaient laminer par Michelle et Maureen.

– Alors, contrairement à toi, elles étaient disposées à participer à des compétitions ?

Je lui jette un regard noir. Il lève les mains en signe de soumission.

– Bref, dis-je pour revenir à notre sujet de départ, leur père était un sauveteur et un surfeur de légende.

– Steady Eddie, dit-il.

– C'est ça, Steady Eddie. Le métier de sauveteur ne paie pas très bien, alors il a monté Steady Eddie's Surf School pour donner des cours aux gens qui séjournaient dans les hôtels du front de mer. La mère de Mickey et de Mo ne faisait pas partie du décor, alors elles ont toujours mis la main à la pâte. Elles ont été les premières filles de la région à se faire un nom dans le monde du surf, et elles étaient décidées à se démener pour que ce soit plus facile pour la génération suivante.

– C'est pour ça qu'elles ont ouvert cette boutique ?

– Ça leur a semblé être la suite logique. Elles ont transformé leur maison en magasin et, quand Steady Eddie est mort, elles ont continué à faire tourner l'école de surf en son honneur. C'est à la fois une entreprise familiale, un devoir civique et un mémorial dédié à leur père.

– Alors cette boutique, en fait, c'est la maison de leur enfance. O.K., je vois en quoi c'est mieux qu'un gigastore tenu par une corporation.

– J'espérais que tu finirais par le voir.

Sophie et Nicole travaillent aujourd'hui, mais elles ont juré de bien se comporter à notre arrivée. Sophie tient la caisse et Nicole se balade dans la boutique pour s'assurer que tous les clients trouvent ce qu'ils cherchent. Quand on arrive, je vois qu'elles gardaient toutes les deux un œil sur la porte.

Bien qu'elles aient vu Ben la première fois qu'il est venu à la boutique, et aussi quand il était avec les enfants du centre aéré, elles ne l'ont jamais rencontré officiellement, alors je prends soin de faire les présentations.

– Ben, je te présente Sophie et Nicole, dis-je. Les filles, je vous présente Ben.

Ils échangent des salutations et, voyant que Sophie s'apprête à dire quelque chose, je panique pendant une fraction de seconde : j'ai peur qu'elle redevienne elle-même et dise un truc excentrique pour voir comment il va réagir. Mais elle tient sa promesse de bien se tenir.

– Qu'est-ce qui t'amène à la boutique aujourd'hui, Ben ? demande-t-elle.

– Je voudrais m'acheter des chaussures et des chaussettes pour la plage, dit-il. Peut-être des chaussettes qui montent au genou et des chaussures montantes. Ça existe, les chaussures de plage montantes ?

Les filles éclatent de rire et soudain, tout éventuel malaise s'évanouit.

– En fait, continue-t-il, je prends des cours de plage intensifs avec Izzy, et je crois que j'ai besoin de faire quelques ajustements à ma garde-robe.

– Tu cherches quelque chose en particulier ? demande Nicole.

– Je suppose qu'il me faut un nouveau caleçon de bain.

Elles se regardent, en pleine confusion. Je fais l'interprète :

– Un board-short. Ils ne parlent pas tout à fait la même langue que nous dans le Wisconsin.

Elles rient de plus belle, mais ça n'a pas l'air de déranger Ben.

– Vous ne dites pas non plus un « caleçon de bain » ? demande-t-il. Ça y est, le coup du « Nes » recommence.

Comme la boutique est une maison reconvertie, il y a une ambiance chaleureuse, très différente de chez Surf City. Les vendeuses ont même adopté l'habitude de Mickey et de Mo, qui désignent toujours chaque pièce par sa précédente fonction. Voilà pourquoi les planches sont dans le garage, les maillots de bain pour femmes dans le salon et les accessoires dans la cuisine, où le plan de travail et les rayonnages sont idéaux pour tout exposer, de la crème solaire aux lunettes de soleil, en passant par les porte-clés et les portefeuilles waterproof.

– On va dans la salle à manger, dis-je aux filles.

– On va encore manger ? demande Ben.

– Non. La salle à manger, c'est la pièce où on expose tout ce qui est en solde.

– Ah, super. Sous des dehors glamour et prestigieux, le Département des Loisirs ne paie pas particulièrement bien.

– Ne t'inquiète pas, intervient Sophie. On a toutes des réductions d'employés.

– Ouais, renchérit Nicole. On va bien s'occuper de toi.

Je souris parce que ça me montre qu'il a réussi sa première épreuve avec elles. Ce qui est confirmé un quart d'heure plus tard quand Ben emporte une montagne de vêtements dans une cabine d'essayage, et que Sophie et Nicole se précipitent vers moi comme des joueuses de football américain qui s'apprêteraient à tacler un attaquant de l'équipe adverse.

– On le valide, chuchote Sophie d'un ton ferme.

– Carrément, renchérit Nicole. Au fait, tu es super mignonne aujourd'hui.

– Merci.

– Tu as une grosse dette envers moi, ajoute Sophie. Non seulement c'est moi qui t'ai forcée à déjeuner avec lui, mais en plus, j'ai changé de jour avec toi pour tout l'été. Tâche de t'en souvenir.

– Je t'ai déjà remboursée. N'oublie pas qui t'a payé ta place de cinéma.

– Je pense que ça vaut plus qu'un film. Ça mérite...

Elle s'interrompt lorsque Ben sort de la cabine avec un board-short bleu marine. Un super maillot, mais on est toutes un peu distraites par le fait qu'il est torse nu et – ô surprise ! – qu'il a tout ce qu'il faut comme muscles et comme abdos. (Merci, la course à pied.) On en reste bouche bée toutes les trois, réaction qu'il prend à tort pour de la désapprobation.

– Il n'est pas bien ? demande-t-il en désignant le short.

– Si, dis-je en toussotant. Il est... super.

– Ouais, ajoute Sophie. Chouette « caleçon ».

Le fait qu'elle emploie le mot « caleçon » le fait sourire, et ses fossettes réapparaissent.

– Je sais, je sais. Je vous promets que je vais finir par prendre le coup.

Il semble ignorer qu'il est sexy à mourir, ce qui ne le rend que plus séduisant. Il retourne dans la cabine et les autres me regardent. Une fois de plus, on reste muettes.

– Elle a raison, finit par dire Nicole. Ça vaut bien plus qu'un film.

Je dois faire un énorme effort pour ne pas éclater de rire. Franchement, je n'avais encore jamais ressenti ce que je ressens en cet instant précis. Je sais que ça fait pitié, mais ça me donne un peu le tournis. J'ai du mal à m'en remettre.

En fin de compte, il choisit un deuxième board-short, deux T-shirts Surf Sisters et une paire de tongs bon marché, mais confortables.

– Vas-y, fais-nous un petit défilé de mode, dit Sophie. Voyons comment ça te va.

Ben joue le jeu. Il fait des allées et venues devant la

caisse, et les agrémente de quelques poses clownesques. À la fin, il se tourne vers nous trois et demande :

– Alors, qu'est-ce que vous en pensez ?

– Je pourrais presque penser qu'il est d'ici, déclare Nicole.

– Ce ne sera pas officiel tant qu'il n'aura pas perdu la marque blanche de ses chaussettes, précise Sophie. Mais il progresse, c'est clair.

– C'est fou, dis-je.

Il comprend que je m'étonne qu'il ait si bien réussi à adopter le bon look. Certes, mais je m'étonne surtout de ce qui m'arrive. La cynique qui est en moi s'attend à ce que ça foire.

Quand on quitte la boutique, on se dirige vers la plage et on marche pieds nus au bord de l'eau. Je lui montre des coquillages et une dent de requin mais, pour le moment, les cours sont terminés. J'ai juste envie de savourer... *ça*.

Quoi que ce soit.

C'est le moment le plus romantique de ma vie ; un problème parce que, pour autant que je sache, je suis juste une pote qui l'aide à faire son shopping. Enfin, il a vraiment l'air de m'apprécier et on a passé la journée ensemble, mais je ne sais pas trop comment en être sûre. Ce serait génial qu'il me prenne la main pendant qu'on se promène sur la plage, mais il a les mains prises par deux sacs de chez Surf Sisters.

Je décide de faire une petite pause.

– Je vais t'apprendre quelque chose, dis-je. Arrête-toi, regarde l'eau et remue les pieds comme ça.

Je remue les pieds de gauche à droite et ils commencent à s'enfoncer dans le sable mouillé. Il fait pareil et on se retrouve tous les deux ensevelis jusqu'aux chevilles.

– J'aime bien, dit-il.

– C'est chouette, hein ? J'adore faire ça quand je marche au bord de l'eau.

On passe un moment à regarder l'océan en silence. C'est paisible et agréable, mais dans ma tête, ça tourne à cent mille kilomètres à l'heure. Finalement, je craque et je laisse échapper :

– Tu as une copine chez toi, dans le Wisconsin ?

Ce n'est pas très habile et le pire, c'est que ce n'est pas suivi aussitôt d'une réponse négative. Il a l'air un peu triste. Je voudrais tant pouvoir effacer ma question.

– Excuse-moi. Ça ne me regarde pas.

– Ça ne me gêne pas, dit-il. Je n'ai pas de copine… Plus. J'en ai eu une pendant longtemps. Plus d'un an. Mais on a cassé pendant les vacances de Pâques.

Ça me semble drôlement récent, sachant qu'ils sont sortis ensemble pendant si longtemps. Je devrais cesser de lui poser des questions, mais je n'arrive pas à me retenir.

– Vous avez cassé parce que tu venais passer l'été ici et qu'elle ne voulait pas tenter une relation à distance ?

– C'était peut-être en partie à cause de ça. Mais il y avait un tas de petites choses. Je pense que c'est surtout à cause de mes parents. J'ai toujours cru qu'ils formaient le couple idéal, heureux et amoureux. Et puis j'ai découvert qu'ils ne l'étaient pas. Ça m'a permis de comprendre que les choses ne sont pas toujours telles qu'il y paraît. J'ai commencé à me poser des questions sur ce qui se passait entre Beth et moi, et au bout du compte, j'ai décidé qu'on n'était pas faits l'un pour l'autre.

Beth et Ben. Pff. Rien que leurs noms vont bien ensemble.

– Je suis désolée. Ça ne me regarde vraiment pas.

– Non, pas de problème, assure-t-il. En fait, c'est assez sympa d'avoir quelqu'un à qui en parler. C'était tellement la crise chez moi que je ne l'ai dit qu'un mois plus tard à mes parents. Et mes amis ont été nuls. Ils n'ont jamais grand-chose d'intéressant à dire sur les relations amoureuses.

J'ai cassé l'ambiance et totalement perdu le contrôle de cette conversation. Je me suis encore pris une grosse claque au pays des relations fille/garçon et c'est ma faute. Malgré tout, je n'arrive pas à passer à autre chose. J'ai trop besoin de savoir à quoi ressemble la concurrence.

– Elle est comment, cette Beth ? Je parie qu'elle est jolie.

– Elle est très jolie, répond-il automatiquement.

Je suis incapable d'imaginer qu'un mec me décrive comme ça.

– Et intelligente. Et drôle. Tout le monde trouvait qu'on était le couple idéal.

Je tiens à déclarer officiellement que je hais Beth.

– Mais c'est du passé, ajoute-t-il avec une touche de mélancolie. Elle est dans le Wisconsin et moi en Floride.

Izzy Lucas, le bouche-trou.

Je ne sais vraiment pas quoi dire d'autre, alors je reste plantée là et j'essaie d'imaginer comment je pourrais avoir la moindre chance à côté de la fille qu'il vient de décrire.

– C'est facile de discuter avec toi, continue-t-il. Tu es le genre de fille avec qui je peux être moi-même. C'est sympa.

Ça y est, j'ai mon verdict.

« C'est facile de discuter avec toi », « genre de fille » et « sympa » sont des codes que je sais déchiffrer. Je suis sa confidente, la fille avec laquelle il se sent assez à l'aise pour parler de la fille qui lui plaît vraiment. Malheureusement, ça rentre dans la catégorie « Non merci, j'ai donné ». J'ai l'impression que mon cœur s'enfonce dans mon ventre, tout comme mes pieds s'enfoncent dans le sable.

– C'est tout ? s'exclame Sophie, exaspérée, quand je termine de récapituler ma journée avec Ben. L'histoire s'arrête comme ça ?

– Oui, c'est tout.

On est assises à une table chez Mama Tacos et on partage une assiette de nachos.

– Tu as filé trop tôt, dit-elle.

– J'ai tenu le plus longtemps possible, je réponds.

Nicole se glisse à la table voisine avec une commande de chips et de guacamole.

– Je continue de penser qu'il craque à mort pour toi, dit Sophie.

– Il me voit comme *tous* les mecs me voient : la fille qui est super comme amie et qui a une chouette personnalité. En plus, je pense que le divorce de ses parents l'a dégoûté de tout ça.

– Tout ça quoi ? Le mariage ? demande Sophie. Je ne dis pas qu'il veut se caser pour toute la vie, mais je pense qu'il est intéressé. Et s'il est triste à cause de ce qui se passe entre ses parents, tu vas devoir être hyper courageuse comme ma chère Nicole, ici présente.

Elle désigne Nicole d'un mouvement du menton en avalant une chips surmontée d'une énorme montagne de guacamole et arrosée de sauce piquante.

– En quoi Nicole est-elle courageuse ?

Et puis ça me vient.

– Attends une seconde... Tu as parlé à Cody ?

Nicole sourit et hoche la tête en mastiquant sa chips.

– Je veux des détails ! dis-je.

– Ce n'est pas une grosse affaire, marmonne-t-elle.

– Menteuse, ton nez s'allonge ! s'exclame Sophie. C'est une énorme affaire.

– Raconte, dis-je. Qu'est-ce qui t'a enfin poussée à briser ton silence de deux ans ?

Elle me regarde dans les yeux et répond :

– Toi.

– Comment ça ?

– Je ne t'ai jamais vue aussi heureuse que tu le semblais avec Ben. Je me suis dit que ça pourrait peut-être m'arriver aussi. Alors je l'ai appelé et je lui ai demandé s'il avait envie d'aller au cinéma. Comme ça. Pas de plan préétabli. Pas de scénario. Pas de filature.

Je souris si fort que j'en ai mal aux joues.

– Oh la vache ! Qu'est-ce qu'il a dit ?

Elle en rougit presque.

– « Oui. »

Je suis vraiment heureuse pour Nicole. Elle craque pour Cody depuis une éternité, et c'est incroyable qu'elle ait eu le courage de lui proposer un rencard. Mais ce serait mentir si je n'avouais pas que je suis mortifiée. Je l'ai motivée parce que j'avais l'air heureuse, mais ce bonheur reposait entièrement sur de l'espoir. Pas sur la réalité. J'étais heureuse parce que j'étais naïve, et ça me donne l'impression d'être un de ces touristes qui vient de s'acheter une planche de surf à sept cents dollars.

Les deux semaines suivantes, je vois Ben deux fois dans le cadre du centre aéré. Je suis polie, mais je m'efforce de limiter la conversation au minimum. Je n'arrive pas à me débarrasser du malaise qu'a provoqué notre discussion. En général, ça ne me dérange pas d'être la confidente, mais avec Ben, c'est différent. Il m'en faut plus.

Pendant le cours de surf, il vient me voir avant les étirements et demande :

– Tu penses qu'on pourrait faire un deuxième cours cette semaine ? Je me sens toujours comme un poisson hors de l'eau, ici.

Je hausse les épaules.

– Difficile à dire. J'ai beaucoup de choses prévues avec mes parents cette semaine.

– O.K., dit-il, déçu. Peut-être la semaine prochaine.

– Pas de problème, on verra ça.

Mais je continue à la jouer évasive la semaine suivante, et quand il plaisante au sujet de son vocabulaire exotique, je ris sans conviction.

– Ah oui. C'est marrant (un peu trop désinvolte, il me semble).

J'ai l'impression d'être une tragédienne, mais c'est tellement dur ! Il me plaît à mort et je suis hyper embarrassée d'être incapable de faire comme si tout allait bien. À la fin du cours, je meurs d'envie d'aller lui parler, mais je remarque qu'il est en grande conversation avec Kayla et j'entends qu'elle l'invite à une soirée. J'ai vécu ici toute ma vie et je n'ai jamais été invitée à une soirée de quelqu'un de populaire. Je prends ça comme le signe qu'on ne fait pas partie des mêmes cercles et que je ferais mieux de passer mon chemin.

C'est ce que je suis en train de me dire le dernier jour de juin en m'éloignant sur ma planche. Il est tôt, il fait beau et je suis en sécurité ici, profitant de mon spot préféré, sans personne dans les pattes. Ces eaux-là, je peux y naviguer à la perfection.

Les vagues sont super et c'est libérateur de les surfer l'une après l'autre. On dirait que les dieux du surf essaient de compenser mon chagrin d'amour. Ma dernière vague est parfaite et, quand elle s'arrête, je n'ai plus qu'à descendre de ma planche pour marcher dans l'eau du bord. Je suis totalement détendue.

Ensuite, j'entends des applaudissements.

– Je savais que tu étais bonne, mais je ne me doutais pas que c'était à ce point.

Je lève les yeux vers la plage et je vois Ben assis sur le sable. Il se lève. Je ne sais pas depuis combien de temps il me regardait.

– Tu devrais vraiment participer à une de ces compétitions, continue-t-il. Je sais que ce n'est pas ton truc, mais... waouh !

– Tu es là depuis combien de temps ?

– Environ trois quarts d'heure.

Comment se fait-il que je ne l'aie pas vu ? Je m'approche de lui.

– Qu'est-ce que tu fais ici ?

– J'ai soixante-quinze dollars, répond-il en brandissant son portefeuille. Je veux apprendre à surfer. J'ai pensé que tu pourrais peut-être m'aider à trouver... Comment tu appelles ça, déjà ? Un fish d'occase ? C'est ça ?

– Ouais. Ça s'appelle comme ça.

– Génial. Où est-ce que ça se trouve ?

– Regarde sur Internet. Sinon je peux demander à la boutique si quelqu'un a entendu parler d'un fish à vendre.

Il vient droit vers moi et s'arrête.

– J'ai fait quelque chose de mal ? demande-t-il. Si oui, je suis désolé.

– Non, dis-je sèchement. Tu es parfait.

– Alors pourquoi tu m'évites ? Je pensais que tu allais m'apprendre à devenir un indigène. Je ne veux pas chercher un surf sur Internet. Je veux que tu m'aides à en trouver un. Je veux que tu m'apprennes à surfer. Je veux passer du temps avec toi.

Je ferme les paupières de toutes mes forces et l'eau salée me brûle.

– Je ne peux pas.

– Pourquoi ?

– Parce que... je suis occupée. J'ai mon boulot... et...

– Je m'arrangerai en fonction de ton planning, propose-t-il. En plus... je croyais qu'on était amis.

– Amis, je répète. Ça paraît tellement impersonnel. Des amis.

– Je prends l'amitié très au sérieux, répond-il.

– Bien sûr. Tes amies, c'est celles à qui tu parles des autres filles, c'est ça ?

– C'est ça le problème ? Je suis désolé de t'avoir parlé de Beth, dit-il. Mais si tu te rappelles bien, c'est toi qui m'as posé des questions sur elle. Je ne l'aurais jamais mentionnée, sinon, mais tu m'as posé des questions et je ne veux pas te mentir.

– Et tes nouvelles amies, comme Kayla ? Je l'ai entendue t'inviter à une soirée. Tu y es allé ?

– Oui. Pendant à peu près une demi-heure, juste pour être poli.

– C'est ça qui se passe ? Tu agis par politesse ?

– Non, j'essaie de comprendre pourquoi tu m'évites tout le temps. Mais je n'y arrive pas.

– Je sais. C'est absurde. Je suis vraiment désolée, mais je dois rentrer chez moi me préparer pour aller au boulot. C'est moi qui fais l'ouverture de la boutique, aujourd'hui.

Heureusement, je suis encore trempée à cause de l'océan, alors il ne peut pas voir qu'il y a des larmes qui se mêlent aux gouttes d'eau sur mon visage. Je me force à sourire et je commence à me diriger vers ma rue.

– Je savais que c'était un bodyboard, lâche-t-il subitement.

– Hein ?

– Quand tu l'as montré, au cours de surf. Je savais que c'était un bodyboard. Mais je donne toujours une mauvaise réponse pour éviter que les gamins se sentent mal s'il y a quelque chose qu'ils ne savent pas.

– Alors pourquoi tu as fait comme si tu ne savais pas, ensuite ?

– J'étais nerveux. Je cherchais un prétexte pour te parler. J'ai pensé que si je te paraissais suffisamment pathétique, tu me prendrais en pitié et tu accepterais de m'aider.

– Tu étais nerveux ? À cause de moi ?

– Ce n'était pas évident?

– Non. Je ne suis pas très douée pour repérer les signes.

Il se tourne face à moi et dit :

– Voyons si tu arrives à saisir celui-là.

J'ai beau être dégoulinante et chargée d'une planche de surf, il passe un bras autour de ma taille, l'autre autour de mon épaule, et il m'embrasse. Dire qu'il me prend au dépourvu, ce serait un euphémisme, mais je lâche mon surf et je lui rends son baiser.

C'est le premier baiser de ma vie, et sur une échelle de un à dix, je lui donnerais au moins quinze. Je sais que je n'ai pas tellement d'éléments de comparaison, mais j'ai passé énormément de temps à y réfléchir et ça dépasse de loin mes espoirs les plus fous.

Une brise fraîche souffle depuis le large, le ciel est une explosion de couleurs et de lumières, et mes pieds s'enfoncent dans le sable tandis que je m'abandonne à ses lèvres. J'ai l'impression d'avoir pris la vague la plus longue, la plus délicieuse, et je veux la surfer le plus longtemps possible avant qu'elle s'écrase sur le rivage.

Juillet

On est mardi matin et d'ici un quart d'heure, Ben va arriver avec les gamins du centre aéré pour leur cours hebdomadaire. Ce sera la première fois que les enfants essaieront de se mettre debout sur leur planche, et j'ai demandé à Nicole et Sophie de m'aider à illustrer la bonne technique. Ce sera aussi la première fois que je reverrai Ben depuis notre baiser, alors j'espère qu'elles m'aideront à gérer ça aussi.

Comme il est déjà avéré que je suis nulle pour repérer les signes, je pense que ça ne peut pas me faire de mal d'avoir ma propre équipe de déchiffrage. Bien sûr, je dois leur parler du baiser, ce que je n'ai pas encore fait. Je lâche cette bombe pendant qu'on transporte le matériel de la boutique à la plage.

– Au fait, dis-je comme si les rencontres romantiques au petit matin sur la plage faisaient partie de mon quotidien. Je vous ai parlé du baiser passionné que j'ai échangé avec Ben ?

Au début, elles croient que je plaisante, mais ensuite elles remarquent mon expression.

– Sérieux ? fait Sophie, incrédule. C'est vraiment arrivé ?

J'acquiesce.

– Quand ? demande Nicole. Ce matin ? Hier soir ?

– Hier... *matin*, j'avoue, penaude.

– Et on n'en entend parler que maintenant ? On a passé toute l'après-midi d'hier avec toi ! Comment as-tu pu ne pas le mentionner ?

La vérité, c'est que je n'ai rien dit parce que je ne savais pas trop quoi en penser. Je ne sais toujours pas, d'ailleurs. Je sais que c'était génial et merveilleux. Le moment le plus romantique de ma vie. Mais j'ai presque l'impression que c'était une scène de film et pas quelque chose qui m'est vraiment arrivé à moi.

– On veut des détails ! exige Sophie. Tout de suite !

Ce n'est pas une question.

– D'accord. Mais on doit d'abord finir d'installer le matériel. Les enfants vont bientôt arriver. Avec *Ben*.

Je leur raconte tout pendant qu'on dispose une dizaine de planches en mousse sur le sable. Après une journée pour analyser et revisiter chaque détail, c'est rafraîchissant de raconter l'histoire. Le dire tout haut souligne le fait que ça s'est vraiment passé, et pas seulement dans mon imagination. Je leur raconte que j'ai pris une dernière vague et que je suis revenue sur la plage. Elles adorent le moment où Ben m'applaudit, assis dans le sable.

– Trop mignon, trop mignon, trop mignon, commente Nicole avec un grand sourire. C'est vraiment trop mignon !

Et même si je suis un peu gênée par le ton mélodramatique de ma conversation avec lui, je leur fais un compte-rendu honnête de ce qui a été dit. Quand j'en arrive au baiser, elles me mangent dans la main.

– Et ? fait Nicole quand j'ai fini.

– Et quoi ?

– Et... qu'est-ce qui s'est passé après ? demande Sophie.

– Tu as entendu qu'on s'est embrassés, non ? C'était un peu ça, le grand final.

Manifestement, elles restent sur leur faim.

– Ça ne peut pas être tout ! prétend Sophie. Il s'est évaporé ? Tu n'as rien dit ?

– Je suis sûre d'avoir dit quelque chose, mais j'avais beaucoup trop le tournis pour m'en souvenir. Je crois me rappeler qu'en quittant la plage, on a sombré tous les deux dans un silence éberlué du genre « Je ne sais pas quoi penser de ce qui vient de se passer. »

– Il y a eu une suite ? demande Nicole avec espoir.

J'y réfléchis et je hoche la tête.

– À un moment, j'ai un peu rusé pour qu'on s'embrasse encore une fois.

– Mais ça aussi, tu avais oublié de le préciser ? proteste Sophie, frustrée. Tu sais que tu la racontes trop mal, cette histoire.

– Comment tu as rusé ? veut savoir Nicole.

– Quand on est arrivés devant chez moi, on a fait le

tour de la maison pour aller dans le jardin de derrière et je lui ai demandé de m'aider à remettre ma planche sur le râtelier. Je lui ai dit qu'il fallait la ranger sur les barres du haut mais que j'avais du mal à les atteindre toute seule.

Nicole rigole.

– Pourquoi tu lui as dit qu'il fallait la mettre si haut ?

J'ai presque trop honte pour répondre.

– J'ai dit qu'elle avait besoin d'être en plein soleil pour éviter que la condensation contracte la mousse du cœur.

Elles échangent un regard, puis se tournent toutes les deux vers moi.

– C'est absurde, dit Nicole. On dirait que tu inventes des mots.

– Je le sais et vous aussi, mais pas lui, j'explique. Je ne pouvais pas dire que je voulais qu'il le fasse parce qu'il est grand et que je cherchais un prétexte pour l'effleurer.

– Ça a marché ? demande Sophie. Tu l'as effleuré ?

Égayée par ce souvenir, j'acquiesce.

– C'était électrique. Je me suis retournée vers lui et je l'ai regardé. Je m'apprêtais à l'embrasser une nouvelle fois quand...

– Oui ? font-elles avec impatience.

– ... mon père est sorti de la maison pour aller faire son jogging du matin.

Elles soupirent.

– Aaaarghh !

– C'est là que c'est devenu gênant. Papa a dit un truc

du genre « Salut, Ben, qu'est-ce que tu fais ici ? » Et j'ai paniqué.

– Oh non, s'étrangle Sophie. Qu'est-ce que tu as dit ?

– Je lui ai dit que Ben était passé pour qu'ils aillent courir ensemble.

Sophie et Nicole éclatent de rire.

– Noooon, gémit Sophie. Tu n'as pas dit ça !

– Il n'a pas tellement eu le choix. Ils ont couru douze kilomètres. Quand ils sont revenus, il a dû accompagner les gamins du centre aéré en excursion au Centre spatial Kennedy et on n'a pas eu l'occasion de reprendre là où on en était.

– Alors tu ne l'as pas revu depuis ? demande Nicole.

– La prochaine fois, ce sera dans quelques minutes, quand il arrivera ici. Je pense que ça va être super romantique, comme retrouvailles. Avec les gosses qui braillent et bien sûr la fille que je préfère au monde, Kayla McIntyre.

– Oublie Kayla, dit Sophie. C'est toi qu'il préfère. Elle a perdu. Tu as gagné. Le match est terminé. C'est toi, son amour d'été.

– C'était juste un baiser, dis-je, tâchant de rester réaliste. Dans mon monde, un baiser, c'est énorme, mais dans le monde normal, je ne sais pas si ça mérite vraiment l'appellation d'« amour d'été ».

– Arrête de te rabaisser, dit Nicole. Tu fais ça tout le temps. Ce baiser n'est pas arrivé par hasard.

– Il a dû le payer avec douze kilomètres de jogging, ce baiser ! je rétorque. C'est dur, non ?

– Non, dit-elle. Il a estimé que ça valait la peine de courir douze kilomètres pour ce baiser. C'est *génial*, non ?

– La grande n'a pas tort sur ce point, intervient Sophie. Tu lui plais. Et comme tu ne pigeais pas les signes qu'il t'envoyait, il a construit un panneau lumineux pour éclairer ta lanterne.

– O.K., peut-être que je lui plais, j'admets. Mais il vient de se séparer d'une copine avec qui il est resté longtemps et il flippe à cause du divorce de ses parents. Je ne suis pas sûre qu'il cherche une vraie histoire d'amour qui dure tout l'été.

– Eh bien, ce qu'il cherche, déclare Sophie en pointant le doigt vers le chemin qui mène à la plage, on va bientôt le savoir.

Je me retourne et je vois Ben qui entraîne les enfants vers nous. Il fait le clown, comme d'habitude. C'est un bon début, mais comme il porte ses lunettes de soleil, je n'arrive pas à décoder son expression.

– Ne te rabaisse pas, me rappelle Nicole juste avant qu'ils arrivent à portée de voix. Tu mérites totalement un semi-marathon.

J'apprécie ses encouragements, mais je panique toujours, jusqu'à ce qu'il nous rejoigne et affiche son fameux sourire. C'est un immense soulagement. Je me rends compte que j'avais peur qu'il regrette ce qui s'est passé et qu'il se comporte autrement avec moi. Je ne sais toujours pas ce qui se passe entre nous, mais au moins, maintenant, je sais qu'il n'y a pas de malaise. C'est un grand progrès.

Kayla est comme d'habitude à la fois exécrable et canon. Elle a un nouveau maillot de bain qui met carrément en vitrine ses armes secrètes (enfin, pas si secrètes...), mais aujourd'hui, j'ai une arme secrète, moi aussi : Sophie. Elle ne lâche pas Kayla d'une semelle et se comporte comme si elles étaient les meilleures amies du monde, à la fois colocs et membres d'un même club d'étudiantes. Du coup, Kayla n'a pas la moindre occasion de flirter avec Ben. Quand on se met en rangées pour les étirements, Sophie se glisse devant Kayla pour lui cacher la vue sur Ben. Et quand vient le moment de choisir des partenaires pour la démonstration, Sophie s'empare de son bras et s'exclame :

– Il faut qu'on se mette ensemble, Kayla ! Il le faut absolument !

Malgré tous ces subterfuges et autres diversions psychologiques, la grande nouveauté de ce matin, c'est le cours. On laisse les softboards – de grandes planches en mousse – sur le sable et on travaille les techniques pour ramer et sauter sur ses pieds. Puis on court à l'eau et on les met en pratique. Je ne peux pas vous dire à quel point c'est excitant de voir les visages des gamins s'illuminer la première fois qu'ils se mettent debout et surfent une vague. On a beau être dans seulement un mètre d'eau, ils s'éclatent

Ma préférée, c'est Rebecca, la timide que j'ai remarquée le premier jour. Elle a continué à sortir de sa coquille un peu plus chaque semaine. Aujourd'hui, c'est elle qui tient debout le plus longtemps sur sa planche et je retrouve en elle l'enthousiasme que j'éprouvais à son âge pendant ce stage.

Avec Ben, on échange de rapides coups d'œil et des commentaires à voix basse. Nos mains se touchent deux fois pendant qu'on aide des enfants à se mettre debout sur leur planche, et à un moment, alors que je ne regardais pas dans sa direction, il se sert d'un bodyboard pour m'éclabousser, ce qui fait rire tout le monde. Malgré mon talent limité pour le déchiffrage de signaux, j'ai bien l'impression qu'on flirte.

Juste après le cours, quand les enfants font une pause pour manger un quartier d'orange et boire de l'eau, on peut enfin passer un court moment ensemble. Je jette un coup d'œil à Kayla et je vois qu'elle est encore aux prises avec l'ouragan Sophie, qui l'empêche de me talonner comme d'habitude.

– Ils ont été super aujourd'hui, dis-je.

– *Tu* as été super aujourd'hui, répond-il. On voit que tu adores ça, et ça marche à fond avec eux. Ils ont envie d'éprouver la même chose que toi parce que c'est très fort.

Après un silence gêné, je me lance et fais la pire transition de l'histoire du flirt :

– À propos de trucs très forts... J'ai rêvé, hier, ou c'est vraiment arrivé ?

Il sourit et hoche la tête.

– C'est vraiment arrivé. En fait, je pensais même que ça allait recommencer, avant l'interruption.

– C'est le détour de douze kilomètres avec mon père que tu appelles une « interruption » ?

– En gros, ouais. Je dois dire que je ne l'avais pas vu venir, ce coup-là. J'espérais qu'on pourrait en parler... quand il y aurait un peu moins de monde autour de nous, tu vois.

– Ça peut s'arranger.

– Après le boulot, par exemple ?

– D'accord. Je finis à six heures et demie.

– Super, je te retrouve à la boutique. Tu ne vas pas me renvoyer courir avec ton père ?

Je secoue la tête.

– Non, promis.

– Tant mieux, parce que je prévois de porter mes tongs pour pouvoir me fondre dans le décor. Et avec ça, je chope des ampoules au bout d'à peu près cinq kilomètres.

On s'attarde un moment les yeux dans les yeux, puis je dis :

– À tout à l'heure alors. Six heures et demie.

– À tout à l'heure.

Il file vérifier que les enfants ramassent leurs épluchures d'oranges et leurs bouteilles d'eau et je commence à empiler les planches pour les rapporter à la boutique. Je vois que Kayla se débarrasse enfin de Sophie et se dirige vers nous, mais elle arrive trop tard. Le score d'aujourd'hui est de un point pour Dauphin, zéro pour Requin. Et le dauphin est bien parti pour gagner le match, maintenant.

Bien que Sophie et Nicole aient l'air de penser que tous les signes qu'elles ont remarqués sur la plage étaient positifs, j'aborde toujours la situation avec une prudence absolue. Tout ce que je sais, c'est que Ben vient me parler après le boulot. Peut-être qu'il a prévu de me dire que c'était une erreur, ce baiser, ou que même s'il m'aime bien, il ne m'aime pas de cette façon-là. C'est tellement difficile à deviner, tout ça.

Je passe la majeure partie de la journée à surveiller l'horloge et, à 18 h 13, je suis en plein numéro de « Tu te vois plutôt comme un requin ou un dauphin ? » avec une fille en quête d'un bikini quand Ben entre dans la boutique. Il me sourit et me fait signe, et comme je ne veux pas être impolie avec la cliente, je lui réponds discrètement avec un demi-sourire et un haussement de sourcil. J'espère que ça fait cool et que ça ne passe pas pour un tic nerveux.

– Lequel tu préfères ? demande la fille, qui brandit deux maillots de bain.

Je lui accorde toute mon attention. J'étudie les deux maillots et je désigne celui qu'elle tient dans la main gauche.

– Celui-là.

Elle plisse le nez.

– Je crois que je préfère l'autre.

Je résiste à la tentation de répondre : « Alors pourquoi tu voulais mon avis ? »

À la place, je lance :

– Il est mignon aussi, celui-là. Tu veux l'essayer ?

Elle part vers la cabine d'essayage et je me retourne pour chercher Ben. Sauf qu'à présent il est parti. Je parcours la boutique du regard, craignant d'avoir eu des hallucinations. (Un amoureux imaginaire – ce serait bien mon genre, j'avoue.)

Sophie remarque mon inquiétude et s'approche.

– Ben le Blaireau est dans le garage, dit-elle, désignant la salle où on expose les planches de surf.

– Ben le Blaireau ?

– Tu as refusé tous les surnoms liés aux produits laitiers, alors je voulais essayer autre chose. En plus d'être le territoire laitier de l'Amérique, le Wisconsin se fait appeler « l'État des Blaireaux[1] ». Je trouve que « Ben le Blaireau », avec l'allitération, ça sonne bien.

Je ne prétends pas comprendre pourquoi Sophie aime tant les surnoms, mais je suis un peu trop stressée pour discuter de ça.

– Comment tu l'as trouvé ?

– Sur le point de te briser le cœur, dit-elle. Il va sans doute te dire qu'il ne veut plus jamais te revoir et qu'il part épouser Kayla.

Je lâche un hoquet étranglé avant de comprendre qu'elle plaisante.

– Tu devrais peut-être baisser un peu le niveau de stress, dit-elle en me tapotant amicalement l'épaule.

---

1. *Badger*, « blaireau », était le surnom du prospecteur minier du Wisconsin, qui s'abritait dans des sortes de terriers pour passer l'hiver, à défaut d'un logement.

Écoute donc la musique. J'ai choisi cette playlist spécialement pour toi. Pour t'aider à te détendre.

Dans la boutique, en général, on passe un mix de tubes d'été, de musique hawaïenne et de reggae. Au bout d'un moment, on ne l'entend plus et ça disparaît à l'arrière-plan de notre cerveau. Mais maintenant que j'y prête attention, je me rends compte que Bob Marley est en train de chanter une de mes chansons préférées : *Don't worry about a thing, 'cause every little thing's gonna be all right...*[1]

– O.K., dis-je une fois que j'ai pigé l'allusion. Je vais me calmer.

J'inspire à fond.

– Super, parce que tu es bien plus sympathique quand tu es détendue. Tu n'es pas le genre de fille qui supporte bien la pression.

– Oh là là, merci, entraîneur ! Ça me fait du bien de voir que je peux toujours compter sur quelques mots d'encouragement.

– Je préfère être réaliste.

– Au fait : Ben le Blaireau, c'est non.

Elle hausse les épaules.

– Je l'ai su dès la seconde où je l'ai dit, mais ces choses-là, il faut les essayer pour savoir.

Ça faisait déjà un quart d'heure que ma journée de travail était terminée quand la fille s'est enfin décidée pour un bikini. Inutile de préciser qu'elle a choisi le pre-

1. En français : « Ne t'inquiète pas, tout ira bien... »

mier maillot que je lui avais conseillé. Je sais qu'il est important qu'elle soit à l'aise avec son achat, alors les cinq autres maillots passés en revue ne me dérangent pas.

Une fois qu'elle a payé, je suis libre de m'en aller. Je me dirige vers le garage. C'est mon coin préféré de la boutique depuis que je suis gamine. Je venais regarder les planches et essayer de savoir laquelle était faite pour moi. On est loin d'en avoir autant que Surf City, mais on les a toutes choisies. La moitié d'entre elles ont été faites sur mesure dans le coin. Elles coûtent un peu plus cher, mais elles sont canon.

Personnellement, j'économise pour me payer une M. & M. C'est ainsi qu'on appelle les planches fabriquées par Mo et Mickey en personne. Elles n'en font qu'une dizaine par an, alors c'est très difficile d'en avoir une.

À propos de Mo, quand j'arrive dans le garage, je la vois en train de parler avec Ben, dans le fond. Elle a une bonne cinquantaine d'années, mais elle fait beaucoup plus jeune. Après avoir passé sa vie à surfer, nager et pagayer sur son kayak, elle est restée en grande forme. En plus, elle a tout le temps les cheveux mouillés. C'est pour ça qu'en général elle se fait juste une queue-de-cheval.

Des deux sœurs, c'est d'elle que je suis le plus proche. Je n'ai rien contre Mickey ; c'est juste que Mo et moi avons davantage de choses en commun. Mickey parle fort et te rentre dans le lard comme Sophie, tandis que Mo reste en retrait comme moi. Et on surfe de la même façon. On préfère toutes les deux le style fluide et prolongé au style plus sportif et agressif.

Elle montre à Ben une vitrine qui sert d'hommage à Steady Eddie, son père, et qui contient toutes sortes d'objets comme des coupes de surf, une médaille de sauvetage et même sa bouée torpille, le grand flotteur que les sauveteurs utilisaient autrefois.

– Il a gagné toutes les compétitions de surf de l'État, dit-elle, rayonnante de fierté.

– Le King of the Beach aussi ? demande Ben, mentionnant notre compétition locale. Il l'a gagnée aussi, celle-là ?

Mo s'esclaffe.

– Sept fois. Personne d'autre ne l'a gagnée aussi souvent.

– Trop fort, dit Ben. Elle est où, cette coupe-là ?

– Chez Surf City. Elle va toujours chez le champion du moment.

– C'est un peu injuste, commente Ben.

– Je ne sais pas. Elle est dans leur magasin, mais le nom de papa est marqué dessus sept fois. Mickey et moi, on voit ça comme une pub cachée pour notre boutique à nous.

Je les interromps :

– Demande-lui qui est la deuxième personne à avoir gagné cette compète le plus souvent !

– On est en pleine conversation, Izzy, proteste-t-elle.

– Vas-y, demande-lui, j'insiste.

– Alors, c'est qui ? fait Ben.

Elle rechigne à répondre, mais on attend, Ben et moi, et elle finit par céder :

– Mickey et moi, on l'a gagnée quatre fois chacune.

– Vous avez été les « reines de la plage » ? demande Ben.

Mo acquiesce.

– Les deux seules filles à l'avoir jamais gagnée, j'ajoute, parce que je sais que Mo ne le fera pas.

– Donc, entre vous et votre père, votre nom est gravé dessus quinze fois.

– Je n'avais jamais vu les choses comme ça, mais je suppose que oui.

Les compliments mettent Mo mal à l'aise, alors elle change de sujet.

– Ben, tu veux montrer à Izzy ce que tu as appris ?

– Ah ouais. Regarde un peu ça, Iz.

Il désigne une rangée de surfs l'un après l'autre, identifiant chacun par son modèle.

– Ça, c'est un shortboard, ça, un egg, ça, un fish, et celui-là... c'est... un... gun ?

– C'est ça, un gun, confirme Mo. Et c'est lequel, le quad ?

– Le fish, dit-il en le pointant du doigt. Parce qu'il a quatre ailerons.

– Parfait.

– Très impressionnant, dis-je.

Fier de son QI du surf, Ben se tourne vers Mo et ajoute :

– Je peux faire plus que les identifier. Je sais aussi qu'il faut les ranger à la lumière du jour pour éviter que la condensation contracte la mousse.

Mo s'apprête à rectifier, mais je la fais taire et elle laisse passer. Elle se tourne vers moi.

– Il paraît que tu vas apprendre les subtilités de notre art à Ben.

Elle appelle toujours le surf « notre art ».

– Oui.

Elle nous toise et hoche la tête en signe d'approbation.

– Bon choix.

Je ne sais pas si elle veut dire que je suis un bon choix comme prof pour lui ou qu'il est un bon choix de mec pour moi. Connaissant Mo, c'est sans doute un mélange des deux.

– Je serais ravi d'avoir tes conseils si tu en as aussi, dit-il. Après tout, tu as été « roi de la plage » quatre fois. Ou bien est-ce qu'on dit « reine de la plage » ?

– « Roi de la plage », ça me va, dit-elle avec orgueil.

Elle y réfléchit et lance :

– Je te conseille de te souvenir qu'il faut tomber amoureux avec son cœur et pas avec sa tête...

Je commence à bafouiller quelque chose du genre « Il est trop tôt pour parler d'amour », mais je me retiens quand elle ajoute :

– Alors choisis une planche qui te parle là.

Elle le tapote au milieu de la poitrine.

– Et écoute toujours Izzy. Elle a un don, cette fille.

– D'accord, dit-il.

Mo sourit et nous laisse dans le garage. On se retrouve seuls pour la première fois depuis que papa nous a surpris hier matin. Je le regarde. Il me regarde. Et je m'aperçois que je n'ai pas la moindre idée de ce qu'il faudrait dire. Comme ce moment m'obsède depuis ces six dernières heures, on pourrait s'imaginer que j'ai pensé à une réplique.

– Salut. (Spirituel, hein ?)

– Salut. Tu as fini de bosser ?

– Ouaip. Mais je dois être rentrée pour le dîner, d'ici environ une heure.

Il réfléchit un moment.

– Une heure, hein ? Ça ne nous laisse pas le temps de courir les douze kilomètres que j'espérais faire, alors est-ce que tu veux qu'on aille se balader sur la jetée et regarder l'océan, à la place ?

– C'est une de mes activités préférées au monde.

La jetée des pêcheurs de Pearl Beach est un endroit exceptionnel, parce qu'elle est aussi prisée par les touristes que par les gens d'ici. Elle part de l'extrémité sud de la promenade et s'étend sur quatre cents mètres exactement. Quand on arrive, Ben et moi, c'est marée basse et la plage a atteint sa surface maximale. Ce qui signifie qu'on doit parcourir près d'un tiers de la jetée pour arriver au-dessus de l'eau. On croise des gens qui pêchent de chaque côté sur la majeure partie du chemin, mais il n'y a personne tout au bout. Il n'y a pas non plus de balustrade, ce qui permet aux bateaux de s'y amarrer et nous permet de nous asseoir au bord, les pieds ballants au-dessus de l'eau.

– C'est joli, dit Ben en regardant l'océan infini.

– C'est plus que joli, dis-je en fermant les yeux et en sentant la brume marine sur mon visage. C'est parfait.

Revoilà ce mot : « parfait ». C'est le mot que j'ai employé hier matin pour le décrire, et je me demande s'il fait le rapprochement.

On garde le silence un petit moment, et je sens qu'il réfléchit à ce qu'il va dire. Je décide de lui couper l'herbe sous le pied.

– Je suis à peu près sûre de savoir pourquoi tu voulais qu'on parle, je lance. Et je tiens à te présenter des excuses pour la scène de mélo que je t'ai infligée hier. Et pour t'avoir snobé récemment. Tu mérites mieux.

– Pour commencer, tu n'as pas besoin de t'excuser. Ensuite, ce n'est pas de ça que je voulais parler.

J'inspire à fond. Nous y voilà.

– De quoi tu veux parler ?

– Tu m'as dit des choses géniales à propos de la plage et du surf. Tu m'as dit où manger et comment m'habiller.

– Mais ? J'ai l'impression que tout ça mène à un « mais ».

J'ouvre les paupières et je me tourne vers lui. Il me regarde droit dans les yeux.

– Mais tu ne m'as pratiquement rien dit sur *toi*, continue-t-il. Alors, si ça ne te dérange pas, j'aimerais bien qu'on parle de toi.

Voilà qui me prend au dépourvu. Complètement au dépourvu.

– Qu'est-ce que tu veux dire ?

– Je veux dire que tu sais des tas de choses sur moi. Tu sais que mes parents sont en train de divorcer. Tu sais que j'ai rompu avec mon ex-copine. Tu sais des choses sur mon lycée et sur mon oncle, et tu sais que je fais de la course à pied. Mais moi, la seule chose que je sais sur toi, c'est ton parfum de glace préféré : menthe aux pépites de chocolat.

– C'est sûrement ce qu'il y a de plus intéressant à savoir sur moi.

Il secoue la tête.

– Tu ne devrais pas te sous-estimer, Izzy. Je suis sûr qu'il y a un tas de choses intéressantes à savoir sur toi, et j'aimerais bien en connaître quelques-unes.

Je me creuse la tête en quête d'un truc qui vaille la peine d'être mentionné, mais je ne trouve rien.

– Je suis désolée. Tout est tellement... ordinaire.

– Impossible ! proteste-t-il.

– O.K., je vais te le prouver. Tu as rencontré mes parents et je suis fille unique, alors tu connais toute ma famille. J'ai de bonnes notes au lycée, mais personne ne me remarque quand je me balade dans les couloirs. C'est en partie par choix et en partie à cause de la version lycéenne de la sélection naturelle selon Darwin. Je ne t'ai pas parlé de ma rupture avec mon ex-copain parce que je ne suis jamais sortie avec un garçon. Voilà. Maintenant, tu sais tout.

– Tu n'es jamais sortie avec un garçon ?

Je trouve cette info suprêmement embarrassante, alors je me détourne pour répondre en regardant l'eau :

– Non.

– Pourquoi pas ? Quel est le problème ?

– Je suppose que je suis nulle, tout simplement, dis-je sèchement.

– Non. Je veux dire : quel est le problème des mecs de cette ville ? Comment est-ce possible que tu ne sois jamais sortie avec un garçon ? Est-ce que l'eau de mer leur a attaqué le cerveau ? Est-ce que le soleil les rend débiles ?

– Tu as vu Kayla, dis-je. Dans mon lycée, il y a des tonnes de filles qui ont ce genre de physique.

Il y réfléchit un moment.

– O.K., j'avoue que Kayla est canon...

– Non, tu trouves ? dis-je avec ironie.

– ... mais elle ne t'arrive pas à la cheville. Tu es plus intelligente, plus drôle et beaucoup plus intéressante.

– Tu sais parler aux filles. Je suis sûre que chaque soir, quand elle se couche, Kayla maudit ma super personnalité.

– C'est vrai que tu as une super personnalité. Mais si tu tiens vraiment à ce que je sois superficiel, je soulignerai que tu es aussi plus jolie qu'elle.

Je le fusille du regard.

– C'est complètement faux et tu le sais.

– C'est drôle, parce que non, je ne le sais pas. En revanche, je sais qu'elle m'a invité à une soirée ce soir. Et je sais que j'ai refusé pour pouvoir passer du temps avec toi.

Je ne sais pas si j'aurai d'autres occasions de ce genre à l'avenir, alors je savoure ce moment avant de répondre.

– Vraiment ?

Il me renvoie ma réplique :

– Oui, vraiment, et je vais te le prouver.

Il se couvre les yeux de la main gauche.

– Demande-moi de décrire Kayla.

Je suis sceptique. Je ne sais pas trop où ça va nous mener, tout ça, mais je n'ai guère le choix.

– Décris-moi Kayla.

– Gros seins. Longues jambes. Beaux cheveux.

Je ne l'ai pas encore précisé, mais il a raison : Kayla a des cheveux magnifiques.

– O.K., je réponds. Tu es un peu en train de prouver que j'ai raison, là.

Il secoue la tête, mais garde la main sur ses yeux.

– Maintenant, demande-moi de te décrire.

Je ne vois pas comment ça pourrait bien se terminer, alors je ne dis rien. Il ne se laisse pas dissuader.

– Tu as une fossette au menton, dit-il.

– Waouh, une fossette au menton ! C'est bien mieux que des gros seins.

– Tu as une *adorable* fossette au menton qui n'apparaît que lorsque tu souris, reprend-il, ignorant l'ironie. C'est tellement irrésistible que je n'arrête pas de débiter des blagues idiotes pour te faire rire et la revoir.

Songeuse, je me passe un doigt sur le menton.

– Et tes yeux sont indescriptibles, continue-t-il. Quand je t'ai rencontrée, j'ai cru qu'ils étaient bleus. Ensuite, quand on est allés chez Luigi j'aurais juré qu'ils étaient marron. Et hier matin... je suis certain qu'ils étaient verts. À chaque fois que je te vois, la première chose que je regarde, ce sont tes yeux, pour voir de quelle couleur ils sont.

Je vous rappelle que ce genre de conversation, c'est nouveau pour moi, alors j'en ai le souffle coupé.

– Et quand tu es gênée, tu rougis.

Il baisse la main et me regarde dans les yeux.

– Comme maintenant.

Naturellement, ce commentaire me fait rougir d'autant plus.

– La première fois que je m'en suis aperçu, c'est quand je t'ai demandé comment tu trouvais l'affiche : tu as commencé à dire « crade » mais tu as voulu dire « cool » à la place et ce qui est sorti au bout du compte, c'est « cradool ».

– Tu as remarqué ?

Il acquiesce.

– Je remarque tout ce qui te concerne.

– Eh bien moi, je ne peux pas m'empêcher de remarquer que tout ce que tu viens de mentionner – fossette, couleur d'yeux changeante et rougissement super sexy, ce sont en fait des défauts. Alors je te répète que tu prouves que j'ai raison.

– C'est pas possible que tu croies ça. Tu sais bien que ce ne sont pas des défauts.

– Bon, j'admets que tu arrives à les présenter d'une manière assez charmante, mais...

– Peut-être que cette comparaison sera plus convaincante pour toi : avant que tu viennes dans le garage, Mo m'a montré tous les types de surfs différents. Elle m'a vraiment ouvert les yeux. Qui aurait cru qu'il y en avait tant ?

– Moi, dis-je, mais il ignore la plaisanterie.

– Les filles comme Kayla, c'est des planches qui sortent de l'usine. Elles sont rutilantes. Lisses. Jolies. Elles sont superbes, mais elles sont toutes pareilles.

– Et les filles comme moi ?

– Il n'y a pas *des* filles comme toi, Izzy. Il n'y en a qu'*une seule*, au singulier. Tu es comme cette planche faite main que Mo m'a montrée. Elle l'a shapée elle-même, et il y a des tas de détails et de découpes qui la rendent spéciale, unique. Ce sont des caractéristiques, pas des défauts.

Je le regarde, totalement interdite. Sur la liste des choses les plus géniales qu'on m'ait jamais dites, ça dépasse tout. Rien ne s'en approche.

– Je ne sais pas quoi dire.

– Eh bien, tu pourrais me dire quelque chose sur toi. Qui tu es. Ne me laisse pas faire toute la conversation, pour une fois.

– Je ne cherche pas à faire des difficultés. C'est juste que je ne trouve rien.

– Dis-moi pourquoi tu ne veux pas surfer en compétition.

– Je l'ai déjà fait, mais ce n'est pas mon truc.

– Désolé, mauvaise réponse, dit-il en faisant un bruit de jeu télévisé. Il y a forcément autre chose. C'est parce que tu es timide ? Parce que tu penses que tu vas perdre ?

– Peut-être... mais ce n'est pas tout, j'essaie d'expliquer.

J'y réfléchis un moment, et il attend patiemment la réponse. Je regarde l'eau et j'essaie de mettre ça en mots.

– Pour moi, le surf, c'est totalement pur. Il n'y a que moi, l'eau et ma planche. C'est presque spirituel. En fait, *c'est* spirituel. Personne ne me regarde, personne ne me juge. Peu importe qui est populaire, qui est jolie, et il ne s'agit pas d'être meilleure qu'un autre. Il s'agit simplement d'une quête de perfection.

– Et qu'est-ce que tu entends par « perfection » ?

– Pense à tout ce qui intervient dans la création d'une vague : la force d'attraction de la Lune, le vent et la météo à des milliers de kilomètres, au milieu de l'océan, les contours du fond de l'océan. C'est un incroyable événement cosmique qui reste invisible jusqu'au tout dernier moment. La vague n'apparaît à la surface que pendant un court moment, et la perfection, c'est le diapason qui résonne dans ton cœur quand tu la prends au moment où elle naît et que tu la surfes jusqu'à sa complète disparition. C'est savoir que les forces de la nature se sont toutes réunies et que tu étais là pour les apprécier pleinement jusqu'à la dernière goutte.

Il y réfléchit un moment. Cette fois, c'est moi qui attends patiemment.

– C'était ce genre de perfection, hier matin ? demande-t-il. Quand tu as pris cette dernière vague ?

Je ferme les yeux et je repense à cette vague.

– Absolument.

– Et ça a tout gâché pour toi quand tu as découvert que je t'avais vue dessus ? Est-ce que c'est devenu imparfait à cause de ma présence ?

– Non. Bien sûr que non.

– Alors pourquoi d'autres gens gâcheraient ça ? Je pense que tu devrais surmonter cette peur. Mieux encore, je pense que tu devrais participer à la compétition du King of the Beach. Ce n'est pas comme si aucune fille n'avait jamais remporté le titre. Mickey et Mo l'ont gagné toutes les deux. Pourquoi pas toi ?

– Parce que, dis-je comme si c'était une réponse suffisante.

– C'est tout ? « Parce que » ? Ce n'est pas une bonne excuse.

– Ça devrait l'être, je réponds, légèrement agacée. Tu voulais avoir des informations sur moi et je t'en ai donné une. Mais la première chose que tu fais, c'est me dire de changer ça. Ce n'est pas une peur. C'est juste comme ça que je suis programmée. Le fait que tu me regardes surfer, ce n'est pas pareil qu'une foule qui me regarde. C'est le truc le plus personnel que je puisse confier à quelqu'un. Visiblement, tu ne le comprends pas.

– Visiblement, tu ne te rends pas compte que c'est fabuleux de te regarder. Je ne comprends rien au surf, et j'étais déjà ébloui. Hier matin, c'était bluffant de te regarder. C'était les trois quarts d'heure les plus passionnants depuis mon arrivée ici, pas de doute.

– Vraiment ?

– Je n'ai pas de talent comme le tien pour le surf. Quand je suis arrivé ici, je pensais que c'était un passe-temps comme un autre. Et puis, au bout de quelques semaines de conversations avec toi, j'ai commencé à voir ça comme un sport. Mais hier, en te regardant, j'ai compris que c'était un art. Tu es une artiste, Izzy.

Vous pouvez ajouter ça à la liste des trucs les plus fabuleux qu'on m'ait jamais dits.

– Tu le crois vraiment ?

– Je le sais.

– D'accord, dis-je timidement. Bon, ça fait une chose que tu sais sur moi. Mais je ne tiens pas à partager ça avec le monde entier, d'accord ?

– D'accord. J'arrête d'insister.

On échange un sourire, puis il tend la main et la glisse dans la mienne. Je sens une décharge d'électricité crépiter d'un bout à l'autre de mon corps. Pendant un moment, on ne dit rien. En guise de réponse, je lui presse la main.

– Maintenant, j'aimerais que ce soit toi qui me dises quelque chose, je poursuis.

– Ce que tu voudras.

– Pourquoi tu m'as embrassée hier ?

Il réfléchit un moment avant de répondre.

– Parce que j'en avais marre d'imaginer comment ce serait. Il fallait que je sache.

– Tu l'as imaginé ? Tu as imaginé que tu m'embrassais ?

Il hoche la tête.

– À fond.

– Depuis quand ?

– Depuis que je t'ai rencontrée.

– Tu parles, dis-je en riant. Quand j'avais cette tache de guacamole sur mon T-shirt ?

– J'aime bien le guacamole et j'ai beaucoup de respect pour les filles qui osent lancer cette mode.

Je me tourne vers lui pour le regarder, et le vent marin agite mes cheveux dans tous les sens. Il les écarte délicatement de mon visage. Je les glisse entre mon cou et mon épaule.

– Et c'était comment ? je continue. De m'embrasser ?

Il affiche ce sourire que je revois dans ma tête chaque fois que je pense à lui.

– Encore mieux que dans mon imagination. Et c'est beaucoup dire, parce que j'avais de grandes attentes.

– Est-ce que tu... aimerais réessayer ? Peut-être ?

– Euh... oui, dit-il avec une hésitation. J'aimerais... vraiment beaucoup.

– Pourquoi je sens un autre « mais » qui se profile ?

– On est déjà le 1er juillet et je rentre dans le Wisconsin le 25 août. Ça fait...

– Cinquante-cinq jours, je l'interromps.

– Waouh, tu as calculé ça vite.

– J'avais déjà fait le calcul. Tous les calculs. Cinquante-cinq jours, sept week-ends, six cours de surf pour le centre aéré.

Je hausse les épaules.

– Tu n'es pas le seul à avoir imaginé des trucs.

Ça le fait sourire.

– J'ai très envie de t'embrasser, dit-il. Mais si je le fais, je sais que je vais atrocement souffrir dans cinquante-cinq jours. Je souffrirai peut-être plus que je n'ai jamais souffert dans ma vie. Alors je me demande ce que je dois faire.

Je me tourne entièrement vers lui, cette fois, et je me penche pour me mettre à quelques centimètres à peine de son visage.

– Ce que *tu* dois faire ? J'ai peut-être un avis à donner dans cette histoire, non ?

– Bien sûr. Qu'est-ce qu'on doit faire, d'après toi ?

– Je pense que c'est comme une vague, dis-je. Mais je suis comme ça. Je compare toujours tout au surf.

Il prend un air perplexe.

– Comme une vague ? Comment ça ?

– Pense à toutes les forces cosmiques qui nous ont amenés au bout de cette jetée. Tes parents, mon boulot, ton oncle, le centre aéré. Toutes ces forces invisibles nous ont amenés ici, et cette occasion ne va pas durer longtemps. C'est comme une vague. Je propose qu'on la prenne le plus tôt possible et qu'on la surfe jusqu'à ce qu'elle se soit entièrement dissoute sur le sable. Je propose qu'on vise... la perfection.

Je n'attends pas qu'il réagisse. Je pose une main sur sa nuque et je l'attire doucement vers moi pour commencer à l'embrasser. Je sens le goût salé de ses lèvres et, quand je ferme les yeux, je m'y abandonne. C'est palpitant et merveilleux. Je n'en espérais pas tant. Mais en dépit d'énormes efforts, je ne peux pas ignorer le chronomètre qui démarre dans ma tête. Tout en embrassant Ben, j'entends le tic-tac du chrono.

Cinquante-cinq jours. C'est parti.

– Cite-moi les cinq membres du Congrès continental qui ont été sélectionnés pour rédiger la Déclaration d'indépendance.

Mal réveillée, je cligne des paupières, je me frotte les yeux et j'essaie de me concentrer. Puis je m'aperçois avec horreur que ce n'est pas un cauchemar. L'Oncle Sam[1] vient vraiment de m'accoster dans la cuisine. Enfin, c'est mon père déguisé en Oncle Sam, mais c'est tout de même assez cauchemardesque.

– Hein ? je marmonne en bâillant, tout endormie.

– Cite-moi les cinq membres du Congrès continental qui ont été sélectionnés pour rédiger la Déclaration d'indépendance, répète-t-il en exagérant la pose pour ressembler au fameux poster où l'Oncle Sam dit « I want you ».

D'habitude, j'ai pour règle d'ignorer mon père quand il est déguisé. Et je vais peut-être vous étonner, mais je dois fréquemment appliquer cette règle. Mais là, c'est impossible, parce qu'il m'empêche d'accéder au frigo.

---

1. Allégorie des États-Unis. Il est traditionnellement représenté comme un vieil homme blanc, avec une petite barbe.

– Je veux juste du lait pour mes céréales, je gémis. Pourquoi je devrais répondre à un quiz ?

– Parce qu'on est le 4 juillet[1] et que ton père est prof d'histoire des États-Unis, dit-il comme si c'était une explication raisonnable. Allez. Donne-moi les noms.

Je vois qu'il ne va pas renoncer, alors je me creuse la tête.

– Je suis à peu près certaine qu'il y avait Thomas Jefferson dans le lot.

– Oui, dit-il, clairement choqué que je n'en sois qu'à peu près certaine.

– Et on peut imaginer que Benjamin Franklin y était, non ?

– En effet.

Il en attend d'autres, mais je ne fais que hausser les épaules.

– C'est tout ?

– Il est sept heures du matin et c'est le milieu des grandes vacances, dis-je. Tu devrais t'estimer heureux que j'en aie trouvé autant.

Il secoue la tête, déçu.

– Tu m'en as cité deux sur cinq. Ça ne fait que quarante pour cent. Tu trouves ça acceptable, quarante pour cent ?

– Je ne bois que du lait à deux pour cent de matières grasses, alors ouais, dis-je avec un sourire malicieux. Ça me laisse trente-huit pour cent pour plus tard.

---

1. Fête nationale des États-Unis.

Plutôt que de continuer notre cours d'histoire en mode ping-pong, je me faufile derrière lui, j'attrape le lait et le jus d'orange, et je me dirige vers la table.

– C'était John Adams, Robert Livingston et Roger Sherman, les autres, dit-il. Au cas où tu voudrais le savoir.

– Merci, je réponds, en versant du lait sur mes céréales. Mais je ne tiens pas à le savoir.

Malgré mon indifférence du moment – que je trouve assez justifiée –, le 4 Juillet est un gros événement à Pearl Beach. C'est le jour le plus animé de l'année pour les touristes, et on leur en donne vraiment pour leur argent. La fête commence le matin avec la Parade des patriotes, continue toute l'après-midi avec de la musique live au Kiosque, et se termine par un énorme feu d'artifice au-dessus de la jetée.

Je ne voudrais pas saper le moral de mon père, alors j'essaie de faire la conversation.

– Ton groupe joue dans la parade cette année ?

– Oui, dit-il avec joie, refusant que ma mauvaise humeur entame son enthousiasme. Et on a le créneau de quatorze heures au Kiosque.

J'avale une cuillerée de céréales en gloussant.

– Tu trouves ça cool de dire que vous avez un « créneau », hein ?

– J'ai failli dire qu'on avait un « concert », mais j'ai pensé que tu te moquerais de moi.

– Oh oui, je me serais moquée de toi, c'est sûr.

Chaque année, le 4 juillet, mon père et quelques mecs

de sa connaissance forment un groupe qu'ils appellent les Pères fondateurs[1]. C'est génial, pas seulement parce que ça lui donne l'occasion de s'habiller en Oncle Sam, mais aussi parce que ça associe trois de ses grandes passions : la musique, l'histoire des États-Unis et les mauvais jeux de mots.

– Tu vas chanter ma chanson ? je lui demande en lui faisant les yeux doux.

Je fais allusion à « Isabel », une vieille chanson country de John Denver que mon père me chantait pour m'endormir.

– Je ne sais pas... dit-il, jouant les difficiles. On a un créneau d'une demi-heure seulement et on a beaucoup de chansons.

– Sérieux ? C'est ça, ta réponse ?

Il hoche la tête et me regarde fixement dans les yeux. Je finis par céder :

– Massachusetts, Connecticut, New York, Pennsylvanie et Virginie.

– Et pourquoi tu me récites une liste d'États, tout d'un coup ?

– Parce que ce sont les colonies que John Adams, Roger Sherman, Robert Livingston, Benjamin Franklin et Thomas Jefferson représentaient au Congrès continental.

– Tu le savais depuis le début.

---

1. Nom donné à ceux qui ont signé la Déclaration d'Indépendance des États-Unis.

– Évidemment. Tu m'as forcée à regarder le film *1776* un millier de fois, je te rappelle.

– Alors pourquoi tu as fait comme si tu ne savais pas ?

Je le fusille du regard.

– Parce que je ne veux pas t'encourager à m'infliger des quiz tous les matins.

Il fait un grand sourire.

– Je suis fier de toi, ma fille.

– Bon, et ma chanson ?

– Tu n'as qu'à venir et tu verras bien.

Mais quand il sort de la cuisine, je l'entends fredonner :

– *Isabel is watching like a princess from the mountains...*

Ce serait un jour idéal pour voir Ben, aujourd'hui, sauf qu'on est tous les deux occupés la majeure partie de la journée. Il défile dans la parade avec les enfants du centre aéré et il travaille au Kiosque pendant les concerts. De mon côté, je vais au boulot tôt pour aider à tout installer chez Surf Sisters et je finis tard ce soir. Si j'ai de la chance, je sortirai à temps pour voir une partie du feu d'artifice. Je suis sûre que nos chemins vont se croiser plusieurs fois au cours des festivités, mais quant à savoir à quel moment, je n'en ai aucune idée.

Je vais à la boutique en vélo et, quand j'arrive, j'ai la surprise de voir Nicole sur le parking, revêtue de son uniforme de la fanfare.

– Tu sais que j'adore te voir avec ton chapeau rigolo, mais tu n'es pas censée te mettre en place pour la parade ?

– J'ai encore une vingtaine de minutes, dit-elle.

J'attache mon vélo au râtelier et je réponds :

– Je suis sûre qu'on saura se débrouiller pour l'inventaire. Tu devrais rejoindre les tambours de la fanfare. Enfin, tu devrais rejoindre Cody, je veux dire.

– Je vais y aller. Mais Mickey m'a appelée à l'aube ce matin pour me demander de venir. Elle a dit qu'elle voulait parler à toute l'équipe.

Mickey et Mo ont sûrement des choses à régler, parce que le 4 juillet, c'est notre plus grosse journée de l'année en termes de ventes. Je suppose qu'elles veulent juste s'assurer que tout le monde est prêt. Mais quand j'entre dans la boutique et que je les vois parler à voix basse, je commence à craindre qu'il y ait un problème. Elles sont toujours enjouées d'habitude, mais aujourd'hui, elles ne sourient pas.

Mickey s'avance la première et nous compte rapidement pour vérifier qu'on est tous là. Avec elles deux, on est dix au total et, même si je suis plus proche de Sophie et de Nicole, je considère toute la bande comme une extension de ma famille.

– Nous sommes vraiment désolées de faire ça aujourd'hui, commence Mickey. Le 4 Juillet est une grande journée de plage, et on sait que ça peut devenir un vrai souk, ici. Mais il y a des événements qui sont sur le point d'être annoncés au public, et on voulait être sûres d'être les premières à vous en parler.

Maintenant, je suis vraiment inquiète. Mickey a les

larmes aux yeux et a du mal à poursuivre, alors Mo lui passe un bras sur les épaules et prend le relais :

– Après trente-trois années passées à faire ce qu'on aime... on est désolées de vous annoncer que... ça va être le dernier été pour Surf Sisters. La boutique va fermer fin septembre.

Elle continue à parler, mais je n'entends pas un mot tout le temps que mon cerveau essaie d'assimiler ce qu'elle vient de dire. Je sais que ça peut paraître mélodramatique, mais je ne soulignerai jamais assez à quel point cette boutique a été importante pour moi. Je regarde autour de moi et je m'aperçois que tout le monde est sous le choc. C'est chez nous, ici. Ça ne peut pas fermer.

– Qu'est-ce que vous racontez? laisse échapper Sophie.

– Comme je l'ai dit, continue Mo, on ne voulait pas vous l'annoncer comme ça, mais vous êtes notre famille. L'info a fuité et on est sûres que vous allez en entendre parler.

– Mais comment c'est possible? demande une des filles. Je sais qu'on n'a pas des foules de clients comme Surf City, mais j'avais l'impression que les affaires marchaient bien.

– C'est plus compliqué que ça, dit Mickey en se raclant la gorge. Un promoteur va construire un nouveau complexe, et la banque y voit l'occasion de gagner beaucoup d'argent. On a tout essayé, mais on ne peut vraiment pas l'éviter. Cela dit, on va tout faire pour tous vous aider à trouver un autre boulot.

On reste assis sans bouger pendant un moment, dans un silence hébété, puis une idée me vient.

– Et le lave-auto de Luigi ? Il a pu rester ouvert parce qu'il est là depuis très longtemps. On n'est pas protégés par la même loi ?

Elles échangent un regard, puis se tournent vers nous.

– On a pensé la même chose, dit Mo. On a même demandé à notre avocat de déposer une requête à la mairie. Mais il s'avère qu'on a ouvert quatre mois trop tard pour en bénéficier.

Je n'arrive pas à croire que ça se produise alors que je vis le plus grand bonheur que j'aie jamais connu. On dirait que si quelque chose va bien dans ma vie, autre chose doit dérailler. Je balaie la boutique du regard et soudain, des années de souvenirs m'assaillent. Je ne peux pas imaginer ce qu'elles ressentent, elles deux. Elles ont grandi ici. Elles ont consacré leur vie à monter ce commerce. Et ça va devenir un hôtel. C'est ridicule.

– Qu'est-ce qu'on peut faire ? je demande.

– Je suis contente que tu me poses la question, dit Mickey. On sait que c'est très triste, mais on ne veut pas que ça déteigne sur nos souvenirs de Surf Sisters. On veut que notre dernier été soit fabuleux. Et ça, ça dépend de vous. On a accepté cette fatalité, et on va s'éclater. On veut que vous aussi, vous vous éclatiez. Si on n'arrive pas à s'éclater à la plage pendant l'été, c'est vraiment qu'on fait quelque chose de travers.

– Et on va commencer à s'éclater dès ce soir, reprend Mo. On va fermer deux heures plus tôt que prévu et installer les chaises longues sur le toit pour admirer le feu d'artifice, comme on le faisait avec notre père. Vous êtes tous invités.

Soudain, je pense à Ben. Je dois faire une drôle de tête, parce que Mo le remarque.

– Qu'est-ce qu'il y a, Izzy ?

Ça paraît déplacé de poser la question, mais je ne sais pas quoi dire d'autre.

– Je me demandais juste si je peux amener un invité.

Pour la première fois de la matinée, la pièce se remplit de sourires.

– On en serait ravies.

Côté défilé, le nôtre se classe dans la rubrique « bricolé maison ». On n'a pas de ballons géants comme à la parade de Thanksgiving de New York, et nos chars ne sont pas aussi luxueux et sophistiqués que ceux de la Rose Parade du Nouvel An. On a des fanfares, des représentants de diverses associations citoyennes, des vieux dans des voitures anciennes et une dizaine de pick-ups qui tirent des remorques plates décorées de franges en plastique, de grillage et de papier de soie. Le clou de la parade, c'est, en fin de cortège, le prof de théâtre du lycée déguisé en George Washington qui agite la main depuis l'arrière d'un camion de pompiers, avec tous les gyrophares qui clignotent. C'est le comble du ringard et je ne raterais ça pour rien au monde.

Sophie, ma mère et moi, on s'approprie un emplacement à l'angle où la parade quitte Seagate pour entrer dans Ocean Avenue. C'est le milieu du défilé, au moment où il quitte le parking du lycée pour rejoindre Le Kiosque, et comme ils doivent ralentir et attendre au croisement, la plupart des groupes jouent une chanson entière sur place.

En attendant le début de la parade, on raconte à maman ce qui se passe chez Surf Sisters, et elle est presque aussi attristée que nous. Une atmosphère de découragement pèse sur nous jusqu'à ce qu'on aperçoive le groupe de papa qui vient dans notre direction. Les Pères fondateurs jouent un morceau de jazz Nouvelle-Orléans, et compensent leur manque de précision et de coordination par leur enthousiasme et leurs costumes ridicules.

Mon père joue du trombone, et je pourrais jurer qu'il a choisi ça parce que c'est l'instrument le plus clownesque. Il exagère sa démarche quand il nous voit. Impossible de ne pas rire. On crie et on lui fait des signes, et il répond par un clin d'œil et une longue note tonitruante avec son trombone.

– Il a toujours été comme ça ? je demande à ma mère.

– Toujours. Il faisait exactement la même chose quand je lui faisais signe pendant cette même parade à l'époque où il était dans la fanfare du lycée et où j'avais ton âge.

Ça nous fait rire, Sophie et moi, mais en observant ma mère qui le regarde, je m'aperçois qu'elle revoit cette époque. Elle sourit et je note qu'elle a le même rouge aux joues que Ben a remarqué sur moi. Je me dis qu'autrefois, ma mère éprouvait pour mon père ce que j'éprouve pour Ben. Je me demande si elle se posait autant de questions que moi ou si elle était de ces filles qui ont toutes les réponses.

Le grand moment suivant, c'est quand le petit frère de Sophie passe avec les louveteaux. Contrairement à mon père, il n'a rien de clownesque. C'est lui qui porte le drapeau de la troupe et il prend sa responsabilité avec un sérieux tout patriotique.

– Allez, Anthony ! braille Sophie.

Il nous jette un coup d'œil et nous adresse un signe de tête très adulte. On répond par des applaudissements déchaînés et des acclamations, et il ne peut pas retenir un petit sourire.

Derrière les scouts, il y a un groupe de *Shriners*[1] dans des voitures de sport miniatures. Les pompons de leurs fez ballottent dans le vent derrière eux tandis qu'ils passent à toute allure en zigzaguant dans la rue.

Ensuite, il y a le char que j'aime le moins. Il est sponsorisé par Surf City et il exhibe Bailey Kossoff, champion en titre de King of the Beach, la compétition de surf. Il est assis sur un trône, vêtu d'un board-short, d'une cape royale et d'une couronne, à côté d'un faux palmier. Je n'ai rien contre lui. Je trouve que c'est un surfeur

1. Société fraternelle liée à la franc-maçonnerie. Les *Shriners* défilent souvent costumés dans des tenues orientales.

éblouissant, mais je me passerais bien de toutes les bimbos de Surf City en bikini qui l'entourent en faisant des signes à la foule. Bien sûr, Kayla est parmi elles, et quand ma mère la voit, elle dit un truc complètement inattendu.

– Je sais que je suis enseignante et que je ne suis pas censée parler comme ça d'une élève, mais comme ce sont les grandes vacances et que nous sommes entre nous, laissez-moi vous dire une chose. Je ne supporte pas cette fille.

Ça ne lui ressemble pas du tout. Je ne pense pas avoir jamais entendu ma mère dire quoi que ce soit de négatif au sujet d'un élève devant moi.

– Je suis sérieuse, dit-elle. Sa mère était comme elle quand on était jeunes. Je vous assure, c'est telle mère telle fille.

Sophie se régale.

– Ça m'a manqué, les petits moments avec vous, madame Lucas.

– Toi aussi, Sophie, tu m'as manqué, dit maman avec un sourire. On devrait faire ça plus souvent.

Je me demande si maman a fait cette remarque d'un genre inédit parce qu'elle est au courant, je ne sais comment, de ma situation actuelle. Je ne doute pas du fait que Kayla va continuer à flirter avec Ben, et ma mère cherche sans doute à me remonter un peu le moral. Mais avant que j'aie eu le temps d'y réfléchir davantage, on entend le vacarme de caisses claires à l'approche.

– La voilà ! dit Sophie, le doigt pointé vers la fanfare.

Nicole n'est peut-être pas particulièrement contente de mesurer un mètre quatre-vingts, mais ça nous aide bien à la repérer dans une foule.

– Regardez, elle est juste à côté de Cody ! dis-je, remarquant le reste du groupe. Ce n'est peut-être pas si mal, finalement, les obsessions maladives qui nécessitent une intervention.

Maman nous regarde, mais décide de ne pas poser de question.

La fanfare marche au rythme des caisses claires, puis s'arrête juste devant nous. Ils s'apprêtent à jouer quelque chose et, comme ils jouent toujours les mêmes six ou sept chansons à tous les matchs de foot auxquels ils assistent, Sophie et moi essayons de deviner laquelle ça sera.

– « Hawaï 5-0 », prédit-elle.

– « A Little Less Conversation », je réplique.

Il me suffit d'entendre les premières notes pour afficher un grand sourire de triomphe.

– Gagné !

Aussi loin que remontent nos souvenirs, les Marching Panthers du lycée de Pearl Beach ont toujours joué « A Little Less Conversation ». Je ne serais pas étonnée s'ils avaient commencé à jouer cette chanson d'Elvis dès le lendemain de sa sortie. Je ne dis pas ça pour m'en plaindre, attention. Ils la jouent parce qu'ils cartonnent à chaque fois.

Comme aux matchs de foot, on la chante tous avec eux. Elle arrive à son apogée quand on braille : *Come on, come on ! ... Come on, come on ! ... Come on, come on !* À ce moment-là, les trompettes jouent leur crescendo et toute la fanfare se remet à marcher, sous nos acclamations.

J'aime vraiment tout à Pearl Beach, au cas où vous ne l'auriez pas remarqué.

C'est la première fois que je vois Nicole jouer depuis qu'elle s'est mise à la caisse claire, et on croirait qu'elle en joue depuis toujours. Elle est si concentrée qu'elle ne nous remarque même pas, à sautiller et lui faire des signes.

Il y a d'autres *Shriners* – sur des mini-motos, ceux-là –, puis le maire passe à bord d'une voiture de collection en saluant tout le monde de la main. Ensuite, on voit Ben et les gamins du centre aéré qui marchent à côté du char du Département des Loisirs.

Les enfants portent des tenues de sport de toutes sortes et se baladent avec du matériel de sport pour représenter les nombreuses activités que ce département sponsorise. Mais apparemment, certains en ont eu assez et ont refilé leur fardeau à Ben. Pour le moment, il trimballe une planche de surf, une batte de base-ball, un casque de football américain et un sac rempli de clubs de golf. Étant donné qu'ils n'en sont qu'à la moitié du parcours, on peut se demander ce qu'il pourrait porter de plus.

– Il va tomber dans les pommes avant la fin de la parade, plaisante ma mère.

Je ne sais pas quel est le protocole adéquat quand

votre petit ami (est-ce que je peux l'appeler comme ça ? Je pense que oui) passe devant vous lors d'une parade, alors je me contente de sourire et de le saluer timidement du bout des doigts quand je le vois. Il essaie de me dire quelque chose, mais je ne l'entends pas dans les rugissements de moteur des mini-motos.

– Hein ?

Il court vers nous, frénétique et haletant.

– J'ai besoin de ton aide. Tu peux prendre ça ? demande-t-il en me tendant la planche de surf.

– Tu veux que je la rapporte à la boutique et que je te la garde ?

Il me jette un regard incrédule.

– Non, je veux que tu la portes à côté de moi et que tu marches dans la parade.

– Tu veux que je vienne... dans la parade ? Moi ?

Il a l'air désespéré.

– Oui !

– Tu ne piges vraiment pas ce que c'est que la timidité, hein ?

Avant d'avoir eu le temps de répondre, il est obligé de courir après un gamin habillé en joueur de football américain, qui part dans la mauvaise direction.

Je reste sur le trottoir, tétanisée par la peur. Je suis morte de honte à l'idée de défiler devant, vous savez, des gens. C'est là que je sens une main me pousser par-derrière, prenant la décision à ma place. Je déboule au milieu de la rue en titubant et c'est trop tard – je suis dans la parade. Je me retourne, pensant voir que c'était Sophie, mais j'ai la surprise de découvrir que c'est ma mère.

– Il t'a demandé de l'aider et il est super mignon, dit-elle. Amuse-toi bien.

M'amuser ?

Je reste un peu comme une biche surprise par les phares d'une voiture jusqu'à ce que je voie Rebecca, la timide du cours de surf. En tenue de foot, elle tient un ballon dans une main et fait signe aux spectateurs de l'autre.

– Salut, Izzy, dit-elle quand elle me voit plantée là. C'est génial, hein ?

Je n'en suis pas sûre, mais je pense qu'une copie crachée de moi à neuf ans vient de me donner une bonne leçon.

– C'est clair, dis-je. Tu veux marcher avec moi ?

On longe deux pâtés de maisons ensemble et je commence à me détendre. Alors j'aide Ben à garder son troupeau de gamins près de lui et on exécute une petite chorégraphie : on s'arrête, on court à tout petits pas comme au tennis, puis on se remet à marcher comme un seul homme. Ça les éclate et ça évite qu'ils s'éparpillent dans tous les sens. Quand on arrive au Kiosque, on maîtrise notre numéro et je dois avouer que je m'amuse bien.

– Merci, soupire Ben lorsqu'on entre dans le parking. Il lâche tout le matériel qui lui a été refilé.

– Je t'en prie, dis-je.

Je lui laisse un moment pour retrouver son souffle, puis je lui demande :

– Tu as le temps de déjeuner ?

Il regarde la foule d'enfants, autour de nous.

– Je dois attendre que les parents les aient tous récupérés.

Je réfléchis.

– Je pourrais aller chercher à manger et te retrouver ici ? Avec un peu de chance, d'ici là, tu seras libre.

– Génial.

Je vais prendre un sandwich chez Angie's Subs. Coup de chance, la fille d'Angie est une copine à moi et m'aide à griller l'énorme file d'attente. Je commande un Spécial Italien de trente centimètres de long avec de la sauce péruvienne en supplément (je ne sais pas ce qu'il y a dans leur sauce péruvienne, mais Waouh !) et vingt minutes plus tard, je le partage avec Ben dans la fraîcheur polaire du bureau du Département des Loisirs. Il dégage de la place sur un bout de son bureau et on installe notre petit coin repas.

– Qu'est-ce que tu veux boire ? demande-t-il en brandissant deux bouteilles d'eau. De l'eau ou de l'eau ?

Je joue le jeu : je me gratte le menton en réfléchissant à mes options.

– De l'eau, s'il te plaît.

– Excellent choix.

Il me tend une des bouteilles et s'assied en face de moi.

– Alors, qu'est-ce que tu penses de mon super bureau ?

Il tapote le plateau en métal avec les doigts repliés.

– J'aime bien. Bas de gamme *et* en bordel...

– C'est pas en bordel, objecte-t-il. Ça te paraît peut-être désorganisé, mais chaque pile est classée par thème. Celle-là, c'est pour la colo. Celle-là contient toutes les autorisations et ces deux-là, c'est pour King of the Beach et le Bal des châteaux de sable. Au fait, au cas où tu changerais d'avis...

Il prend une feuille sur une des piles et la laisse pendre devant moi.

– ... voici un dossier d'inscription pour King of the Beach.

Je sais qu'il essaie d'être encourageant, mais je trouve l'idée de participer à cette compétition tout simplement terrifiante. Le Bal des châteaux de sable, en revanche, c'est une autre affaire.

– Assez parlé de King of the Beach, dis-je sans prêter attention au papier. Tu as plus de chances de m'intéresser au Bal des châteaux de sable. C'est un peu notre boum de l'été, ça compte énormément pour nous.

Il hoche la tête en avalant une bouchée de sandwich.

– Je sais. J'espère trouver une fille bien pour m'accompagner. Tu penses que Kayla accepterait d'y aller avec moi ?

– Ce n'est même pas drôle, dis-je en lui donnant une tape.

Il se frotte l'épaule.

– Aïe, aïe, aïe. Je plaisantais.

– Eh bien maintenant, tu sais qu'il ne faut pas faire de blagues stupides.

Il se frotte encore l'épaule, et je me rends compte que je l'ai frappé plus fort que prévu.

– Tu sais pourquoi je travaille si dur sur les préparatifs du Bal des châteaux de sable ?

– Non. Et je ne suis pas sûre que ça m'intéresse.

– Ça devrait. J'y travaille dur parce que j'ai passé un accord avec mon patron. Si je m'occupe de tous les préparatifs – notamment trouver le groupe et mettre les décorations en place –, je ne serai pas obligé de travailler ce soir-là. Je pourrai passer toute la soirée au bal avec... attends un peu... avec *ma petite amie*.

Je laisse ces mots en suspens dans l'air. Ils sonnent comme une petite musique.

– Qui te dit que je veux y aller ? je lance. La rumeur, cette année, c'est qu'il est organisé par un mec qui n'y connaît rien. Ça sera sans doute ringard.

Il me fusille du regard.

– Bon, je laisse passer ça. Mais seulement parce que tu m'as apporté ce sandwich fabuleux.

– À propos de sorties en amoureux, dis-je, hasardant une énième transition maladroite, quels sont tes projets pour le feu d'artifice de ce soir ?

– J'ai le projet de dire des « oooooouuuh » et des « aaaaah », mais à part ça, rien de spécial. Je croyais que tu travaillais.

– En fait...

Je lui raconte l'annonce surprise et ce qui va se passer pour Surf Sisters. Il semble sincèrement désolé d'apprendre que la boutique va fermer, et je vois qu'il essaie de chercher une solution. Il n'en trouvera pas, mais il gagne des points avec moi du seul fait d'essayer. Je lui parle aussi du projet de regarder le feu d'artifice depuis le toit de la boutique.

– Tu veux venir passer la soirée avec moi ?

– Une soirée avec toi ? répète-t-il, taquin. Devant toutes les filles de chez Surf Sisters ?

– Oui.

– Ouh là, je serais follement à l'aise... Il n'y a pas un endroit moins intimidant d'où on pourrait regarder le feu d'artifice ? Tu sais, comme une fosse pleine de panthères sauvages ou un truc comme ça ?

Je me penche au-dessus du bureau pour agiter un doigt sous son nez.

– Je viens de défiler dans une parade pour toi. Une parade au milieu d'une foule de gens ! Inutile d'essayer de m'apitoyer au sujet des endroits intimidants.

– D'accord, d'accord, dit-il. Je viendrai.

J'entends qu'on annonce un nouveau groupe au Kiosque et je panique.

– Il est quelle heure ?

– Deux heures.

– Il faut qu'on y aille !

– J'ai encore dix minutes de pause déjeuner, répond-il.

– Les Pères fondateurs vont jouer, dis-je. Je ne veux pas rater ma chanson.

On sort du bureau en hâte et on arrive au Kiosque juste au moment où ils commencent à la jouer.

– *Isabel is watching like a princess from the mountains...* [1]

Ben sourit quand il comprend ce qui se passe.

– Très chouette. Ton père a une belle voix.

On écoute un moment et, bien que je l'aie déjà entendue mille fois, c'est la première fois que je remarque un vers particulier.

– *With a whisper of her sadness in the passing of the summer...* [2]

Étant une fille, j'ai toujours prêté plus d'attention au vers qui parle de princesses, mais maintenant, la notion de tristesse et d'été qui passe a pris une signification nouvelle. Mais c'est pour plus tard. Pour le moment, je veux surtout m'efforcer d'en profiter.

Pendant mes heures de boulot chez Surf Sisters, j'ai des moments de nostalgie, de tristesse, d'hilarité et de colère. Les autres aussi. Il nous est impossible de croire qu'une part si importante de notre vie touche à sa fin. Mickey et Mo essaient de préserver notre moral, mais c'est dur de séparer la partie travail de la partie surf et amitié. D'une certaine manière, on a de la chance que ce soit le 4 Juillet parce qu'on est si accaparés par les clients qu'on n'a guère le temps de penser à ce qui ne va pas.

Ben arrive juste avant la fermeture. Il a pris soin de

1. « Isabelle regarde comme une princesse du haut de sa montagne... »

2. « Avec un souffle de tristesse, le passage de l'été... »

repasser chez lui et de se changer. À présent, il arbore le total look de l'îlien avec un short en treillis, un T-shirt multicolore et des tongs.

– Ben le Blaireau n'a plus l'air de venir du Wisconsin, en tout cas, plaisante Sophie en me donnant un coup de coude amical.

Je la fusille du regard.

– Je croyais qu'on avait décidé que « Ben le Blaireau », ça ne collait pas.

Elle acquiesce.

– Je voulais juste essayer une dernière fois.

Il s'approche de moi, salue tout le monde d'une tape dans la main et me chuchote sur un ton de conspirateur :

– Je suis le seul mec ici. Tu es sûre que ce n'est pas un problème ?

Malgré tous ses efforts pour me confier ses inquiétudes avec discrétion, Mo l'a entendu. Elle sort de l'arrière-salle et lui murmure à l'oreille :

– Elle en est sûre.

Surpris, Ben se retourne et s'aperçoit qu'elle sourit.

– On est toujours ravies d'avoir un ou deux mecs dans les parages, continue-t-elle, au cas où il y aurait de petites tâches subalternes à déléguer.

Je pense que c'est une façon de le tester, pour Mo. Beaucoup de garçons auraient pu être sur la défensive ou intimidés. Mais Ben joue le jeu.

– Eh bien dans ce cas, je pense qu'avec ma solide expérience des tâches subalternes pour le Département des Loisirs, je suis plus que qualifié. Vous avez un terrain de jeux plein de vomi à nettoyer ?

– Non, dit-elle, satisfaite de sa réponse. Mais la soirée ne fait que commencer, alors on en reparlera plus tard.

Malgré son assurance, je suis certaine que Ben est un peu plus à l'aise quand quelques autres garçons débarquent. Y compris le mari de Mickey et – surprise, surprise – celui qui fait battre le cœur de Nicole depuis si longtemps, Cody Bell.

– Nicole l'a invité ? demande Sophie.

– Manifestement, dis-je. Sans doute aujourd'hui pendant la parade.

Sophie rayonne de fierté.

– Dites donc, les copines, vous devenez des grandes filles...

Je la fusille du regard en espérant que Ben ne l'a pas entendue. Sophie se dirige vers Nicole et Cody. D'après mon expérience, je sais qu'elle y va en renfort pour veiller à ce que Nicole ne soit pas trop nerveuse.

– De quoi vous parliez ? demande Ben.

– Oh, c'est juste Sophie qui faisait sa Sophie...

Je me hâte de changer de sujet :

– Tu veux voir le toit ?

– Avec plaisir.

Je guide Ben vers la réserve, où je tire une échelle pliante du plafond. À la génération précédente, elle menait au grenier, mais le toit a été refait pour accueillir une terrasse en caillebottis avec une rambarde tout autour et une vue spectaculaire sur 360 degrés.

– J'ai la chance de venir ici toutes les deux heures pour mettre à jour le bulletin météo du surf, lui dis-je quand on arrive en haut et qu'on ouvre la porte de la terrasse. Ma récompense, c'est la vue.

En sortant, il voit de quoi je parle :

– Je vois. Waouh !

La nuit est tombée sur l'océan, les lumières qui bordent la promenade du front de mer et la jetée s'allument et la lune laisse une traînée argentée sur l'eau. C'est incroyablement romantique, et quand je vois qu'on est seuls, je lui vole un baiser rapide, mais chargé de sens.

– C'est pour ça que tu voulais qu'on monte les premiers ? demande-t-il.

Mon sourire lui confirme que je suis coupable, même si je n'avoue rien :

– Je ne vois pas de quoi tu parles... Alors, qu'est-ce que tu as pensé de la Fête de l'Indépendance à la manière de Pearl Beach ?

– Ce n'était pas pareil que dans le Wisconsin, en tout cas.

– Comment vous fêtez ça, là-bas ? En trayant des vaches ? En barattant du beurre ? je le taquine.

– Je vais ignorer ça parce qu'aujourd'hui, tu es venue à ma rescousse, dit-il. Je sais que tu n'aimes pas trop être sous le feu des projecteurs, alors défiler dans la parade n'a pas dû être très marrant pour toi.

– Marrant ? Non, ce n'était pas marrant. C'était *terrifiant*.

Je ne plaisante qu'à moitié, mais on rigole tous les deux.

Bientôt, tout le monde nous rejoint sur le toit et on savoure tous de délicieuses brochettes de poulet *teriyaki* que le mari de Mickey a achetées chez Chicken Stix, une cabane qui vend des brochettes près de la plage, à deux rues d'ici. Comme on pourrait l'attendre d'une soirée Surf Sisters, l'ambiance est plutôt calme et relax. Le plus bizarre, c'est que personne ne parle de ce qui nous tracasse tous. Puis, quelques minutes avant l'heure où le feu d'artifice est censé commencer, Mickey boit une gorgée de son verre de vin et s'adresse à nous tous :

– On aimerait vous remercier d'être venus ce soir. Quand on était jeunes, Mo et moi – longtemps avant qu'il y ait une terrasse ici –, notre père nous emmenait sur le toit tous les 4 juillet. On s'allongeait sur le dos contre les bardeaux et on regardait les fusées éclater. On se disait qu'on avait la plus belle vue de l'île, et je pense que vous en conviendrez. Alors, maintenant qu'on célèbre cette tradition une dernière fois, j'aimerais trinquer en l'honneur de l'homme qui l'a initiée.

Elle lève son verre et on l'imite tous, quoi qu'on boive. (Moi, c'est du thé sucré.)

– À Steady Eddie.

– À Steady Eddie, répète tout le monde avec enthousiasme.

– « Roi de la Plage », ajoute Mo.

Cette dernière remarque me fait l'effet d'un coup de poing dans le ventre. Je revois le char de Surf City dans la parade avec son « Roi de la Plage » assis sur un trône, entouré de Kayla et de ses copines. Ça représente le contraire de tout ce que Steady Eddie incarnait. Le contraire de tout ce en quoi je crois. Cette idée continue à me tourmenter pendant le feu d'artifice.

Le spectacle dure une vingtaine de minutes et il est à la hauteur de ce qui était annoncé sur les affiches : *spectaculaire*. J'adore la façon dont les lumières colorées se reflètent sur l'eau. Du toit, je vois que la promenade en bois scintille presque autant. C'est magnifique, mais je n'arrive pas à me débarrasser de ce malaise persistant.

– Qu'est-ce qui te préoccupe ? demande Ben vers la fin.

– C'est trop beau, dis-je.

– Ce n'est pas un gros problème, ça. À quoi tu penses ?

Je vois à son regard qu'il sait que j'ai un souci.

– Sois honnête. Ça te gêne que je sois là ?

Apparemment, je ne suis pas seulement nulle pour décoder les signes, mais aussi pour les envoyer.

– Absolument pas, dis-je, m'efforçant de parler assez fort pour qu'il m'entende, mais assez doucement pour qu'il soit le seul. C'est génial que tu sois là. Génial.

– Tu es sûre ? Parce qu'on ne dirait pas.

– Plus que sûre. C'est juste que ça me chamboule, tout ça.

Je désigne les autres personnes qui sont avec nous sur la terrasse.

– Je voudrais tant pouvoir faire quelque chose.

Il est sur le point de répondre, mais il se ravise. À la place, il se contente de me regarder en souriant. Puis il passe un bras autour de mes épaules et me serre contre lui.

C'est peut-être à cause de la nostalgie suscitée par le feu d'artifice ou de l'euphorie d'être blottie contre mon adorable *petit ami* (moi, Izzy Lucas ! Je n'arrive toujours pas à y croire) que je me demande comment ce serait si j'étais le genre de personne qui a le courage de participer à la compétition King of the Beach. Ou mieux encore : et si on s'y inscrivait toutes et qu'on cartonnait sur les vagues dans un dernier geste d'adieu de la part des Surf Sisters ?

– Qu'est-ce qui te fait sourire ? me questionne Ben.

Je ne m'étais pas rendu compte que je souriais, mais je n'ose même pas en parler à haute voix. Alors je réponds :

– Rien... Tout...

Quelques instants après, le bouquet final commence à tapisser le ciel de couleurs et de lumières, et le vacarme empêche Ben d'insister. Curieusement, je n'arrive pas à chasser cette idée de participer toutes ensemble à la compétition. En équipe. Les Surf Sisters.

– Hummm, dis-je tout haut sans raison particulière.

En regardant le feu d'artifice, je retourne cette idée dans tous les sens. Puis, alors que les derniers rubans de couleur s'estompent dans la nuit, tandis que la fumée et l'odeur de poudre dérivent au-dessus de nous, je me dis qu'on devrait peut-être le faire. J'ai trouvé un amoureux. J'ai défilé dans une parade. Est-il concevable que je participe à King of the Beach ? Qu'on y participe toutes ? On pourrait mener un dernier combat avant de quitter le ring. Ce serait notre bouquet final à nous.

La soirée touche à sa fin. Les gens commencent à se prendre dans les bras pour se dire au revoir. Agitée par un conflit intérieur, je respire de plus en plus vite. Impossible d'aller à la caisse pour obtenir un verdict sur cette question-là. Je dois prendre la décision toute seule. Et, comme pour toutes les décisions les plus angoissantes, la difficulté ne réside pas tant dans la réponse, qui est évidente, que dans les conséquences à affronter.

– Attendez ! je m'exclame alors que les premiers invités s'en vont.

Tout le monde s'immobilise et tous les regards se tournent vers moi. Je me fige une seconde pour réfléchir une dernière fois à ma décision.

– Qu'est-ce qui ne va pas, Iz ? demande Mo.

– Ce qui ne va pas ? je répète, incrédule. La boutique ferme. Voilà ce qui ne va pas.

Elle a un regard humide et réconfortant à la fois.

– Je sais, ma chérie.

– On ne peut pas les laisser faire, dis-je. On ne peut pas se contenter de continuer à venir bosser comme si de rien n'était en comptant les jours jusqu'à ce que ce soit fini. C'est injuste pour Steady Eddie et c'est injuste pour vous.

Mo me prend dans ses bras, en larmes.

– Je ne vois pas ce qu'on peut faire d'autre, dit-elle.

– Je sais, dis-je en inspirant à fond.

C'est là que j'en prends conscience : je veux faire ça

pour les Surf Sisters, mais aussi pour moi. J'en ai marre de rester sur le bas-côté. Je suis prête à entrer dans la lumière.

– On peut gagner King of the Beach et reconquérir votre trophée.

La semaine suivante, je mets au point un planning quotidien. La journée d'aujourd'hui est conforme à mon programme. Ça commence dès le matin : je me lève tôt pour partir à la plage avec ma planche sous le bras. Ça n'a peut-être pas l'air d'être un changement, vu que je surfe presque chaque matin de toute façon, mais à présent, j'aborde ça d'une façon totalement différente. Premièrement, l'objectif de ces sessions n'est plus de devenir zen et de ne faire plus qu'un avec l'océan. Ce sont de vraies séances d'entraînement. Je cherche à développer mon endurance et ma force. Je travaille la technique et je m'oblige à mettre au point les manœuvres à faire pour que les juges me remarquent.

Deuxièmement, je vais surfer à la jetée. Chaque spot[1] est unique. Plus on y surfe, mieux on connaît ses secrets. King of the Beach a lieu à la jetée, et d'ici le début de la compétition, je veux en connaître le moindre centimètre carré. Il y a un seul problème : c'est le spot le plus populaire de Pearl Beach. Ce qui signifie qu'il y a toujours d'autres surfeurs ici, même tôt le matin, et que je dois réviser les règles du « surfer ensemble ».

1. Endroit où l'on pratique le surf.

Les autres filles de la boutique viennent à la jetée aussi, mais on garde le secret sur notre projet. Un de nos avantages (le seul, peut-être), c'est l'élément de surprise. Surf City remporte la coupe de la meilleure équipe chaque année depuis plus de dix ans. Le jour J, leur seul souci sera de savoir lequel de leurs gars sera couronné grand champion de la compétition individuelle. On ne veut pas qu'ils se contentent d'être sûrs de conquérir le titre par équipes. On veut carrément qu'ils pensent que c'est automatique.

Du coup, on n'arrive pas ensemble. On ne porte pas de vêtements Surf Sisters. Et on ne parle jamais de la compétition. D'ailleurs, on ne parle pas tellement. Enfin, à part l'une d'entre nous.

– Alors, ça y est ? lance Sophie alors qu'on est assises côte à côte, à califourchon sur nos planches, en attendant la prochaine série de vagues. Tu as dit à Ben que tu l'aimais ?

Je l'ignore.

– C'est évident que c'est ce que tu ressens, continue-t-elle. Tu l'aimes, tu l'aimes, tu l'aiiiiiimeuh.

– Arrête, dis-je en évitant de la regarder.

– Tu lui as dit que tu n'imaginais pas la vie sans lui et que tu allais le suivre dans le Wisconsin pour que vous puissiez vivre ensemble dans une grande ferme laitière ?

– Tu permets ? je grogne en me tournant enfin vers elle. J'essaie de surfer, là.

Elle hoche la tête.

– Et moi, j'essaie de te rendre meilleure en surf.

Je lui jette un coup d'œil sceptique.

– En quoi ça pourrait me rendre meilleure de m'embêter ?

– Je ne fais pas que t'embêter, je t'apprends aussi l'importance de ne laisser personne te distraire. Tu sais... comme je viens de le faire.

– Qu'est-ce que tu racontes ?

Avant même que j'aie fini de poser ma question, elle s'est détournée et elle est partie en ramant. Le temps que je comprenne ce qui se passe, il est déjà trop tard. Une superbe vague arrive et Sophie m'a piqué ma place. D'habitude je surfe seule ou avec mon père, et il n'y a rien pour nous distraire. Ce ne sera pas le cas lors de King of the Beach, comme me le rappelle Sophie un quart d'heure plus tard quand on est revenues au line-up.

– Il n'y a pas de marge d'erreur, dit-elle. Le choix des vagues joue un grand rôle pour déterminer qui gagne et qui perd. Tu ne peux pas te permettre d'en rater des bonnes sous prétexte que tu t'es laissée distraire.

Je l'approuve d'un hochement de tête et je lui rappelle qu'on doit se parler le moins possible.

Après ma session du matin, je rentre à la maison et je m'écroule dans mon lit pour une courte sieste. Mais avant ça, bien sûr, je regarde si j'ai reçu des textos de Ben. Même quand il travaille avec les enfants du centre aéré, il réussit généralement à m'envoyer un flot régulier de messages au cours de la journée.

Après ma sieste, je vais travailler chez Surf Sisters.

Mickey et Mo m'ont donné les mêmes horaires presque tous les jours. Elles ont dit que c'était pour me permettre d'établir un programme d'entraînement régulier, mais je pense secrètement qu'elles ont essayé d'aligner mes heures sur celles de Ben, dans la mesure du possible. (Vous voyez ce que je veux dire ? Elles sont carrément géniales.)

À la boutique, l'ambiance n'est plus du tout la même qu'il y a une semaine. Tout le monde est excité que Surf Sisters participe à King of the Beach. Je pense que le plus important, c'est que ça nous donne un objectif positif et que ça nous aide à oublier que la boutique va fermer. Et puis le fait qu'on garde le secret donne à tout ça un côté film d'espionnage.

Cependant, il y a un énorme problème dont personne ne parle. Je sais que je ne suis pas près de l'évoquer, mais... même si c'est moi qui ai eu l'idée, même si je me régale de notre fraternité secrète et de nos manigances en coulisses, je ne vois pas comment on pourrait gagner la compétition.

L'équipe de Surf City n'est pas simplement bonne, elle est extraordinaire.

Dites-vous bien que Surf City sponsorise dix des vingt surfeurs les plus cotés de l'État. Et chaque équipe peut inscrire jusqu'à huit surfeurs à la compétition. Ce qui signifie que deux des meilleurs surfeurs de toute la Floride ne seront même pas admis dans leur équipe. De notre côté, Mickey et Mo sont les deux seules à avoir déjà participé à une compétition. Et, même si je ne doute pas de leur talent, elles ont toutes les deux plus de cinquante ans et n'ont pas fait de compète depuis des décennies.

Ça me donne matière à réfléchir tandis que je tire l'échelle pliante pour monter sur le toit de la boutique. Toutes les deux heures, je suis chargée de mettre à jour le bulletin météo du surf qu'on publie sur notre site Internet et sur un panneau accroché à la porte, dehors. Ce qui me permet de monter sur le toit avec mes jumelles, d'observer les vagues et de lire le thermomètre et l'anémomètre. C'est comme si j'étais Miss Météo à la télé, mais sans la laque à cheveux et le surnom jovial.

Je regarde dans les jumelles quand j'entends une voix.

– Ça donne quoi ?

Je me retourne et je vois que Mo m'a suivie sur le toit.

– Pas génial. Des vagues de trente à soixante centimètres, pas plus hautes que le genou. Des petites lignes propres qui se cassent tout de suite. Avec un vent Nord-Nord-Est de cinq à dix nœuds.

– Ah, si seulement on vivait à Hawaï ! dit Mo, nous faisant sourire toutes les deux. Mais je suppose qu'ici, le surf est d'autant plus appréciable que les conditions sont difficiles.

Les vagues de Floride ne sont rien à côté de leurs cousines de Californie et de Hawaï. J'adore Pearl Beach, mais si vous voulez surfer dans le Sunshine State[1], vous

---

1. « L'État du Soleil », surnom donné à la Floride.

allez devoir y travailler dur et apprendre à tirer le maximum d'un minimum de houle.

– Mon père et moi, on a parlé de faire un voyage qui serait mon cadeau pour le bac, dis-je. Le projet, en gros, c'est de camper sur la côte Nord d'Oahu et de surfer jusqu'à épuisement.

– C'est vraiment génial, les papas qui apprennent le surf à leurs filles, dit-elle avec un hochement de tête approbateur. Mais n'oublie pas que Kelly Slater a débuté sur ces vagues-ci.

Né en Floride, Kelly Slater est considéré par beaucoup de gens comme le plus grand surfeur de tous les temps. J'ai un poster de lui dans ma chambre.

– Qu'est-ce qui t'amène sur le toit ? je demande.

– La vue, dit-elle. Et toi.

– Pourquoi moi ?

Je me rends compte qu'on se tient pratiquement au même endroit que le soir du 4 Juillet, quand elle avait les larmes aux yeux et que j'ai lancé cette histoire de compète.

– Ces derniers jours, je suis allée sur la jetée pour vous regarder vous entraîner, reprend Mo.

– Ah oui ? Je ne t'ai pas vue.

Elle hausse les épaules.

– On est censées rester discrètes, alors je me cachais. Mais il y a une chose qui est impossible à cacher : ton talent. Je ne pense pas que tu te rendes compte à quel point tu es douée.

– Vraiment ?

– Vraiment.

– Tu penses que j'ai quel genre de niveau ?

– Plus que supérieur. Tu es bien meilleure que je ne l'étais à ton âge.

Je lui adresse un sourire sceptique.

– Bien essayé.

– Qu'est-ce que tu veux dire ?

– Tu essaies de me donner de l'assurance pour la compétition.

Elle secoue la tête.

– Non, j'essaie de faire en sorte que tu aies conscience de ton talent. Que tu comprennes que tu en as.

Un compliment de la part de Mo, c'est précieux. À part mon père, c'est elle qui m'a le plus appris en matière de surf.

– C'est difficile à croire, mais merci, je réponds. Tu n'imagines pas à quel point ça me touche, venant de toi.

– Ça, c'était la bonne nouvelle, dit-elle en changeant de ton. Maintenant, je vais te donner la mauvaise. Elle ne va pas te plaire.

Je me prépare au pire.

– D'ici quelques mois, Surf Sisters ne sera plus là. Mais toi, tu n'auras que seize ans. Tu as un avenir dans ce sport.

– C'est quoi, ce qui ne va pas me plaire ?

Elle s'interrompt un instant avant de le dire :

– Il n'y a pas une seule fille classée dans l'équipe de Surf City. Une fois qu'ils auront vu de quoi tu es capable, ils seraient dingues de ne pas sauter sur la première occasion de te sponsoriser... et tu serais dingue de ne pas accepter.

Je n'arrive pas à le croire. C'est comme si le Père Noël descendait de votre cheminée et vous disait que Noël n'existe pas. Impossible que Mo me dise de m'allier avec Surf City.

– C'est hors de question. Je ne ferai jamais ça. Pas avec eux. La seule raison pour laquelle je participe à cette compète, c'est que je veux les battre.

– Eh bien, c'est dommage. Tu ne devrais pas surfer à cause d'eux. Et tu ne devrais pas surfer à cause de nous non plus. Tu devrais le faire pour toi. Je t'ai observée et j'ai remarqué une évolution radicale dans ton style. Tu as trouvé quelque chose et tu devrais voir où ça te mène. Tu sais ce que je pense de leur magasin. Mais on ne peut pas nier que leur équipe est exceptionnelle... comme toi.

– Tu as raison, ça ne me plaît pas.

Troublée, je n'attends pas de réponse. Je la contourne et je redescends l'échelle.

– C'est totalement absurde, dis-je.

Je raconte à Ben ma conversation avec Mo.

– Ça peut paraître bizarre, mais j'avais l'impression qu'elle me laissait tomber.

– Ne sois pas ridicule, réplique Ben, qui essaie de gratter la wax d'une vieille planche. Mo t'adore. Te laisser tomber, c'est bien la dernière chose qu'elle ferait.

Malgré ma mauvaise humeur contre Mo depuis cet échange, j'en suis au meilleur moment de mon nouveau programme quotidien. Quand je ne suis pas occupée à m'entraîner ou à travailler à la boutique, il y a de grandes chances que je sois avec Ben. On a fait un truc ensemble tous les soirs de cette semaine. On est allés jouer au bowling (j'étais lamentable), on a fait un minigolf (je l'ai battu au dernier trou et curieusement, j'étais super fière) et on a glandouillé devant la télé, tout simplement. (À cause de lui, je suis vite devenue accro aux polars britanniques.)

On a également commencé des cours de surf pour qu'il apprenne les bases. Pour les premiers, il a emprunté Black Beauty, surnom du shortboard préféré de mon père, et maintenant, il vient de s'en acheter un. C'est un vieux quad[1] fish qu'il a baptisé Blue Boy pour continuer la tradition de mon père. Ça fait un moment que Blue Boy n'est pas allé à l'eau, alors j'apprends à Ben comment décaper la vieille wax avant d'en remettre une nouvelle couche. Il l'a posé sur deux tréteaux et il s'escrime, penché dessus.

– C'est bien, comme ça ? demande-t-il en grattant les derniers résidus de cire.

– Oui, c'est bien, dis-je en inspectant la planche. Très bien.

Je lui tends un pain de cire Mr Zog que j'ai pris à la boutique.

1. Planche équipée de quatre dérives (ou ailerons).

– Maintenant, applique la première couche. Frotte en ligne droite d'un rail à l'autre, perpendiculairement à la latte centrale.

Les rails sont les bords et la latte centrale, ou *stringer*, est une fine bande de bois placée au centre de la planche, sur toute sa longueur, pour la renforcer.

– Comme ça ? demande-t-il en frottant soigneusement le pain de cire sur la planche.

– Exactement.

J'aime le regarder travailler. Il a un tic quand il est concentré, il mord le côté gauche de sa lèvre inférieure, et c'est craquant. C'est aussi un signe d'application. En contraste total avec ses clowneries quand il est avec les enfants du centre aéré.

– Tu sais que Mo cherchait juste à t'aider, dit-il. Elle ne veut pas que tu te renfermes. Elle veut être sûre que tu pourras tourner la page après cet été.

Quand il dit ça, je comprends pourquoi ma conversation avec Mo m'embête autant. Ce n'est pas seulement parce qu'elle pense que je pourrais accepter de représenter Surf City. C'est parce qu'elle m'encourage déjà à trouver autre chose après l'été. Elle essaie de faire en sorte que ce soit acceptable pour moi de remplacer Surf Sisters. Et le problème c'est que, si elle peut m'en convaincre, Ben aussi.

– Et tu as le même souci ? je demande d'un ton appuyé.

Il commence à répondre, puis s'interrompt quand il comprend que je lui ai tendu un piège.

– Ce sont deux choses très différentes, dit-il en choisissant soigneusement ses mots. Mais oui, je comprends très bien qu'elle s'inquiète de ce que tu deviendras en septembre.

Je pose une main sur la sienne pour l'interrompre. Il lève les yeux vers moi.

– Quand viendra le moment de rentrer chez toi, ne sois pas comme Mo. Ne m'encourage pas à rencontrer un autre garçon et à te remplacer. Je savais dans quoi je m'embarquais quand je t'ai embrassé sur la jetée. Je suis une grande fille et je sais que le mois de septembre finira par arriver. Mais on a dit que ce serait comme une vague de rêve. On va la surfer jusqu'au bout, sans se soucier de la suivante.

Il se redresse et m'observe avec attention. Je vois qu'il hésite sur sa réponse. Mon cerveau sait que Ben va rentrer chez lui et rencontrer quelqu'un d'autre. Et que moi aussi, a priori, je vais rencontrer quelqu'un d'autre. Mais mon cœur ne supporte pas cette idée pour le moment.

– O.K., dit Ben d'une voix douce. Je te promets de ne pas faire ça.

Là-dessus, sans prévenir, je me mets à pleurer. Ce ne sont pas de gros sanglots, mais un flot de larmes ininterrompu qui coule sur mes joues. Gênée d'afficher mes émotions, je pleure d'autant plus.

On est chacun d'un côté de la planche, alors il tend la main pour prendre la mienne et contourne les tréteaux pour me prendre dans ses bras. Je redouble de sanglots en enfouissant mon visage contre sa poitrine et il me caresse doucement le dos. J'essaie de m'excuser pour cette scène de mélo, mais il me fait taire et me serre plus fort.

– Ça va aller, ma chérie.

L'entendre dire ça me réchauffe le cœur. Bizarrement, je ne me suis jamais sentie aussi mal ni aussi bien en même temps. Je ferme les yeux et j'écoute le bruit de son cœur qui bat.

– Bon, j'aimerais présenter des excuses officielles pour ce qui s'est passé tout à l'heure... même si je ne sais pas trop ce qui s'est passé, dis-je alors qu'on marche sur la plage, quelques heures plus tard.

Un mince croissant de lune flotte au-dessus de l'eau, mais le ciel est plein d'étoiles et c'est magnifique.

– Tu n'as pas à t'excuser, me répond Ben. C'est permis, de montrer ses émotions. Ça fait partie du lot.

– Peut-être, mais c'était inattendu et inédit, j'explique. Même si j'avoue que ça soulage un peu, de se laver de ses émotions.

– C'est ta manière de me dire que tu te sens mieux, maintenant ?

– Eh bien, si tu veux la version abrégée, oui.

– La version abrégée me va très bien, dit-il. Mais je suis aussi tout disposé à entendre les détails si tu préfères.

Je m'immobilise et je cale mes poings sur les hanches pour faire mine de m'indigner.

– Tu es en train de me dire que ça n'a pas d'importance ou juste que tu t'en fiches ?

– Ni l'un ni l'autre, répond-il en glissant habilement une main sous mon bras pour m'attirer plus près de lui. Je suis en train de dire que je suis là pour toi, quelle que soit la façon dont tu veux que je me comporte.

Je lui adresse un hochement de tête malicieux et je rétorque :

– Tu es un beau parleur, Ben Taylor. Tu sembles toujours dire pile ce qu'il faut.

– Et c'est un problème ?

– Un peu.

– Soyons clairs, répond-il en me regardant. Tu me reproches de ne *pas* dire des choses maladroites ?

– La mentalité féminine est assez mystérieuse, je plaisante. Et puis je ne te fais pas de reproche. Je veux juste que tu fasses attention.

– À toi de faire attention...

Il enroule les bras autour de ma taille et me soulève légèrement pour que ma bouche arrive à la hauteur de la sienne. Au début, je pense que ça sera juste un petit smack, mais nos lèvres s'attardent et je ferme les yeux. Dès la fin de notre baiser, je reprends la conversation là où elle s'est arrêtée.

– Tu vois ce que je veux dire ? Tu dis toujours ce qu'il faut. C'est louche, tu ne trouves pas ?

Je me dégage de son étreinte et je pars en courant devant lui.

– Où tu vas ?

– Je croyais que tu faisais des marathons ! je lance. Et pourtant, je suis en train de gagner la course jusqu'au poste de sauvetage !

Le poste de sauvetage, devant nous, ressemble à une immense chaise haute de quatre mètres de haut, faite en planches orange vif. J'ai pris pas mal d'avance, mais Ben ne tarde pas à me rattraper et on arrive en même temps.

– J'ai gagné, dis-je, essoufflée.

– Tu parles, glousse-t-il. On est ex aequo et en plus, tu as triché. Et pas qu'un peu.

– Ce n'est pas ce que je voulais dire. J'ai gagné parce que je t'ai attiré là où je voulais, dis-je en grimpant sur la chaise.

Elle est grande et assez large pour qu'un sauveteur puisse s'y installer avec tout son matériel. En d'autres termes, elle a la taille idéale pour s'y serrer à deux.

– Alors c'était ton plan depuis le début, constate Ben en montant s'asseoir à côté de moi.

Je réponds par un rire d'ignoble génie du mal :

– Gniark, gniark, gniark ! Ben Taylor, j'ai fait de toi mon pantin.

À cette hauteur, il y a une petite brise fraîche, idéale pour se serrer l'un contre l'autre. J'ai déjà vu des couples faire ça et je me suis toujours demandé ce que ça faisait. (Pardon de gâcher le suspense, mais c'est génial !) Ben passe un bras autour de moi et je me rapproche de lui. On s'ajuste à la perfection comme les pièces d'un puzzle.

– On a le droit de monter là-dessus, au moins ? demande-t-il.

– Bien sûr. Pendant la journée, c'est pour les sauveteurs et pendant la nuit, c'est pour les couples. Ça s'intègre parfaitement à la politique de recyclage et de réduction des déchets qu'on encourage ici. C'est hyper polyvalent et bon pour l'environnement.

Je pose la tête sur son épaule et je regarde la mer. Plus d'une minute passe sans qu'on ne dise un mot. On se contente d'écouter la musique lente et régulière des vagues qui déferlent sur la plage avant de refluer vers l'océan. En cet instant, tout est parfait. Alors bien sûr, je me sens obligée de tout gâcher.

– Je peux te demander quelque chose ?

– Ça ne présage rien de bon.

– Qui a eu l'idée de cette séparation ?

– De quoi tu parles ? On n'est pas en train de se séparer.

– Non. Je veux dire entre Beth et toi. Qui a initié votre séparation ?

Il me lâche et se tourne pour s'adosser contre l'accoudoir de la chaise. Même si je ne maîtrise pas bien le langage du corps, je vois que cette question ne l'enchante pas.

– Pourquoi tu me demandes ça ? Tout est parfait, en cet instant. Pardon : *était* parfait.

– Je sais.

– Alors pourquoi tu me demandes ça ?

– Je te l'ai dit. La mentalité féminine est une chose complexe.

– Je ne plaisante pas, Izzy.

– Moi non plus. Je sais que ça te paraît absurde, mais pour moi c'est nouveau, tout ça. Je n'avais encore jamais eu de petit ami. Ni rien d'approchant. Ce qui signifie que tu sais absolument tout de mon passé amoureux. Alors quand on est assis comme ça et que tout est parfait, tu sais ce qui me traverse l'esprit.

– Tu peux me croire, je n'ai aucune idée de ce qui te traverse l'esprit.

– O.K., je l'admets. Mais les seules choses que je sache de Beth, c'est qu'elle est jolie et formidable et que tout le monde pensait que vous formiez un couple idéal.

– Et après que je t'ai dit ça, tu m'as ignoré pendant deux semaines, rappelle-t-il. Même qu'à quelques rues d'ici, tu m'as dit que tu ne pouvais pas être la fille à qui je parle des autres filles.

– Les choses ont changé, maintenant. Et pour être honnête, comme tout ce que je sais de Beth, c'est qu'elle est tellement géniale, je pense pouvoir supporter de savoir comment ça s'est terminé.

Je ne comprends vraiment pas pourquoi j'ai cette manie de transformer les moments parfaits en psychodrames, mais je ne peux pas m'en empêcher. Je suis comme ça.

La lune éclaire juste assez son visage pour que je voie qu'il mord le côté gauche de sa lèvre inférieure. Il est plongé dans ses réflexions, alors j'arrête de parler. Enfin, après ce qui me semble être une éternité, il répond :

– C'est moi qui l'ai voulu. On était au bord du lac. Elle parlait du bal des terminales, qui était si important pour elle et qui serait un moment clé de notre relation. Bon, je sais que c'est un moment important et tout, mais c'est juste un bal. Ça l'obsédait, elle se demandait à quelle table on s'assiérait, où on irait se faire prendre en photo, etc., et je n'arrivais pas à trouver ça excitant. C'est peut-être parce que j'étais d'une humeur de chien à cause de mes parents, mais je n'y arrivais pas, c'est tout. Et soudain, avec tout ça, j'ai compris que c'était fini.

Il s'interrompt un moment et inspire à fond.

– Certains de mes amis ont dit que j'aurais dû m'accrocher jusqu'à mon départ en Floride, mais je ne pouvais pas lui faire ça. Elle ne méritait pas que je la balade. Alors je lui ai dit que j'étais vraiment désolé, mais que je ne pouvais pas aller au bal avec elle et qu'on ne sortirait plus ensemble.

– Tu l'as larguée juste avant le bal de fin d'année ? je souffle, presque désolée pour elle.

Il acquiesce.

– Je sais. Je suis un salaud.

– Tu n'es pas un salaud, dis-je. Le moment tombait mal, mais si c'est ce que tu ressentais, tu as fait ce qu'il fallait.

– Pour info, Beth n'était pas de ton avis. Elle a pris soin de faire savoir à tout le monde à quel point j'avais mal agi. Je ne peux pas lui en vouloir, j'imagine. Elle a tout de même réussi à s'en remettre et à trouver un mec qui était ravi d'être assis à la meilleure table et de sourire pour je ne sais combien de photos. C'est un type bien, d'ailleurs. J'espère que ça marchera entre eux.

Il y a un silence. Qui, bien sûr, me pousse à continuer d'insister sur ce sujet.

– Comment tu as su que c'était fini ? Tu as dit que tu l'as compris tout d'un coup.

Il se détourne et secoue la tête, incrédule.

– Tu veux vraiment que je te raconte ça ?

J'acquiesce.

– Désolée. Je ne peux pas m'en empêcher.

– À un moment, au milieu de cette discussion, j'ai compris que pour elle, il ne s'agissait pas seulement d'un bal. Elle me faisait penser à ma sœur quand elle préparait son mariage. Et c'est là que je me suis aperçu que Beth était carrément amoureuse de moi. Pour elle, on ne faisait pas que sortir ensemble. Ce n'était pas juste une histoire de lycéens. Elle m'aimait.

– Et toi, tu n'étais pas amoureux d'elle ?

– Non. J'étais peut-être amoureux de l'image que j'avais d'elle. Et de l'attention qu'elle me donnait. Mais je n'étais pas amoureux d'elle et ça m'a paru terriblement injuste de laisser quelqu'un m'aimer alors que je n'avais pas les mêmes sentiments.

Un problème, en effet.

Je suis bien certaine d'être totalement amoureuse de Ben. Pas d'une certaine image de lui. Pas d'une idée de lui. Je me suis même demandé s'il fallait le lui dire. Mais maintenant, je pense qu'il serait plus malin de garder ce secret pour moi. Alors je lui mens pour la première et, j'espère, la dernière fois.

– Heureusement pour nous, on n'a pas ce genre de problème, dis-je en tâchant de paraître convaincante. On sait tous les deux que c'est juste pour l'été, entre nous.

Il ne répond pas vraiment. Il acquiesce vaguement et je repose la tête sur son épaule. Il met un moment, mais il finit par passer son bras autour de moi.

Pendant un certain temps, on garde le silence et on reste assis là sans bouger. Je ne peux pas m'empêcher de penser que je fais tout de travers dans cette histoire. Je ne sais pas pourquoi j'ai questionné Ben à propos de Beth mais la vérité, c'est que je ressentais vraiment le besoin de savoir tout ça. Je pose la main sur son torse, mais il s'écarte et j'ai peur qu'il se prépare à me dire que je n'en vaux pas la peine. Mais il dit quelque chose de complètement inattendu à la place.

– C'est un cadavre, ça ?

– Hein ?

– Là-bas, dit-il, le doigt pointé vers la plage, à environ trois cents mètres. Je viens de voir une forme noire bouger. Je crois que c'est peut-être un cadavre.

Je regarde et, dès que je le vois, je comprends ce que c'est.

– Ouh, ouh, ouh, ce n'est pas un cadavre, dis-je en m'efforçant de contenir mon excitation. Suis-moi.

Je descends vite du poste de sauvetage et Ben me suit de près.

– Je viens de le revoir bouger, dit-il en essayant de ne pas se laisser distancer. Qu'est-ce que c'est ?

Je m'arrête et je me tourne vers lui.

– Une tortue !

Je le prends par la main et on court ensemble sur la plage. Quand on arrive tout près, on ralentit et on s'arrête à quatre ou cinq mètres d'une énorme tortue de mer qui se traîne lentement sur le sable. Elle fait un mètre de long et doit peser près de cent kilos.

On garde nos distances. Je me pose un doigt sur les lèvres et je chuchote :

– Parle tout bas et ne lui coupe pas la route.

Il hoche la tête et répond :

– Elle est immense.

– C'est une tortue caouanne qui vient sur le rivage pour pondre.

Un troupeau de nuages s'éloigne et dévoile la lune, dont la lumière danse sur la carapace brune et rouge de la tortue.

– Elle va pondre là-bas, dis-je en désignant les dunes. Ne la dérange pas et n'allume pas de lumière, comme celle de ton téléphone. Ça pourrait la perturber.

– D'accord.

On passe la demi-heure suivante à l'observer. C'est long et dur de se traîner jusqu'à la lisière des dunes, et on ne peut pas s'empêcher d'admirer sa détermination. Quand elle se met à lisser un espace avec ses pattes avant, je tire sur la main de Ben et on tourne discrètement autour d'elle pour la voir de plus près. Elle se sert de ses pattes arrière pour creuser un nid, puis le remplit d'une dizaine d'œufs de la taille d'une balle de ping-pong.

– Oh la vache ! souffle Ben, veillant à ne pas la déranger. C'est incroyable.

Je l'approuve d'un hochement de tête.

Une fois qu'elle a terminé de pondre, elle recouvre le nid en pelletant avec ses pattes, puis elle entreprend la tâche ardue de retourner vers l'océan. On continue à l'observer, mais on s'éloigne suffisamment pour pouvoir parler d'une voix normale.

– Elle est née ici, à Pearl Beach, dis-je.

Ben me jette un regard sceptique.

– Comment tu peux le savoir ?

– Parce que les tortues de mer reviennent toujours sur la plage où elles sont nées. C'est dans leurs gènes.

Il y réfléchit un moment, puis répond :

– Comme moi.

– Qu'est-ce que tu veux dire ?

– Je suis revenu sur la plage où je suis né, moi aussi.

Je rigole.

– C'est vrai. Toi aussi.

– Que vont devenir les œufs ?

– D'ici environ six semaines, ils vont éclore, et les petites tortues vont émerger du sable et chercher la lune. C'est leur guide.

– Comment ça ?

– C'est comme ça qu'elles trouvent leur chemin, j'explique. Pendant la saison de l'éclosion, toutes les maisons de la plage gardent leurs lumières éteintes. Comme ça, les bébés repèrent facilement le reflet de la lune sur l'eau et savent où aller. Ensuite, ils partent vers l'océan et disparaissent.

– Ça doit être fabuleux, dit-il. Il faudra qu'on vienne regarder.

– Tu seras encore là ?

Je croyais poser une question toute simple. Mais, vu nos conversations de ce soir, elle est chargée d'un gros poids émotionnel.

– Oui, dit-il tranquillement. Ça devrait être ma dernière semaine.

Je lui ai déjà infligé assez de scènes de mélo pour une soirée, alors je décide qu'il est temps que je fasse bonne figure. Je lui prends la main et nos doigts s'entremêlent.

– Parfait, dis-je. On viendra les observer ensemble. Tu vas adorer.

– Je suis une abrutie totale, dis-je en enfilant un caraco bleu et en le regardant dans le miroir de la cabine d'essayage.

– Tu es trop dure avec toi-même, lance Nicole depuis la cabine voisine. Je suis sûre que tu exagères.

– Je ne pense pas. J'ai pleuré. Je lui ai fait subir un véritable interrogatoire à propos de sa rupture avec sa copine. Deux fois. On se serait crus dans un film d'horreur.

– Et ensuite, une tortue de mer t'a sauvée, me rappelle-t-elle. Dans la nature, d'habitude, c'est plutôt le contraire.

– Tu m'étonnes ! Qui sait quels dégâts supplémentaires j'aurais pu causer si elle ne m'avait pas sauvée ?

– Montre-moi ta tenue, dit-elle.

Je sors et elle l'examine. Je porte un chemisier en dentelle par-dessus le caraco et un jean blanc.

– C'est sympa, déclare-t-elle. Mais je trouve ça mieux avec la jupe qu'avec le jean.

– Quel soulagement ! J'avais peur que le jean aille mieux avec. Dans ce cas j'aurais été obligée de tenir tout un repas sans rien renverser dessus.

– Mais ce n'est pas grave de renverser quelque chose sur la jupe ? demande-t-elle en haussant un sourcil.

– Si, mais avec un jean blanc, c'est pratiquement garanti. Tu es superbe avec ça, au fait.

Nicky essaie une robe à fleurs style *baby doll* avec un legging noir qui met vraiment en valeur ses longues jambes.

– Tu es sûre ? Ce n'est pas trop serré ?

Je secoue la tête.

– Tu sais ce que dit Sophie.

On répond toutes les deux en chœur :

– Rien n'est jamais trop serré !

Le seul inconvénient de la vie à Pearl Beach, c'est que le centre commercial le plus proche est à près d'une heure. On a fait l'expédition toutes les deux parce qu'on s'est retrouvées dans une situation inattendue : pour la première fois de notre vie, on a un petit copain. Par conséquent, on cherche à agrémenter un peu notre garde-robe. Bien sûr, on n'a pas beaucoup d'argent à mettre dedans, alors on ne regarde que les articles en solde.

– C'était bien plus facile quand je me cantonnais aux couleurs sombres et aux aliments solides, lance Nicole. Tu sais, pour me fondre dans le paysage quand je le suivais.

– La belle époque, dis-je tandis qu'on retourne dans nos cabines. À propos, comment ça se passe maintenant que vous vous parlez, Cody et toi ?

– C'est bien plus marrant. Mais on y va doucement. On ne sort qu'une ou deux fois par semaine.

– Et ça te convient ?

– Absolument. La lenteur m'arrange : tout ça est tellement nouveau pour moi ! Il me faudrait des roulettes pour amoureuse débutante.

– Tu n'es pas la seule. Je ne pense pas pouvoir compter sur cette tortue pour me sauver chaque fois que je pète les plombs.

– Ouais, peut-être pas.

On ressort. Cette fois, elle porte un débardeur à motifs géométriques et une jupe asymétrique qui n'avait l'air de rien sur le portant, mais qui est fabuleuse sur elle.

– Je ne devrais jamais faire de shopping avec toi, dis-je.

– Pourquoi ?

– À cause de ton côté top-modèle d'un mètre quatre-vingts. J'ai l'impression d'être un petit pot à tabac.

– Tu n'es pas un pot à tabac, parce que tout ce que tu as essayé était ravissant. Et moi, je ne pourrais jamais porter ça, dit-elle en désignant le jean « boyfriend » que je suis en train d'essayer.

– Bien sûr que si. Sauf que sur toi, ce serait un corsaire.

On éclate de rire et je me rends compte que c'est tout le charme d'avoir une amie de toujours. On peut s'envoyer des vannes, se remonter le moral et se soutenir en trois phrases consécutives.

Je me souviens de l'époque où j'ai appris à faire du vélo, et de mes premiers cours de conduite. Mais je ne me souviens pas d'avoir appris à surfer. C'était il y a trop longtemps, et je le regrette parce que si je m'en souvenais, ça me serait utile pour l'enseigner à Ben. C'est son premier cours sur sa nouvelle planche aujourd'hui, et il veut que ce moment soit mémorable.

– Il est temps qu'on aille là où il y a les vagues de grands, dit-il.

Jusqu'à présent, il se servait de la planche de mon père et je lui ai donné les mêmes cours que pour les enfants du centre aéré. On est restés dans l'eau du bord et il n'a pris des vagues que lorsqu'elles avaient cassé. C'est un super moyen de s'entraîner, mais maintenant, il est prêt à aller au-delà de l'écume. En tout cas, il pense l'être. Si jamais il ne l'est pas, je serai toujours à côté de lui pour lui rappeler les instructions.

On commence par avancer dans l'eau jusqu'à ce qu'elle nous arrive à la taille, puis on s'allonge sur nos planches et on se met à ramer. Les gens s'imaginent que c'est facile, mais non. Il faut s'habituer à garder l'équilibre, et c'est dur d'avancer à contre-courant.

– N'oublie pas de faire des canards, dis-je.

Un canard, c'est ce que vous faites quand vous ramez pour passer sous une vague qui vient droit sur vous. Il faut accélérer jusqu'à ce que vous soyez à environ soixante centimètres, puis pousser votre planche sous l'eau et laisser la vague vous passer dessus. Si vous oubliez, la vague projette votre planche contre vous.

Apparemment, il ne m'a pas entendue, parce qu'il oublie.

– C'est ma faute, dit-il. J'étais censé faire quelque chose, là, non ?

– Un canard ! je répète plus fort, parce qu'une autre vague approche.

Cette fois, il accélère et, même si ce n'est pas particulièrement gracieux, il réussit à passer sous la vague et à ressortir de l'autre côté.

– Comme ça ? demande-t-il.

J'oublie son manque de grâce et je me concentre sur les aspects positifs.

– Oui. Mais la prochaine fois, essaie de tenir les rails plus solidement et de pousser vers le bas avec tout ton corps.

– Compris.

On plonge sous deux autres vagues avant d'émerger de l'autre côté de la barre, là où l'eau est calme. Son expression vaut de l'or. Il se régale.

– Maintenant, il faut enfourcher ta planche comme ça, dis-je en faisant la démonstration.

– Je regarde vers le large ou vers la plage ?

– Tu n'as vraiment rien écouté pendant les cours que je t'ai donnés ?

– J'ai essayé. Mais c'est dur d'être attentif : tu es trop jolie.

Ça me fait rire.

– Tu regardes vers le large jusqu'à ce que tu voies une vague qui te plaît. Là, tu te tournes et tu te mets à ramer.

– Compris.

Je lui jette un coup d'œil et je vois qu'il a du mal à trouver l'équilibre. Ses fesses n'arrêtent pas de glisser d'un côté à l'autre de la planche et il compense trop pour éviter de tomber.

– Ne t'inquiète pas. Tu vas trouver le coup.

Il s'agite encore un moment, puis trouve une bonne position et se stabilise. À peu près.

– C'est... Quel est le mot que vous utilisez, déjà ? « Groovy sensas » ?

– Je crois que plus personne n'emploie cette expression depuis dix ans. Mais je vois ce que tu veux dire. Maintenant, rappelle-toi, tu n'es pas obligé de te lever les premières fois. Tu peux prendre la vague et la surfer à plat ventre. C'est un bon exercice et ça t'aidera à trouver le coup.

Il soupire.

– Tu rigoles ? Je n'ai pas délivré Blue Boy de ce vieux garage pour surfer sur le ventre. Avec lui, je suis prêt à faire le *hang ten*.

– Tu sais ce que ça veut dire, au moins, le *hang ten* ? je demande en riant.

Il secoue la tête.

– Maintenant que j'y pense, non. Mais tu ne vas pas avoir le temps de me l'expliquer, parce que je crois que cette vague est pour moi.

C'est un grand moment. Enfin, ça l'aurait été s'il avait réussi à pivoter et à prendre la vague. Malheureusement, il ne fait que se retourner et glisser de sa planche. Six fois de suite. Une fois qu'il arrive à faire le virage, il endure une demi-heure de frustration pendant laquelle il essaie de prendre vague après vague pour les voir s'éloigner sans lui.

– Qu'est-ce que je fais de travers ? demande-t-il.

– Au moment où la vague soulève ta planche, ton réflexe naturel est de te pencher en arrière, mais en fait, tu devrais te pencher en avant.

Il acquiesce.

– C'est plus dur que ça n'en a l'air.

– Beaucoup plus dur. Tu veux faire une pause ? On pourrait retourner sur la plage en ramant pour se reposer ou peut-être s'entraîner un peu plus dans l'écume.

Il secoue la tête avec un air de défi.

– Pas question de retourner sur la plage en ramant. J'y retournerai debout sur ma planche.

– O.K...

– Je suis sérieux, dit-il en tâchant de se préparer psychologiquement. Je vais rentrer... debout.

Un quart d'heure plus tard, il prend enfin une vague et surfe une dizaine de secondes. Quand il la perd, j'ai peur qu'il s'énerve, mais bien au contraire, il est plus excité que jamais.

– Cette fois, je l'ai vraiment senti ! s'exclame-t-il. Je crois que j'ai pigé. J'ai fait ce que tu m'avais dit et ça a marché. Je dois juste me forcer à m'engager sur la vague. À rester penché en avant.

C'est ce qu'il fait sur la vague suivante et je suis folle de joie quand il arrive à se faire emporter et file vers la plage. Une fois ou deux, il est sur le point de la perdre, mais je repère le moment précis où il s'accroche pour de bon.

C'est magnifique.

Puis il essaie de se mettre debout. Et ça, c'est un peu moins magnifique.

En fait, il arrive à surfer plus longtemps que je ne l'aurais imaginé. Il est chancelant, mais il parvient à garder l'équilibre, un peu comme un bébé qui fait ses premiers pas et qui plie les genoux pour avoir les fesses près du sol. Puis il essaie de tendre les jambes pour se redresser complètement, mais il se penche trop en avant et fait un nosedive : l'avant de la planche se plante dans l'eau et le projette dans les airs. Il fait un plat sur le visage et disparaît un moment avant de se redresser dans l'eau peu profonde du bord.

Aussitôt, je prends la vague suivante et je la surfe jusqu'à lui.

– Ça va ? je demande avec inquiétude.

– Ça va super bien !

Il se retourne et je vois son visage. Il a une entaille qui saigne sous l'œil droit. Je lâche un hoquet horrifié.

– Qu'est-ce qu'il y a ? demande-t-il. J'ai le nez cassé ?

– Non. Ton nez m'a l'air indemne. Mais tu as une méchante coupure sous l'œil.

– Cool, dit-il sans se soucier de la douleur. Tu as vu comment j'ai surfé ? C'était vraiment génial. Je comprends carrément pourquoi tu es accro. Allez, on y retourne !

– On devrait peut-être, tu sais... s'occuper de cette coupure d'abord.

– Vraiment ? On ne peut pas rester un peu plus ?

– Oh la vache ! je m'exclame.

– Qu'est-ce qu'il y a ?

– Tu es déjà accro.

J'entends frapper. Je passe tout de suite à l'action.

– J'y vais !

Je me précipite dans l'entrée mais, avant d'ouvrir la porte, je m'arrête, j'inspire à fond et je me passe les doigts dans les cheveux. C'est important de ne pas paraître trop impatiente, trop excitée. Surtout dans des moments pareils, quand on *est* trop impatiente et trop excitée.

– Salut, dis-je en entrouvrant la porte pour découvrir un Ben souriant.

– Salut, dit-il avec son charme bien à lui.

Sa joue a désenflé. Ouf. Je n'ai pas détruit le chef-d'œuvre qu'est son visage.

Je me penche dehors et je chuchote :

– Tu sais que tu n'es pas obligé de le faire. Il n'est pas trop tard pour t'enfuir.

– Je veux le faire. En plus, j'ai apporté ça.

Il brandit un petit bouquet de fleurs. J'ouvre la porte en grand.

– Tu m'as acheté des fleurs ?

J'avoue qu'une touche d'allégresse perce dans ma voix.

– En fait, répond-il avec une grimace d'embarras, elles sont pour ta mère. Pour la remercier de m'avoir invité à dîner.

– Aaah, dis-je en haussant les sourcils. Tu vas la jouer comme ça ? D'accord. Et moi qui pensais que tu disais toujours ce qu'il faut.

On suit le couloir en direction de la cuisine.

– Ben est là ! j'annonce. Il a apporté des fleurs.

– Pour moi ? fait papa, en levant le nez de la casserole de spaghettis qu'il est en train de touiller.

– Non, je réponds. Elles sont pour... maman.

Papa penche la tête sur un côté et agite une cuillère en bois vers nous, projetant de la sauce rouge partout sur la cuisinière.

– Tu as intérêt à faire attention, fiston. Cette femme est mariée et elle te briserait le cœur.

Ma mère arrive du salon en secouant la tête.

– Voulez-vous laisser ce garçon tranquille, tous les deux ? Parfois, j'ai l'impression de vivre avec des bêtes sauvages.

Du tac au tac, on émet des bruits d'animaux de la jungle, papa et moi. Elle secoue la tête de plus belle et, sans nous répondre, prend le bouquet des mains de Ben.

– Merci, Ben. Elles sont superbes.

– Merci de m'avoir invité, dit Ben.

Elle nous désigne, papa et moi.

– J'aurais compris que tu refuses. Comment va cette coupure ?

– Mieux. Merci pour ça aussi.

C'est maman qui l'a soigné quand on est rentrés à la maison. Elle l'examine pour vérifier que ça cicatrise bien.

– Inutile de préciser qu'en vivant avec ces deux-là, j'ai été obligée de m'initier aux premiers secours.

Papa et moi, on refait des bruits de jungle. Maman se contente de secouer la tête.

Bien que Ben ait passé pas mal de temps à la maison et mangé avec nous à plusieurs reprises, c'est la première fois qu'il est « officiellement » invité à dîner. Ma mère a un côté traditionnaliste et tient à ce qu'il sache qu'il est le bienvenu chez nous. Elle insiste même pour qu'on dîne dans la salle à manger plutôt que dans la cuisine, comme on le fait d'habitude.

Au début, je ne comprends pas, mais vu les fleurs et le fait que Ben porte un beau treillis et une chemise, je me dis qu'elle a peut-être remarqué quelque chose qui m'a échappé. Une fois les fleurs dans un vase et la table mise, je dois avouer que ça paraît assez solennel.

Éternelle prof de lettres, maman lui demande :

– Tu avais des livres à lire pour le lycée cet été ?

Je commence à répondre à sa place parce que je ne l'ai pas vu toucher un seul livre, mais il me surprend.

– Je viens de terminer *Les Raisins de la colère* il y a quelques jours. C'était génial. Steinbeck est mon auteur préféré.

– Je ne savais pas, dis-je.

– Qu'est-ce que tu ne savais pas ? Que je viens de terminer *Les Raisins de la colère* ? Ou que Steinbeck est mon auteur préféré ?

– Ni l'un ni l'autre.

Il hausse les épaules.

– Tu ne m'as pas posé la question.

– Moi aussi, j'adore Steinbeck, intervient ma mère. Mais je préfère *Des souris et des hommes.*

– Ce livre est trop triste pour moi, dit-il.

– Et *Les Raisins de la colère,* tu ne trouves pas que c'est triste ? s'étonne-t-elle.

– Si, affreusement. Mais j'y perçois quand même une certaine note d'espoir.

Je regarde ma mère, à l'autre bout de la table, et le

seul mot pour décrire sa réaction avec précision, c'est carrément la pâmoison.

– Mais oui, c'est très juste, dit-elle, les joues roses de plaisir. Il y a manifestement un prof de lettres qui a bien de la chance, à Madison.

– C'est une réunion du club de lecture, ce soir ? je plaisante. Je n'étais pas au courant.

– Non, répond papa. Ce n'est pas vraiment un club de lecture. Il lèche juste les bottes de ta mère.

Ben jette un coup d'œil à maman.

– Ce n'est pas du lèche-bottes. J'aime vraiment Steinbeck.

– Je te crois, dit-elle. On pourra reparler de littérature plus tard.

– Super.

La conversation continue. Quelques minutes plus tard, Ben avale une bouchée de spaghettis et s'apprête à dire quelque chose, puis s'interrompt.

– Qu'est-ce qu'il y a ? je demande.

– J'allais dire que les spaghettis sont délicieux, mais ensuite, j'ai pensé que ton père allait juste penser que je lui léchais les bottes, à lui aussi.

– Non, non, non. N'hésite pas à me complimenter pour les spaghettis, dit papa. C'est totalement différent.

– En quoi c'est différent ? je demande.

– Parce que, contrairement aux œuvres complètes de John Steinbeck, la grandeur épique de ma sauce tomate est indiscutable. Vas-y, fiston, lèche à ta guise.

– J'aimerais bien en faire quand je rentrerai chez moi. Vous pouvez me dire de quelle marque il s'agit ?

Maman et moi, on éclate de rire. Horrifié, papa écarquille les yeux.

– Quelle marque ? Tu crois que j'ai sorti ma sauce tomate d'un bocal ? Pour ton information, ma mère est née en Italie. Et je parle de la vraie. Pas du pavillon Italie de Disney World.

Papa adore vanner les gens. Il appelle ça les « chahuter », mais je refuse d'employer ce terme : je ne suis pas un collégien des années 1980. Mais en vérité, il se régale encore plus quand l'autre est prêt à le chahuter à son tour.

– Je plaisante, dit Ben. C'est délicieux. C'est une recette de votre mère ?

– En fait, non, répond papa avec orgueil. C'est moi qui l'ai inventée.

– Je pense que « mise au point » serait une expression plus appropriée, commente la prof de lettres qui est en face de moi. Le terme « invention » dénote généralement une évolution ou un progrès révolutionnaire.

– Comme je vous le disais, répète papa d'un ton appuyé, je l'ai *inventée*.

On rit, maman et moi, parce qu'on sait que papa est loin d'avoir terminé sa tirade. Il serait capable de parler de sa sauce pendant des heures.

– J'ai passé des années à la mettre au point. Elle est parfaite, tu ne trouves pas, Ben ?

– « Parfaite », c'est exactement le mot que j'aurais employé.

– Et je n'ai jamais noté la recette. Je la garde ici.

Papa tapote sa tempe droite.

– Je la prépare pour mon équipe la veille de chaque grande course.

– Alors espérons que ça nous servira demain.

– C'est certain.

Même si c'est un dîner de courtoisie, l'objectif du menu est de nous donner des réserves de sucres lents. Demain, Ben et papa vont à Cocoa Beach pour le Rocket Run, une course sur route de dix kilomètres dont le nom vient du centre spatial voisin. Ils se sont entraînés ensemble deux fois par semaine et en ont fait un truc entre hommes.

– Le secret, c'est de veiller à ce que la sauce ne soit pas trop lourde. Celle de ma mère est super, mais si tu en mangeais la veille d'une course, elle te ralentirait. Celle-ci est légère, mais quand même assez forte pour valoir la peine.

– Dommage qu'elle ne sorte pas d'un bocal, dit Ben après une autre bouchée. Je suis sûr que mon équipe de Madison l'adorerait.

– Je peux t'apprendre à la faire, dit soudain papa. Il faudra juste me promettre de ne le répéter à personne d'autre. Que ça reste entre nous.

– Promis.

Ben est ravi. Papa est ravi. Moi, toutefois... je ne suis pas ravie.

– Excusez-moi...

– Qu'est-ce qui ne va pas ? fait papa.

– Quand je t'ai demandé la recette, tu m'as dit que tu ne pouvais pas me faire confiance.

– C'est parce que tu es nulle pour garder les secrets, explique mon père. Mais Ben, je lui fais confiance.

Je sais que c'était une blague au départ, mais d'un certain côté, je suis un peu vexée, là. Je lui ai vraiment demandé de m'apprendre, et il a vraiment refusé.

– Qu'est-ce qui te fait croire que tu peux lui faire confiance ?

Papa me regarde comme si c'était évident.

– Eh bien, je lui fais déjà assez confiance pour veiller sur la chose que j'aime le plus au monde. Je pense qu'il peut gérer une sauce tomate.

Je suis contente que mon père m'aime tant que ça, mais sérieux !

– Je ne suis pas une *chose* que tu lui as confiée. Je suis ta fille.

Les trois autres gardent le silence un moment. Ensuite, j'entends Ben essayer de réprimer un éclat de rire. Il résiste le plus longtemps possible, puis il éclate.

– Qu'est-ce qu'il y a de si drôle ?

– Je pense qu'il ne parlait pas de toi, Izzy.

En les dévisageant, je m'aperçois qu'il a raison.

– Alors de quoi il parlait ?

– De sa planche de surf. Il m'a confié sa planche de surf.

– C'est Black Beauty, la chose que tu aimes le plus au monde ? dis-je en riant, indignée.

– Je suis désolé, ma puce, dit papa. Je pensais que tu le savais.

Maintenant, Ben craque complètement, et je me rends compte que je ne l'avais jamais vu rire autant. On dirait un gamin qui s'amuse, et je commence à comprendre que c'est ça qui lui manquait. C'est peut-être même la chose qu'il pensait ne jamais retrouver. Ses parents se séparent et chez lui, il n'y aura plus jamais de dîner comme celui-ci, où ses parents sont assis à la même table, à raconter des blagues et à lui envoyer des vannes.

Le reste du repas est plein d'histoires marrantes et de nouvelles infos. Par exemple, j'apprends qu'il espère étudier la littérature anglophone à la fac – ma mère recommence à se pâmer – et qu'il a une peur panique des montagnes russes – ce qui lui vaut de se faire chahuter de plus belle par mon père.

Au départ, je pensais qu'on pourrait sortir après le dîner pour aller au cinéma, mais finalement, je lui propose de goûter aux « combats de boxe » hypracompétitifs que sont nos soirées jeux de société en famille.

– On joue aux ambassadeurs, annonce papa alors qu'on se dirige vers le salon. Les ambassadeurs à la manière des Lucas.

– C'est quoi, la manière des Lucas ? me demande Ben.

– La manière des Lucas, c'est quand tes parents sont

profs tous les deux et qu'ils aiment transformer tout ce qui est marrant en quelque chose d'éducatif et forcément un peu moins marrant. Comme à mon anniversaire, quand j'étais en CM2 : au lieu de jouer à remettre sa queue à l'âne, on a joué à rendre sa barbe au général de la guerre civile.

– C'était une grosse barbe drue, essaie d'expliquer papa à Ben. Mais ça n'a pas fonctionné.

– Non, vraiment pas, dis-je.

– Et comment vous jouez aux ambassadeurs à la manière des Lucas ? demande Ben.

– Les catégories sont plutôt du genre Littérature et Histoire, je réponds. Au lieu des émissions de télé et des célébrités, on a des catégories comme Auteurs méconnus, Présidents américains, et ma préférée : Champs de bataille historiques.

– Ça fournit de bons mots à chercher, ça, dit papa, me rappelant un moment douloureux d'une séance précédente.

– Ces indices ne sont clairs que pour toi, dis-je.

– Eh bien aujourd'hui, tu n'auras pas à te soucier de mes indices, déclare papa. Parce qu'on va faire la guerre des sexes : ta mère et toi contre Ben et moi.

Ensuite, comme si la domination masculine ne suffisait pas, il propose un enjeu important :

– L'équipe gagnante choisira le parfum de glace qu'on ira acheter chez The Islander.

– Pari tenu ! dis-je dans un grondement dont un lutteur professionnel aurait été fier.

Ben s'illumine quand on se répartit par équipes, et je vois qu'il a vraiment besoin de moments en famille. Quand on commence à jouer, je passe la première. Je tire « William Shakespeare » du chapeau.

– On va y arriver, dis-je à maman en prenant position.

Papa lance le chronomètre et me donne le signal de départ.

Je fais les signes pour dire « écrivain » et « deuxième mot », et je mime un chat. Ben et papa piquent un fou rire hystérique, mais je les ignore.

Ma mère se met à crier des réponses.

– Panthère ! Tigre ! Chat !

Je lui indique qu'elle a dit juste avec le mot « chat » et je passe à la deuxième partie du mot. Je fais semblant de mourir. Elle met un moment à piger, mais elle finit par trouver.

– Chat... qui meurt. Qui agonise. Qui... qui expire ! Shakespeare ! William Shakespeare !

Papa appuie sur le chronomètre et annonce notre temps :

– Vingt-trois secondes.

Avec maman, on se tape dans les mains. On est assez contentes de nous et je sens déjà le goût de la glace menthe aux pépites de chocolat que je prévois de choisir.

Ensuite, c'est le tour de Ben et il tire un nom du chapeau. Comme c'est moi qui tiens le chrono, il me le montre et je vois que c'est « J. D. Salinger ».

– On va remporter cette manche, j'assure à maman. Aucune chance qu'ils fassent mieux que vingt-trois secondes.

– Ignore-la, dit papa, tâchant d'encourager Ben. Je te fais confiance pour ma recette et je te fais confiance pour mes devinettes.

Ben réfléchit un moment et décide enfin d'un plan d'action.

– O.K., dit-il. Je suis prêt.

Je lui indique d'y aller. Il fait le signe pour « écrivain », puis s'accroupit comme un attrapeur de balle au baseball qui lève sa main gantée.

– J. D. Salinger ! crie papa.

J'appuie sur le chrono et je regarde le chiffre.

– Alors ? demande papa.

Je secoue la tête.

– Sept secondes... mais ça ne compte pas.

– Comment ça, « ça ne compte pas » ? s'indigne papa.

– Vous avez triché.

– Et comment on a triché ? veut savoir Ben.

– Je ne sais pas, mais je sais que vous avez triché.

– Qu'est-ce que tu veux dire ?

– Tu n'as fait que t'accroupir. Comment ça pourrait représenter J. D. Salinger ?

Ils me regardent avec de grands yeux. Et aussitôt, je comprends :

– *L'Attrape-cœur* de J. D. Salinger.

Effectivement, ils n'ont pas triché. Plus effrayant encore : ils étaient en symbiose totale.

– Oh la vache, je gémis en me tournant vers ma mère.

Elle dit tout haut ce que je pense tout bas :

– On a créé un monstre.

S'ensuit la partie de jeu des ambassadeurs la plus intense que j'aie jamais connue – dans ma famille, ce n'est pas peu dire. Ben et papa forment une super équipe, mais maman et moi, on les talonne de près. On finit par perdre sur les Présidents américains du XIXᵉ siècle. Je rate tout le temps avec cette catégorie-là. Je ne trouve pas d'idée pour mimer « Ulysses S. Grant » alors que Ben, je ne sais comment, comprend « Zachary Taylor » quand mon père fait mine de coudre.

– C'est un tailleur, essaie-t-il d'expliquer.

On a beau jouer pour gagner, on ne prend pas vraiment la partie au sérieux, et je me sens plus proche de Ben que jamais. Je n'avais pas conscience de l'importance que ça avait pour moi qu'il s'entende bien avec ma famille.

– Comme on est les champions, on a le droit de choisir le parfum de glace, annonce papa. Et puisque tu es notre meilleur joueur, à toi de prendre cette décision pour nous, Ben. Quel parfum tu veux ?

Ben y réfléchit une seconde et dit :

– Menthe aux pépites de chocolat.

– Non, répond papa comme s'il venait de subir la pire des trahisons. Tu choisis ça parce que c'est le parfum préféré d'Izzy.

– Ah bon ?

Ben joue les innocents et me fait un clin d'œil.

– Je choisis ça parce que c'est mon parfum préféré.

– Tout l'intérêt de gagner, c'est de pouvoir retourner le couteau dans la plaie du perdant après le match, dit papa.

– C'est vraiment incroyable qu'on t'autorise à coacher des enfants, le taquine maman. Viens, allons acheter la glace. Je t'autorise à te vanter jusqu'à plus soif dans la voiture.

– Vraiment ? fait papa. C'est adorable. Mon indice pour Zachary Taylor était franchement fabuleux, hein ?

Papa et maman sortent et je reste seule avec Ben pendant au moins vingt minutes.

– Maintenant, tu sais à quoi ça ressemble, nos soirées jeux de société, dis-je.

– C'était super marrant, répond-il.

Je m'approche de lui et je passe les bras autour de sa taille.

– Je suppose que tu mérites un baiser pour fêter ta victoire.

– Je trouve aussi.

On s'embrasse un moment et on dirait que tout va bien. Malheureusement, ce moment ne dure pas.

– J'ai quelque chose à te dire, commence Ben en s'écartant. Je ne voulais pas en parler devant tes parents, mais j'ai reçu un appel de ma mère juste avant de venir ici.

– Tout va bien ?

Il secoue la tête.

– Le divorce vire au cauchemar et maintenant, ils se

disputent la garde. Ma mère veut que je sois avec elle tout le temps, mais mon père veut une garde partagée et que je fasse des allers-retours entre eux.

– Mais c'est plutôt bien que ton père veuille toujours faire partie de ta vie, non ?

Il y réfléchit un moment et paraît encore plus triste que d'habitude.

– Si c'était la raison, peut-être. Mais je pense qu'il cherche juste à s'assurer qu'elle ne va pas gagner et qu'il n'aura pas une trop grosse pension alimentaire à verser.

Une fois de plus, je me réjouis que mes parents soient heureux ensemble.

– Bref, reprend-il, le juge veut me parler.

Là, je commence à comprendre.

– Qu'est-ce que ça veut dire ?

– Je dois prendre l'avion pour le Wisconsin. Je pars dimanche.

Je panique pour de bon.

– Tu vas revenir, non ?

– Oui.

Je pousse un soupir de soulagement.

– Tu seras absent combien de temps ?

– Une semaine.

Même si on n'en parle jamais directement, je sais toujours exactement combien de jours il reste avant le départ de Ben à la fin de l'été. Aujourd'hui, je dispose précisément de trente et un jours. J'ai la ferme intention de profiter au maximum de chacune de ces journées, et voilà que je vais en perdre sept d'un coup.

– Sept jours, je souffle.

– Je sais.

– Ce n'est pas juste.

Je le regarde et je me rends compte que je suis hyper égoïste. Lui aussi, il perd sept jours, et pendant ce temps, il va devoir rencontrer un juge et choisir un de ses parents au détriment de l'autre.

– Mais le pire, c'est que ce n'est pas seulement pour ton bien, j'ajoute en le serrant dans mes bras. Je suis désolée que tu aies à endurer ça.

Il appuie la tête contre mon épaule et je crois entendre le bruit discret de ses pleurs.

J'échange mes heures de boulot de samedi avec Nicole pour pouvoir aller voir papa et Ben au Rocket Run. Ensuite, le dimanche, je demande à Sophie de nous conduire à l'aéroport, Ben et moi. Son oncle était prêt à s'en charger, mais j'essaie de passer le plus de temps possible avec Ben. Le moral est assez bas, c'est le moins qu'on puisse dire, et il y a de grands silences pendant le trajet.

– La compétition de surf est dans quelques jours seulement, dit Sophie, tâchant de lancer une conversation quelconque. On va tâcher de s'entraîner un maximum pendant ton absence.

Je m'attendais à ce que Ben réagisse, mais il ne dit rien. Il se contente de se mordre la lèvre inférieure, perdu dans ses pensées. Il est concentré, mais je ne sais pas sur quoi.

– Il y a un problème ? je demande.

Il se tourne vers moi sur la banquette arrière.

– Parcs et Loisirs sponsorise la compétition de surf, dit-il.

– Ah oui ?

– Et je travaille pour le Département des Loisirs de la ville.

– O.K.

– Ce ne serait pas correct que je profite de ma situation pour te donner un avantage. Sur le plan éthique, je veux dire.

– Bien sûr que non.

Sophie lève à demi la main.

– On en est sûrs ?

– Oui, dis-je en baissant sa main. Bien sûr qu'on en est sûrs.

– Je voulais juste vérifier.

– On ne veut pas que tu triches pour nous, Ben.

Il sourit.

– D'accord. Mais ce ne serait pas tricher si je te disais que ce serait une bonne idée de lire le règlement. Je dis ça à tous ceux qui viennent prendre une fiche d'inscription.

Sophie me jette un coup d'œil dans le rétroviseur. On se demande toutes les deux où il veut en venir.

– Sachant que je suis fils d'avocat et qu'on m'a appris à tout lire attentivement – et, par « tout », je veux dire tout jusqu'au moindre mot –, je vous le conseille et vous prendrez peut-être ce conseil au sérieux, contrairement aux gens qui l'ignorent.

Il en reste là et on échange un regard. Je n'ai aucune idée de ce qu'il sous-entend, mais je sais qu'il essaie de nous donner un petit coup de pouce. Je sais aussi que, pour le moment du moins, il n'est pas disposé à aller plus loin.

– Eh bien, mon copain s'absente, dis-je. Alors j'aurai plein de temps libre cette semaine. J'avais l'intention de lire très attentivement le règlement de la compétition.

Il sourit et hoche la tête.

– Et tu vas faire ça avant de déposer ta fiche d'inscription ?

– Absolument.

Le silence retombe dans la voiture.

– O.K., dit Sophie au bout d'un moment. C'était... bizarre... mais on est arrivés. Je vais vous déposer, d'accord ? Izzy, je repasserai te chercher dans vingt minutes.

– Merci.

Je me penche vers l'avant et je lui presse l'épaule.

– Je sais, je sais, je suis formidable, dit-elle.

Je sais qu'elle plaisante, mais c'est totalement vrai.

On descend, Ben et moi, et on ne dit pas grand-chose. Il n'a pas de sac à enregistrer, alors une fois qu'il a récupéré sa carte d'embarquement, on s'approche du contrôle de sécurité. Ça me rend malade et il ne part que pour sept jours. Je n'ose imaginer comment ce sera, dans quatre semaines, quand on reviendra ici et qu'il partira pour toujours.

On reste plantés là un petit moment et on se tient la main en silence. Puis, quand il est temps qu'il s'en aille, il m'embrasse et me serre dans ses bras plus longtemps que ce à quoi je m'attendais.

– Bonne chance, lui dis-je. Je penserai à toi tout le temps. Surtout le jour où tu vois le juge. Tout ira bien.

Il hoche la tête et m'embrasse encore une fois.

– Tu vas tellement me manquer...

Il me serre à nouveau dans ses bras, puis va rejoindre la file d'attente.

– Je suis sérieux, ajoute-t-il en se retournant vers moi. Lis tout jusqu'au moindre mot.

– Promis, dis-je en m'efforçant de faire bonne figure.

Je le regarde s'éloigner et, même si je sais qu'il ne m'entend pas, je ne peux pas m'empêcher de chuchoter lorsque je prononce :

– Je t'aime.

Août

Je suis pitoyable.

Je le sais. Mais le savoir et faire quelque chose pour y remédier, ce n'est pas du tout la même chose. Ça fait cinq jours que Ben est parti, et où que j'aille, tout me fait constamment penser à lui. En cet instant précis, on est en train de fermer la boutique et, en verrouillant la porte d'entrée, je remarque l'affiche qu'il a apportée le jour où on s'est rencontrés. Rien que sa vue me donne envie de pleurer, alors vous imaginez comme j'ai été marrante ces jours-ci. Quoi qu'il en soit, Sophie et Nicole n'ont pas faibli un seul instant dans leurs tentatives répétées pour me remonter le moral. On peut les féliciter pour leur ténacité.

– Mesdames, la piste de danse est à nous, annonce Sophie en montant le volume sur la chaîne. Éclatons-nous.

Sophie est obsédée par la dance music des années 1990, et elle adore en mettre à fond pendant qu'on fait le ménage. Par conséquent, elle a réussi à nous rendre accro aussi, Nicole et moi. La première chanson de la playlist est un énième exemple de ses efforts pour me rendre le sourire.

Right about now, the funk soul brother

Check it out now, the funk soul brother

Bien qu'en gros, les deux premiers vers soient répétés en boucle et que le titre de cette chanson soit incompréhensible, j'adore « The Rockafeller Skank » de Fatboy Slim. Je sais, c'est absurde, mais le rythme est irrésistible. C'est sans doute pour ça que Sophie a commencé par celle-là.

Derrière le comptoir, Sophie chante en triant les reçus de la journée. Quant à Nicole, elle remue les épaules et danse avec le balai qu'elle passe dans la salle. Mais moi, je reste un modèle de morosité ; je recharge tristement les portants de vêtements.

– Qui vient chez Mama Tacos ce soir ? demande Sophie en haussant la voix, tout en se trémoussant en cadence. Je pourrais manger mon poids en nachos.

– Moi, s'écrie Nicole. Et toi, Iz ?

Je secoue la tête et je marmonne une vague excuse noyée par les rythmes électroniques.

– Quoi ? fait-elle en haussant le ton.

J'essaie encore, mais elles ne m'entendent pas.

Je finis par hurler :

– Non merci !

Sophie appuie sur « stop ». Le silence se fait dans la pièce et soudain, notre petite boutique de surf pleine d'ambiance se transforme en salle d'interrogatoire de série policière.

– Pourquoi pas ?

Me voilà sur la défensive :

– Je n'ai pas spécialement faim, c'est tout. Et je dois me lever tôt pour m'entraîner.

– C'est quoi ? demande Nicole.

– Comment ça ?

– Tu nous as donné deux excuses, dit-elle en cessant de balayer. C'est quoi, la vraie ?

– Pour commencer, ce ne sont pas des « excuses ». Ce sont des réponses. Et il se trouve que les deux sont vraies.

Nicole se tourne vers Sophie et la regarde comme si c'était sa jumelle extralucide, puis reporte son attention sur moi.

– Tu nous tiens à distance, Izzy. Je ne sais pas pourquoi, mais tu nous tiens à distance.

– Juste parce que je ne suis pas d'humeur à manger des nachos ? Ça veut dire que je vous tiens à distance ?

– Maintenant, tu n'es « pas d'humeur ». C'est la troisième excuse. Tu essaies de convaincre qui ? Nous ou toi ?

Elle s'approche et vient se planter juste en face de moi, devant le portant.

– Tu n'as pas passé un seul moment avec nous cette semaine. On comprend bien que tu sois occupée quand tu es avec Ben. Ça, on peut l'accepter. Mais comme il n'est pas là, on pensait qu'on pourrait faire des trucs toutes les trois ensemble.

– Ouais, renchérit Sophie. On s'est dit qu'on pourrait te remonter le moral.

– Je n'ai pas besoin qu'on me remonte le moral, dis-je sèchement. Je vais très bien.

Nicole se prépare à répliquer, mais finalement, elle se contente de secouer la tête et se remet à passer le balai.

– Si tu le dis.

– Quoi ?

– Je te connais depuis toujours, reprend-elle. Je ne sais pas comment tu vas, mais en tout cas, ce n'est pas « très bien ».

– Eh bien, tu as le droit de le penser.

Elle me regarde et acquiesce.

– Et tu n'es pas d'accord avec moi ?

– Pas du tout.

– Alors portons ce différend devant la caisse.

Vous imaginez sûrement à quel point j'ai envie de porter ma vie amoureuse devant la caisse.

– Non. C'est vraiment la dernière chose dont j'aie besoin en ce moment, que vous vous liguiez toutes les deux contre moi.

– Excuse-moi, dit Sophie. Tu es super mal. On le comprend. Mais si tu crois qu'on pourrait « se liguer contre toi », c'est un gros problème, parce qu'on n'est pas comme ça.

Je sais qu'elle a raison et je regrette de penser ça, mais la vérité, c'est que rien de ce qu'elles diront ne pourra me remonter le moral. En plus, j'ai peur que ça ne fasse qu'empirer les choses si je leur confie *tout* ce que j'ai en tête.

– Je me suis mal exprimée, dis-je. Pardon.

– Tu es avec *nous*, me rappelle Nicole. Tu n'as pas besoin de nous présenter des excuses. Il faut juste que tu nous parles.

Je ne réponds pas. Je continue à raccrocher les T-shirts qui ont été abandonnés dans les cabines d'essayage. Je me dis qu'elles vont renoncer, mettre de la musique à fond et me laisser reprendre mon marathon de la morosité. Mais elles attendent. Il n'y a ni musique ni questions, rien que le bruit des cintres que je glisse sur le portant. Finalement, je craque.

– Vous voulez vraiment savoir ce qui me préoccupe ?

– Oui, vraiment, dit Sophie.

– Ça ne fait que cinq jours qu'il est parti et je pète totalement les plombs. Qu'est-ce qui va se passer dans un mois, quand il sera parti pour de bon ? Et qu'est-ce qui va se passer un mois après, quand cette boutique va fermer ? Qu'est-ce que je vais faire ? Où est-ce que je vais aller ? Je ne peux pas rester dans ma chambre à pleurer toute la journée.

– C'est à ça que tu étais occupée, ma douce ? demande Sophie. Tu pleurais dans ta chambre le soir ?

– Peut-être, j'avoue à contrecœur. Mais je suis sérieuse. Qu'est-ce que je dois faire ? Je n'en ai aucune idée.

Je les regarde en attendant des réponses. Je vois que Nicole pèse soigneusement ses mots avant de dire :

– Je ne sais pas.

J'attends la suite, mais elle ne vient pas.

– « Je ne sais pas » ? C'est ça, ta réponse ?

– C'est la vérité, dit-elle. Je ne sais pas ce que tu devrais faire. Mais je sais que quoi que tu fasses, tu le feras avec moi. Tu seras au lycée avec moi et quand on n'aura plus cette boutique et qu'il nous faudra un nouveau repaire, on le trouvera ensemble.

– C'est affreux, ajoute Sophie. Ben est super et il est fou de toi. Vous formez un couple tellement adorable ! On comprend bien que tu trouves ça injuste. Mais n'oublie pas que tu étais déjà géniale avant qu'il débarque dans ta vie. Et tu seras toujours géniale une fois qu'il sera rentré chez lui. Peut-être encore plus, parce qu'il a fait éclore des facettes de ta personnalité qu'on n'avait jamais vues avant.

Je hausse un sourcil sceptique.

– Comme quoi ?

– Comme le fait que l'Izzy d'avant Ben ne se serait jamais inscrite à King of the Beach, dit Nicole. Elle aurait dû, mais elle ne l'aurait pas fait. Ben t'a donné de l'assurance. Grâce à lui, tu crois en toi.

Ça ne m'était jamais venu à l'esprit.

– Tu as peut-être raison sur ce point.

– Bien sûr qu'on a raison, insiste Sophie. On est tes meilleures amies. On te connaît mieux que toi-même.

– Ah oui ? je demande, amusée.

– Oui. Là, par exemple, je sais que tu ne nous as dit qu'une partie de ce qui te préoccupe. On savait déjà qu'il te manquait et que tu te posais des questions sur l'avenir. Ce n'est pas ce genre de blues. C'est plus profond. Qu'est-ce qu'il y a d'autre ?

L'ambiance est passée de la salle d'interrogatoire au confessionnal. Ce sont vraiment de super amies, et je sais que je peux tout leur dire. Mais je dois inspirer à fond plusieurs fois avant d'oser l'avouer :

– Je l'aime.

Cette annonce leur fait hausser les sourcils, mais elles ne disent rien, ni l'une ni l'autre, alors je continue.

– Ce n'est pas un petit coup de cœur. Ce n'est pas seulement que je l'apprécie. Je suis *amoureuse* de lui. Je sais que je n'ai aucune expérience et que je ne sais pas de quoi je parle. Mais je sais quand même ça. Je l'aime et je ne peux même pas le lui dire.

– Pourquoi pas ? demande Nicole.

– Il a cassé avec sa dernière copine parce qu'elle était amoureuse de lui et qu'il n'éprouvait pas les mêmes sentiments. Il a dit qu'il trouvait ça injuste pour elle. Je ne peux pas courir ce risque. C'est déjà assez pénible comme ça de devoir le perdre à la fin du mois.

C'est fou comme je suis soulagée d'avoir dit ce que j'avais sur le cœur. Je ne peux pas le dire à Ben, mais à elles, je peux. Le dire à haute voix, ça lui donne plus de réalité, ce n'est plus uniquement un truc qui flotte dans ma tête.

– Si tu es sûre de tes sentiments, je pense que tu

devrais lui en parler, dit Sophie. Ne serait-ce que pour lui donner une chance de te dire que c'est réciproque. Mais c'est à toi d'en décider, pas à nous. Ça dépasse largement la juridiction de la personne qui tient la caisse.

– Ça veut dire que ton verdict est en ma faveur ? je demande.

– Tu es coupable d'avoir tenu tes meilleures amies à distance. Il n'y a aucun doute là-dessus. Mais je vais te libérer avec un simple avertissement, en te rappelant qu'on est tes plus grandes fans. Tout ce qu'on veut faire, c'est t'aider.

– Je sais. Je ne l'oublierai pas.

Je suis soulagée de leur avoir confié mon secret, et soulagée qu'elles ne m'obligent pas à faire une bêtise.

– J'apprécie aussi que tu aies résisté à ta nouvelle manie d'abuser de ton pouvoir quand tu es à la caisse.

– Je n'ai pas encore fini, dit-elle.

Je me tourne vers Nicole en secouant la tête :

– Je savais que c'était trop beau pour être vrai.

– Ce tribunal te juge aussi coupable d'un autre crime, et j'ai bien peur qu'on ne puisse pas l'ignorer, celui-là.

– Et c'est quoi ?

– Tu n'as pas dansé sur « The Rockafeller Skank ».

Ça me fait rire pour la première fois de toute la semaine.

– Pitié, dis-moi que c'est encore un avertissement !

– Oh non, non, non. On restera ici jusqu'à ce que tu fasses... l'Albatros. Et ne te contente pas des mouvements. On veut que tu fasses l'Albatros avec la grandeur et la passion que ça mérite.

L'Albatros est une chorégraphie clownesque qu'on a inventée un soir pendant qu'on faisait l'inventaire. Il faut se pavaner avec les bras écartés comme des ailes. C'est le genre de chose qu'on fait quand on délire avec ses copains, mais qu'on ne ferait ailleurs en aucune circonstance.

Sophie appuie sur « lecture » et la musique reprend à plein volume.

Elles restent plantées là, les bras croisés, et me regardent avec impatience.

– Pas question, dis-je. Vous pouvez me fixer tant que vous voudrez, je ne le ferai pas.

Elles montent encore le volume de la musique.

C'est fichu. Je ne peux plus lutter.

Au début, j'y vais tout doucement, je plie les genoux, puis j'affiche un grand sourire et je tends les bras pour commencer mon défilé. Elles m'applaudissent et bientôt, on danse toutes les trois. C'est amusant et ça me débarrasse de mes émotions accumulées. Je m'y abandonne tellement que je ferme les yeux, ce qui est dangereux quand on fait l'Albatros.

On est arrachées à notre petite fête quand la musique s'arrête brusquement. On se tourne vers le comptoir et on voit Mo à côté de la chaîne. J'avais totalement oublié qu'elle travaillait dans le garage.

– Désolée d'interrompre votre boum, dit-elle, amusée, mais j'ai besoin de vous dans le garage, les filles.

On la suit dehors et on a la surprise de découvrir que Mickey est là aussi. C'était sa journée de congé aujourd'hui, ce qui signifie qu'elle a dû entrer par la porte de service pendant qu'on avait le dos tourné.

– Qu'est-ce qui se passe ? demande Sophie.

– King of the Beach approche, dit Mickey, et on a pensé qu'il fallait organiser une réunion de l'équipe.

Même s'il peut y avoir jusqu'à huit participants dans chaque équipe, le gang des Surf Sisters ne compte que nous cinq pour le moment. Les autres filles de la boutique ne surfent pas beaucoup, et malgré mes tentatives pour recruter en secret pendant mes séances d'entraînement à la jetée, je n'ai pas eu de succès pour le moment.

– C'est une bonne idée, dis-je. Vous voulez qu'on revoie notre planning d'entraînement ?

– En fait, on pensait commencer par vous donner des M. & M.

– Pas pour moi, répond Nicole. J'essaie de me limiter mais dès que j'en mange quelques-uns, j'en veux plus et au bout de deux minutes, j'ai vidé tout un sachet format familial. Ce n'est pas beau à voir.

Les deux sœurs échangent un regard en gloussant.

– On ne parle pas des bonbons, dit Mickey.

Je mets un moment, mais je suis la première à comprendre.

– Oh la vache ! Oh la vache ! Oh la vache ! dis-je en tremblant d'excitation. Vous voulez dire...

Mo me regarde et hoche la tête.

– On a pensé que c'était la moindre des choses. On

n'aura peut-être pas la meilleure équipe pour la compétition, mais je vous parie qu'on aura les plus belles planches.

Je remarque enfin trois planches de surf emballées dans du papier cadeau et appuyées contre le mur du fond. Mo et Mickey ont décidé de nous offrir des planches customisées, faites main – des planches M. & M. (Je crois que je vais tomber dans les pommes.)

– *Ces* M. & M. ? hoquète Sophie, au bord des larmes, en montrant les planches du doigt. Vous parlez de ces M. & M.-là ?

Les deux sœurs rient de plus belle, amusées par notre émotion.

– Disons que c'est votre prime pour toutes ces années de dur labeur et de dévouement.

Nicole est la dernière à piger, mais quand elle comprend, sa réaction est peut-être la plus savoureuse de toutes. Elle ne dit pas un mot. Elle se contente de piailler et de courir vers les planches, si excitée qu'elle agite ses longs bras.

– On voulait que vous les ayez pour la compétition, dit Mickey. Et on a pensé que vous auriez besoin de temps pour vous y habituer.

– Allez-y, ajoute Mo. Ouvrez-les.

On se jette sur le papier cadeau comme des déchiqueteuses humaines et on dévoile trois magnifiques planches rutilantes. Chacune arbore un dessin et un thème couleur original. Celle de Sophie est dans un style seventies psychédélique qui correspond parfaitement à ses goûts rétro, tandis que celle de Nicole est décorée d'une carapace de tortue de mer stylisée, sans doute parce que c'est la plus écolo d'entre nous. Ces deux planches sont magnifiques, mais la mienne... la mienne est la plus belle de toutes.

– Je l'adore, dis-je. Elle est sublime.

Sur ma planche, il y a un tourbillon de couleurs qui ressemble à un ouragan. Les couleurs évoquent les petits carreaux d'une mosaïque et alternent entre des teintes de vert, de bleu et de brun. La formule « L'Œil du cyclone » est écrite au centre.

– Je suis particulièrement contente de celle-là, dit Mickey. Je l'ai prise en photo pour notre catalogue.

Je la regarde en secouant la tête, éblouie.

– C'est un chef-d'œuvre, Mickey. Comment tu as eu l'idée de ce motif?

– Ce n'est pas moi, dit-elle avec un petit sourire en coin. C'est ton copain.

– Ben? C'est Ben qui a fait ça?

– Il voulait carrément t'acheter une planche customisée, commence à expliquer Mo. Il nous a demandé s'il pouvait payer en plusieurs fois, parce qu'il n'aura pas assez d'argent avant la fin de l'été, mais il voulait absolument que tu l'aies à temps pour la compétition. Il a dit qu'il savait même quel dessin il voulait sur la planche.

Je jette un coup d'œil à Sophie et Nicole, qui semblent émerveillées par cette révélation.

– On lui a dit qu'on avait déjà prévu de vous offrir

des planches pour la compétition, ajoute Mickey. Mais on était curieuses de voir son dessin.

– C'est là qu'il m'a montré ça, ajoute Mo en brandissant une feuille avec le motif esquissé dessus. Je l'ai trouvé génial.

– Je me demande pourquoi il voulait ce motif en particulier, dis-je.

Elle hausse les épaules.

– Nous aussi. Il nous a dit que tu comprendrais.

Je n'en ai aucune idée.

Je regarde le dessin. Il est fascinant. Il a l'air de changer de couleur selon la façon dont on le regarde et dont la lumière tombe dessus. C'est là que je comprends ce que c'est, et ça me fait un tel choc que je me couvre la bouche.

– Quoi ? demande Nicole.

Je secoue la tête.

– Je ne peux pas... Ça va vous paraître trop sentimental.

– Alors tu es obligée de nous le dire ! s'écrie Sophie. On n'a rien contre un peu de sentimentalisme.

Je les regarde.

– C'est la couleur de mes yeux.

J'éprouve une sorte de haine-passion pour les appels vidéo. J'adore, j'adore, j'adooore le fait de voir Ben bien qu'il soit à 2 167 kilomètres d'ici. (Oui, j'ai calculé la distance exacte entre nos deux maisons parce que, bah... vous savez pourquoi.) Mais je n'aime pas particulièrement me voir dans le coin en bas à gauche de mon écran pendant que je lui parle.

Ce soir, c'est la deuxième fois qu'on essaye. La première a été une réussite partielle. Au milieu de la conversation, je me suis aperçue que mes sourcils tressautent quand je suis excitée et que mes narines se dilatent bizarrement quand j'écoute attentivement. Lorsque j'ai essayé de rectifier ces problèmes, j'ai surcompensé et, à la fin de la conversation, j'avais l'impression d'avoir d'étranges tics faciaux. C'était un peu comme la fois où j'ai essayé d'observer tout ce que je fais quand je surfe et où ça s'est terminé par une culbute devant ma planche. J'ai résolu le problème en collant un petit bout de papier sur l'image. Maintenant, je ne vois plus que Ben.

– Salut, dis-je. Comment ça va ?

– Ça va pas trop mal, je pense. Mieux maintenant que je te vois.

C'est particulièrement difficile, ce soir. Je suis toujours sur un petit nuage à cause du geste incroyablement romantique que Ben a eu en dessinant le motif pour ma planche, mais il a passé la moitié de la journée dans un tribunal à parler du divorce de ses parents avec un juge. J'ai l'intention de rester positive et d'être une petite amie aussi facile à vivre que possible.

– J'adore ma planche ! Le dessin est... parfait.

– Je suis impatient de la voir, dit-il.

– Tu n'es pas obligé d'attendre. Je l'ai apportée pour te la montrer.

Je prends la planche et j'essaie de la tenir devant l'ordinateur pour qu'il puisse la regarder. Le problème c'est que, comme j'ai caché la fenêtre qui me montre ce qu'il voit, j'ai du mal à savoir si elle est au bon endroit ou pas.

– Je vais l'essayer à la première heure demain matin, dis-je. Je veux m'y habituer avant King of the Beach.

– À propos, répond-il, tu as lu le règlement comme je te l'ai conseillé ?

– Oui. On l'a toutes lu.

– Et ?

– Et... pour tout dire... on ne voit pas de quoi tu parlais.

Depuis que j'ai accompagné Ben à l'aéroport, Sophie, Nicole et moi avons lu et relu le règlement de King of the Beach. Ben semble penser qu'il y a un grand secret dissimulé dedans, mais on a renoncé à le trouver.

– Tout ça nous semble plutôt classique, je continue. On inscrit une équipe. Chaque surfeur gagne des points selon qu'il termine plus ou moins bien la compétition individuelle. L'équipe qui a le plus de points remporte le titre.

– Oui, mais...

Il s'arrête là. J'essaie de déchiffrer son expression. Je n'arrive pas à savoir s'il est en colère, frustré ou autre chose.

– Je vais te le dire, reprend-il avec un ton distant. S'il y a une chose que j'ai apprise cette semaine, c'est que ma vision de la justice et de l'honnêteté est démodée.

La procédure de divorce doit se passer encore plus mal que je ne le pensais. Il ne l'a jamais dit explicitement, mais il a lourdement sous-entendu que son père avait trompé sa mère. Je refuse d'être complice de son désenchantement.

– Je t'arrête tout de suite. J'ai la même vision de la justice que toi. Je ne veux pas que tu nous aides en trichant. Jamais je ne te demanderais ça.

– Je sais, pardon. C'est juste que ça a été... dur, aujourd'hui. Ça a ébranlé mes certitudes.

– Eh bien, dans deux jours, tu seras de retour ici, dis-je, tâchant de lui remonter le moral. Et ce sera fabuleux. Ça, tu peux en être certain.

Un court silence s'ensuit, et je me demande s'il s'apprête à m'annoncer une autre mauvaise nouvelle. J'ai secrètement redouté que ses parents l'obligent à rester là-bas, étant donné que l'été est déjà tellement avancé, et qu'il ne revienne pas du tout. Mais il dit :

– Tu m'as manqué encore plus que je ne l'avais imaginé. Et ce n'est pas peu dire, parce que je pensais que tu me manquerais beaucoup.

J'en reste bouche bée. Puis je souris.

– Tu me manques tellement ! Et je ne voudrais à aucun prix que tu ailles à l'encontre de ta vision de la justice. Je te le promets, s'il y a quelque chose à trouver dans le règlement, je le trouverai.

On bavarde encore un moment, mais je vois qu'il est épuisé, alors je lui souhaite de faire de beaux rêves et je lui souffle un millier de baisers. Quand on raccroche, l'image se fige un instant et son expression me brise le cœur. Il paraît si soucieux. Je voudrais pouvoir effacer sa peine, mais je ne sais pas comment. Puis il disparaît et je reste seule devant mon écran.

Dès que notre conversation est terminée, je commence à la ressasser. Je ne saurais pas dire pourquoi, mais j'en retire un certain malaise. Il n'a dit que des choses positives. Non seulement je lui manque, mais je lui manque beaucoup. Et il a hâte de me revoir. Malgré tout, l'incertitude me noue l'estomac. Je m'encourage mentalement, je vais sur le site du Département des Loisirs de la ville et je cherche le lien vers King of the Beach. Minuit vient de sonner et je suis décidée à trouver ce qui lui paraît important dans le règlement.

Il est plus long que ce qu'on pourrait imaginer. King of the Beach fait partie de ce qu'on appelle les Séries de l'été. Des compétitions ont lieu dans toute la Floride, et les surfeurs gagnent des points en y participant, ce qui compte aussi pour la série de championnats. À cause de ça, j'ai vingt-trois pages de règles à étudier. Elles concernent tout, depuis l'éligibilité jusqu'aux critères pour juger chaque surfeur, en passant par les lignes de conduite fixées par le sponsor de la série et les règles spécifiques de la compétition de Pearl Beach. Je les lis toutes aussi attentivement que possible, mais rien ne me frappe.

À minuit quarante-cinq, je décide de les imprimer, puis je les étale sur le plancher de ma chambre. À une heure et quart, je suis persuadée que Ben se trompe, que le point qu'il veut que je repère n'est pas aussi important qu'il l'imagine, parce qu'il n'y connaît pas grand-chose en surf. Je suis sur le point d'arrêter pour ce soir et d'aller me coucher, quand je vois ma nouvelle planche.

L'Œil du cyclone.

Elle est vraiment canon et elle me donne le courage de continuer à chercher.

À une heure quarante-sept précises, je vois trois mots qui attirent mon attention. Je vérifie les numéros de page pour m'assurer qu'elles sont dans le bon ordre. Puis je relis cette règle plusieurs fois. Je retourne sur le site du Département des Loisirs pour revérifier que les règles que j'ai imprimées sont celles de la mise à jour la plus récente. À deux heures trois, je suis convaincue. Ces trois mots ne sont pas seulement importants.

Ils changent tout.

– Quelle urgence nécessitait de se retrouver avant l'ouverture de la boutique ? demande Sophie. Alors que c'est mon jour de congé, pourrais-je ajouter.

– Trois mots, dis-je.

– Si c'est « Je t'aime », ces trois mots, ne compte pas sur un gros câlin.

J'ai convoqué toute l'équipe pour une réunion de crise et, malgré l'attitude de Sophie, je vois que j'ai au moins capté l'attention des autres.

– Quels trois mots ? demande Mo.

Je brandis un tirage du règlement de King of the

Beach, les vingt-trois pages au complet, et je l'agite pour renforcer l'effet.

– « Toutes… catégories… confondues ».

– Maintenant, tu ne peux vraiment plus compter sur un gros câlin, dit Sophie.

– Cette compétition est divisée en quatre parties, je continue. La plus importante, c'est le Championnat principal. Celui qui gagne le Championnat principal est nommé *king of the beach* – « roi de la plage ». Mais il y a trois autres compétitions par catégorie d'âge : Menehunes pour les gamins jusqu'à douze ans, Ados pour les jeunes de treize à dix-neuf ans et Légendes pour les plus de quarante-cinq ans.

– Ouais, fait Nicole. Et en quoi c'est important, ça ?

– Parce que chaque année, les gens de l'équipe de Surf City, et de toutes les autres équipes, d'ailleurs, participent seulement au Championnat principal. Ils veulent tous concourir pour décrocher le titre individuel.

– Je ne vois toujours pas où tu veux en venir, dit Sophie.

– Écoutez les règles de la compétition par équipes.

Je lis le règlement :

– *Les participants récolteront des points suivant leur performance lors des compétitions individuelles. La coupe du championnat par équipes sera remise à celle qui aura accumulé le plus de points au total…* C'est ça, le passage qu'on a raté, parce que cette phrase se termine à la page suivante : *… toutes catégories confondues.*

Je les laisse digérer cette précision.

– Je ne pige toujours pas, dit Nicole.

– Tu peux gagner des points pour ton équipe dans n'importe quelle catégorie d'âge, mais aucune des autres équipes ne le fait jamais. Si on inscrit des surfeurs dans les Menehunes, les Ados et les Légendes, on pourrait gagner beaucoup de points. On pourrait prendre énormément d'avance avant même le début du Championnat principal. On pourrait même gagner.

Je vois enfin apparaître les sourires que j'attendais.

– Tu en es sûre ? demande Mo.

– Regarde toi-même, dis-je en lui tendant le règlement.

– La plupart des équipes sont uniquement constituées de jeunes mecs à la pointe de leurs capacités. Alors bien sûr qu'ils participent tous au Championnat principal. Personne n'a jamais eu l'idée de composer une équipe regroupant plusieurs catégories d'âge.

Mickey s'illumine.

– Jusqu'à maintenant, en tout cas.

– J'ai changé d'avis ! s'écrie Sophie. J'estime que ça mérite un gros câlin.

Elle me prend dans ses bras et me serre si fort qu'elle me soulève du sol.

– Sophie, toi et moi dans les Ados, dit Nicole en réfléchissant tout haut. Mickey et Mo dans les Légendes. Ce qui nous laisse trois places. On pourrait prendre qui d'autre ? Il nous faut des Menehunes.

– J'y ai réfléchi, dis-je en me dégageant de l'étreinte

de Sophie. Rebecca et Tyler sont les deux meilleurs surfeurs du centre aéré. Je parie qu'ils seraient d'accord.

– Avec ces deux-là, ça fait sept, compte Sophie. On peut encore en ajouter un.

– Je sais qui serait parfait ! lance Mickey avec un rictus digne du chat d'*Alice au pays des merveilles.*

– Qui ?

– Ton père, me dit-elle. Il a plus de quarante-cinq ans, non ?

– Oui, depuis six mois, je confirme, tout excitée.

– Il serait génial, approuve Sophie. Il est super bon.

– Oh la vache. Il va tomber dans les pommes quand je lui dirai.

– Ce qui nous donne trois Légendes, trois Ados et deux Menehunes, récapitule Nicole. Si tout le monde assure...

– Ça ne sera toujours pas suffisant, nous interrompt Mo.

On se tourne vers la planche de surf sur laquelle elle a étalé le règlement. Elle est en train de noter des nombres au dos d'une des feuilles.

– Pourquoi pas ? je demande.

Elle continue à griffonner, puis lève le nez pour nous regarder.

– Les points de chaque catégorie sont pris en compte, mais ceux du Championnat principal ont un plus fort coefficient. Il y a une grande chance que Surf City remporte celui-là, et dans ce cas, notre réussite dans les autres catégories ne changera rien. Il nous manquera quand même des points.

Elle brandit sa feuille pour nous montrer le calcul.

On y réfléchit tous une minute et on essaie de trouver une solution.

– Il nous faut quelqu'un dans le Championnat principal. Quelqu'un qui termine à une assez bonne place pour gagner des points, déclare Mickey. Ces points-là compteront double parce que non seulement on les ajoutera à notre score, mais en plus, ça fera baisser leur total à eux. Avec ça, on pourrait arriver en tête.

– Sachant qu'on a deux ex-championnes dans notre équipe, je trouve quand même qu'on a nos chances, dis-je. L'une de vous n'a qu'à participer au Championnat principal, et l'autre à celui des Légendes avec mon père.

Mickey secoue la tête.

– J'ai bien peur qu'il faille que ce soit l'une de vous trois.

– Pourquoi ? Vous l'avez déjà remporté toutes les deux. Vous avez le talent nécessaire.

– Notre talent s'est émoussé, dit Mickey. On peut faire des dégâts parmi les Légendes, mais ce serait un miracle si l'une d'entre nous restait en lice après la première manche du Championnat principal.

– Elle a raison, confirme Mo. Il faut que ce soit l'une d'entre vous.

– Et pour être honnête, intervient Nicole, je n'ai pas le niveau d'Izzy et de Sophie. Alors ça ne devrait pas être moi.

On se regarde dans les yeux, Sophie et moi, et mon pouls s'accélère.

– Alors il faut que ce soit toi, lui dis-je. Tu es bien meilleure que moi pour les cut-backs[1] et les effets. Tu peux gagner beaucoup de points. Tu es capable de le faire.

Sophie s'esclaffe.

– Tu sais bien que ce n'est pas vrai. Tu sais bien que je suis loin d'être aussi bonne que toi. C'est le moment d'être audacieuse. Ton heure est arrivée.

– Bon, il faut que ce soit l'une de vous deux, dit Mo.

– Comment on décide ? je demande.

Mickey me sourit.

– C'est facile. De la façon dont on règle tous les désaccords chez Surf Sisters. On va à la caisse.

– Mais on n'est même pas encore ouvert, remarque Sophie. Personne ne tient la caisse.

Mo acquiesce.

– Je sais. Mais comme c'est Izzy qui a eu l'idée qu'on participe à la compétition, et comme c'est elle qui a trouvé ce point dans le règlement, on va dire que c'est elle qui tient la caisse. On va la laisser décider.

Je pousse un soupir de soulagement. Je l'ai échappée belle.

– Ce n'est pas juste, grommelle Sophie. Tu sais que

1. Virage sur l'épaule de la vague pour revenir au point de déferlement, là où elle a le maximum de puissance.

j'ai raison, et tu viens de lui donner un moyen de s'esquiver.

Mo me regarde avec une intensité déstabilisante.

– Je ne sais pas. C'est une grande responsabilité de tenir la caisse. Quand tu prends cette tradition au sérieux, tu ne te contentes pas d'opter pour la solution facile. Tu optes pour la solution juste. Je pense qu'Izzy prend les choses au sérieux. Je pense qu'elle prendra la bonne décision.

Cette remarque me touche au vif. C'est vrai que je prends cette tradition au sérieux. Je les dévisage l'une après l'autre et elles soutiennent toutes mon regard. Je pense à cette compétition. Je pense à cet été.

En juin dernier, l'idée de participer à King of the Beach m'aurait parue risible. Mais il s'est passé tant de choses depuis ! Je ne suis clairement plus la même fille qu'alors. Je ne suis même plus la fille que j'étais le 4 juillet.

Ensuite, je pense à la fille que je veux devenir. Personne ne me presse. Personne ne dit un mot. Elles attendent juste ma réponse.

– D'accord, dis-je. Je vais prendre la décision.

– Ce sera qui ? demande Mickey.

Il n'y a pas la moindre hésitation dans ma voix :

– Moi.

Le jour du retour de Ben à Pearl Beach ne ressemble à aucun des scénarios de comédie romantique que j'avais imaginés. On ne se jette pas dans les bras l'un de l'autre à l'aéroport, avec, en fond sonore, une chanson d'amour de pop indé. (Je dois travailler, alors son oncle va le chercher sans moi.) À la fin de ma journée, quand je sors de la boutique, je ne le découvre pas sur le trottoir d'en face, assis sur le capot d'une voiture de sport, à m'attendre. (Son vol a été retardé de deux heures, alors il n'est toujours pas arrivé quand je sors de la boutique.) Et on ne part pas faire un pique-nique interrompu par une soudaine averse torrentielle qui nous oblige à nous abriter sous un belvédère abandonné, où on s'embrasse passionnément. (O.K., j'étais à peu près sûre que ça n'arriverait pas, ça, mais bon sang ce que ce serait chouette !)

En fait, je ne figure même pas dans la scène du retour de Ben à Pearl Beach avant que la journée soit pratiquement finie. À dix heures du soir, je n'ai toujours pas eu de nouvelles de lui, alors j'essaie de l'appeler et je tombe directement sur sa messagerie vocale. Je me dis (enfin j'espère) que c'est parce qu'il n'a plus de batterie et pas parce qu'il a appuyé sur « ignorer » quand ma photo s'est affichée sur son téléphone. Sans vraiment y réfléchir, je saute sur mon vélo, je pédale jusqu'à la maison de son oncle et je frappe à la porte. Je regrette ma décision dès que je vois sa tête.

– Salut, dis-je quand il ouvre la porte.

Il sourit, mais on dirait un sourire contraint.

– Salut.

Je vois qu'il est épuisé, à la fois moralement et physiquement.

– Ton voyage s'est bien passé ? je demande.

– C’était long... comme cette semaine.

Il y a un silence gêné et, ne recevant aucun signe d’encouragement, je décide de sauver les meubles.

– Bon, je rentrais de chez Nicole et je voulais juste vérifier que tu étais bien arrivé. À demain.

Je me détourne pour filer vers mon vélo, mais il court derrière moi et m’attrape par l’épaule.

– Attends une seconde. Pourquoi tu es si pressée?

Je me retourne et j’essaie de déchiffrer son expression, mais c’est difficile dans l’obscurité.

– Je ne sais pas. Je pensais que tu serais content de me voir. Mais tu n’as pas l’air content. Alors j’ai pensé qu’il valait mieux que je m’en aille.

– Je *suis* content. C’est juste que je suis fatigué et que je dois me lever tôt pour aller bosser.

(« Tu as donné deux excuses. C’est laquelle, la vraie ? » je lui demande dans ma tête en me rappelant ce que Nicole m’a dit avant-hier soir.)

– Je comprends tout à fait. Oublions ça. On se verra demain, on n’aura qu’à se jeter dans les bras l’un de l’autre à ce moment-là.

Un éclat de rire me ferait du bien, en cet instant précis, mais il garde son air sérieux.

– Et si on allait faire un tour? dit-il. Il faut qu’on parle.

Rien que des signes inquiétants. Ma respiration s’accélère, mais j’essaie de le cacher pendant que Ben lance à son oncle qu’il revient tout de suite.

Je ne saurais pas bien décrire l’ambiance quand on

descend à la plage. Il semble y avoir quelque chose de différent entre nous. Le problème, c'est que je ne sais pas si c'est parce que notre relation a changé ou parce qu'il est fatigué et que j'ai eu tort de venir si tard. Le fait qu'il ait dit qu'il fallait qu'on se parle m'inquiète un peu aussi, mais Ben reste affreusement muet.

Je décide d'engager la conversation.

– Si tu veux parler de ce qui s'est passé avec tes parents et le juge, tu sais que je suis toute disposée à t'écouter. Mais si tu préfères oublier, ça me va très bien aussi.

Il réfléchit une minute.

– Peut-être une autre fois, mais pour le moment, je suis content de prendre mes distances avec tout ça.

La nuit est tombée, mais il fait encore trop chaud et trop humide pour se blottir l'un contre l'autre en marchant sur la plage. On se tient la main, mais ce geste a un côté formel.

– J'espère que tu as pu t'amuser un peu, au moins, pendant que tu étais là-bas.

– Il y a eu une grande soirée au bord du lac, et j'ai vu un tas de mes amis du lycée, dit-il avec un petit sourire. Ça, c'était sympa.

Je ne peux pas m'en empêcher. Dès qu'il dit ça, je me demande si son ex, Beth, était à la soirée ou pas. Incroyable mais vrai, je résiste à la tentation de lui poser la question malgré ma vive inquiétude.

– De quoi tu voulais qu'on parle? je lance, pas sûre de tenir à connaître la réponse.

– Tu m'as drôlement manqué, commence-t-il.

– Toi aussi, tu m'as drôlement manqué.

– Mais dans deux semaines, je vais repartir pour de bon et... je me demande si on devrait...

Je pose un doigt sur ses lèvres pour le faire taire.

– Je t'arrête tout de suite. On sait tous les deux que le mois de septembre va arriver. Mais je ne vois pas l'utilité d'en parler. Je pense qu'on devrait juste profiter du présent.

Il inspire à fond et réfléchit.

– C'est juste que...

Je l'interromps une fois de plus :

– Je ne veux même pas parler de surf. Je veux juste te tenir la main et marcher sur la plage.

– O.K., fait-il avec réticence. On peut faire ça.

On ne dit plus grand-chose après ça. On se contente de marcher. Pendant ce temps, je m'accroche à sa main le plus solidement possible.

Les journées suivantes ne sont guère différentes. On se sourit et on se dit tout ce qu'il faut, Ben et moi, mais il y a clairement une distance entre nous. Il annule même deux rendez-vous avec moi. Hier, il a esquivé un déjeuner parce qu'il y avait un problème au boulot, et aujourd'hui, j'étais censée lui donner un nouveau cours de surf, mais il s'est décommandé à la dernière minute. Il a dit qu'il devait aller écouter deux groupes qui l'intéressaient pour le Bal des châteaux de sable. J'ai proposé de l'accompagner, mais il a dit qu'il ne pouvait pas emmener quelqu'un, vu que c'était pour le boulot.

Je suis à peu près certaine qu'il s'apprêtait à rompre avec moi sur la plage, et maintenant, je me dis que j'aurais peut-être dû le laisser faire. Au lieu de ruminer et de stresser dans ma chambre, j'appelle Sophie et je lui propose de me retrouver à la jetée pour un entraînement intensif.

– Qu'est-ce qui ne va pas ? demande Sophie quand elle voit ma tête.

– Je n'ai pas très envie d'en parler. Je veux juste bosser.

Elle hoche la tête.

– O.K. Alors bossons.

Je n'en ai pas encore parlé, mais ma nouvelle planche n'est pas seulement extraordinaire d'un point de vue esthétique. Elle est aussi extraordinaire d'un point de vue technique. Mo m'a dit que comme nos styles sont très proches, elle savait exactement quelle forme lui donner. C'est l'euphémisme de l'année. Ma planche est une perfection absolue, j'ai l'impression que c'est une extension de moi chaque fois que je suis dans l'eau. Au début, j'avais peur que la courbure soit trop marquée, mais ça m'aide pour les cut-backs. C'est là-dessus que je travaille aujourd'hui ; voilà pourquoi j'ai appelé Sophie. Elle les fait super bien.

Le cut-back est sans doute la manœuvre la plus importante en surf. Comme la puissance de la vague vous fait avancer, vous pouvez vous retrouver trop loin devant elle. À ce moment-là, vous devez faire un virage, ou cut-back, pour revenir dans la vague et avancer à contre-courant jusqu'à ce que vous vous soyez rapproché de la source d'énergie. Ça vous permet de surfer cette vague plus longtemps et ça vous donne l'élan pour faire des virages et des manœuvres plus larges et plus réussis.

Si vous exécutez bien votre cut-back, vous avez l'air d'appartenir au Ballet du Bolchoï. Si vous le ratez, vous ressemblez à mon oncle Barry quand il fait la danse des canards dans un mariage. Au bout d'une demi-heure, je me rapproche plus de Barry que de Baryshnikov. Je pense que c'est en partie parce que j'essaie d'ajouter du style à la manœuvre pour impressionner les juges, mais aussi à cause de mes problèmes avec Ben.

– Alors dis-moi, je lance à Sophie alors qu'on est assises sur nos planches au line-up, en attendant la prochaine série de vagues. Qu'est-ce que je fais de travers ?

Avec un rictus à la Sophie, elle me demande :

– On parle de surf ou de Ben ?

J'hésite avant de répondre :

– De surf.

– Je pense que tu fais trop d'efforts. Le truc génial avec ta technique, c'est qu'elle est fluide. Mais aujourd'hui, tu parais mal à l'aise, comme si tu luttais contre les vagues.

J'acquiesce en prenant note de sa remarque.

– Quand tu te baisses dans le virage, essaie de te pencher davantage en arrière, au point d'avoir l'impression que tu vas tomber dans la vague. Puis visualise de grands cercles dans ta tête en entamant ton demi-tour. Ça rendra le mouvement plus fluide et ça t'aidera à prendre de la vitesse. Sans gaspiller de l'énergie.

Je rumine tout ça un moment.

– D'accord. Ça paraît logique. Je pense que je peux le faire.

– Je sais que tu peux le faire, affirme-t-elle avec pile la bonne dose d'enthousiasme dans la voix.

On se retourne vers le large et on ne voit que du clapot. Il n'y a pas de vraies vagues qui viennent vers nous, alors on se laisse ballotter tranquillement jusqu'à ce que je brise le silence :

– O.K., dis-je avec un sourire. Qu'est-ce que je fais de travers avec Ben ?

Elle y réfléchit un moment.

– La même chose. Je pense que tu fais trop d'efforts. Tu parais mal à l'aise.

– Ce n'est pas juste une apparence. Je *suis* mal à l'aise. Avant, quand on se promenait sur la plage, nos mains s'emboîtaient comme les pièces d'un puzzle. C'était tout simplement parfait. Mais depuis son retour du Wisconsin, il y a une distance entre nous. Physique et affective. Je m'obstine à espérer que ça va passer, mais non.

– Tu penses que c'est à cause de ce qui s'est passé quand il est rentré chez lui ? Il est mal à cause du divorce de ses parents ?

Je hausse les épaules.

– Peut-être. Je n'ai aucun moyen de le savoir. Il n'en parle pas et je n'ose pas lui poser de questions. J'ai trop peur.

– Je comprends qu'il n'en parle pas spontanément. Mais tu ne dois pas avoir peur de le questionner. Si vous êtes ensemble, tu devrais pouvoir lui demander tout ce que tu veux. Ne sois pas timide. Tu sais ce qui arrive aux surfeurs timides ?

– Ils tombent.

– Exactement. C'est pareil avec les garçons. Si tu es timide, tu te ramasses. Maintenant, montre-moi ton cut-back.

Je vois une série de vagues qui vient droit vers nous et je choisis celle qui est parfaite pour moi. Je la prends et, en surfant le long de l'épaule de la vague, juste avant l'endroit où elle se casse, je réfléchis au conseil que Sophie m'a donné. Je me penche de plus en plus vers l'arrière. Au début, j'ai l'impression que je vais tomber de ma planche, mais au lieu de tomber, je prends énormément de vitesse. Je jaillis comme une fusée devant le point de déferlement et je fais un grand huit qu'on appelle un round-house cut-back. Au loin, j'entends Sophie piailler, ravie, et m'acclamer. Après encore une heure d'entraînement, ça me vient presque naturellement.

Quand on termine, je suis exténuée. L'entraînement m'a aidée à oublier Ben, et le fait d'avoir tellement amélioré mon cut-back apporte une note positive à cette journée.

– Tu la gères trop bien, cette figure, déclare Sophie tandis qu'on rapporte nos planches à la boutique. Il faut que tu sois aussi audacieuse que ça avec Ben.

– Je vais essayer, dis-je sincèrement. Mais c'est plus facile à dire qu'à faire.

– Comme tous les exploits.

Durant toute la semaine, je fais de mon mieux pour être audacieuse avec Ben. Ce n'est pas dans mes réglages par défaut, mais je suis décidée à faire mon possible pour arranger les choses. Je note un progrès un matin où je le persuade de venir prendre un autre cours. Au début, il est réticent, mais j'arrive à combler les blancs de la conversation avec des conseils de surf. Puis mes instructions commencent à porter leurs fruits et il prend plusieurs vagues d'affilée. Je ne l'avais pas vu aussi heureux depuis son retour du Wisconsin. Et le plus génial, c'est qu'il évite de tomber et de finir avec le visage ensanglanté, cette fois.

Pour tenter de prolonger sa bonne humeur quand on termine, je lui annonce que je l'emmène déjeuner pour fêter sa réussite. Quand il répond qu'il ferait mieux de retourner au boulot, je dis :

– Je ne tolérerai pas de refus.

Voilà comment je suis quand je suis audacieuse. Et idiote, parce qu'il a vraiment beaucoup de travail. On vient seulement d'avaler quelques bouchées de pizza quand il reçoit un appel furieux de son oncle, qui se demande pourquoi il est en retard au boulot. Notre déjeuner s'achève brusquement et cet incident déplaisant semble contaminer tout ce qu'on fait les jours suivants. Je choisis un film à aller voir ensemble et il est nul. Je prépare un pique-nique pour sa pause déjeuner et il se met à pleuvoir. Et ce n'est pas comme au cinéma : il n'y a pas de belvédère romantique sous lequel s'abriter. Le karma fait tout ce qu'il peut pour nous éloigner l'un de l'autre.

Le mardi, on touche le fond.

Ben arrive chez Surf Sisters avec les enfants du centre aéré, mais on ne peut pas les emmener à l'eau parce qu'il y a un courant d'arrachement. C'est dur parce que tout a l'air normal, à la surface de l'eau, et que les gamins ne comprennent pas. Ça les met de mauvais poil, et quand j'essaie de modifier le cours pour qu'il reste faisable sur la plage, ça tombe à plat. Leur humeur déteint sur la mienne et je boucle le cours avec une demi-heure d'avance.

– On a fini ? demande Ben.

– Ouais, dis-je. J'ai fait durer le plus que j'ai pu sans aller à l'eau.

– Qu'est-ce que je suis censé faire avec eux ? Le minibus qui vient les chercher ne sera pas là avant une demi-heure.

Je suis sûre qu'avec le recul, je verrai ce moment comme une occasion ratée. Mais je suis trop énervée pour trouver une solution inventive à ce problème.

Alors au lieu de dire : « On pourrait aller ramasser des coquillages » ou un truc comme ça, je lui balance :

– Je suis sûre que tu vas trouver quelque chose.

Il semble choqué.

– Pourquoi tu te comportes comme ça ?

– Parce que je ne peux pas changer les courants de l'océan ! j'aboie. Et que je ne peux pas mettre les enfants de bonne humeur par magie. Et que de toute évidence, quoi que je fasse, je n'arrive pas à te faire plaisir.

C'est totalement irrationnel, et je n'en reviens pas quand j'entends ces mots sortir de ma bouche. Mais c'est pourtant ce que je dis. J'ai du mal à déchiffrer l'expression de Ben. Je ne saurais dire s'il est fâché ou juste perplexe. En tout cas, il est clair que j'ai perdu la boule. Heureusement, Sophie est venue m'aider à faire le cours, et elle trouve un moyen d'occuper les enfants avant qu'ils me voient craquer.

– Qui fera le plus beau château de sable, à votre avis ? lance-t-elle. Les garçons ? Ou les filles ?

Les gamins se mettent tous à brailler, et en trente secondes, Sophie les a répartis en deux groupes qui se mettent à patouiller allègrement le sable. Craignant de fondre en larmes devant tout le monde, je me hâte de leur dire au revoir et je repars vers la boutique. Une bonne stratégie, parce que je sais que Ben ne peut pas quitter les enfants et ne pourra donc pas me suivre.

Je me cache dans la réserve de la boutique pendant une vingtaine de minutes et j'y retourne juste au moment où ils s'en vont. Les châteaux de sable sont superbes, et les gamins s'éclatent. Je suis vraiment déçue d'avoir réagi comme je l'ai fait. J'ai le sentiment de les avoir laissés tomber. Ben vient vers moi et je n'arrive toujours pas à décoder son expression.

– Je suis vraiment désolée, dis-je, persuadée que c'est trop insuffisant et trop tard.

– Moi aussi, répond-il.

Il y a un silence gêné.

– Tu veux faire quelque chose ce soir ? je lui propose en me préparant à l'entendre répondre qu'il ne veut plus jamais faire quoi que ce soit avec moi.

– O.K., dit-il. Ce que tu voudras.

Je suis tellement nulle dans ce genre de situations ! Vu ma collection de mauvaises idées, ces derniers temps, je décide de renoncer à l'audace.

– À toi de choisir. Tous mes plans foirent, en ce moment.

Il me fait un petit sourire.

– Le pique-nique a failli bien se passer.

– Si on oublie l'orage.

– Ouais, mais le sandwich jambon-fromage-crudités était bon. Mouillé... mais bon.

C'est chouette de plaisanter, ne serait-ce qu'un tout petit peu.

– Je te laisse quand même choisir. Étonne-moi.

Il acquiesce.

– Je passe te chercher à huit heures.

La manœuvre la plus sophistiquée en surf, c'est de naviguer à l'intérieur du tube – ce cylindre liquide des vagues particulièrement creuses. C'est hyper difficile, surtout ici, en Floride, où les vagues ne sont généralement pas assez grosses, mais quand vous le faites, vous êtes entouré d'eau qui vous tombe dessus de tous les côtés. Votre seul espoir, c'est de continuer à viser la lumière au bout du tunnel, où vous ressortez. J'ai ce sentiment avec Ben. Tout s'écroule autour de moi, mais je vise toujours cette lumière, j'espère toujours surfer cette vague sur toute sa longueur, jusqu'à la plage.

Comme je ne sais pas ce qu'il a prévu pour nous, je ne sais pas trop quoi mettre. Je décide de transformer un désavantage en avantage. Au lieu de me demander ce qui convient, je choisis tout simplement la tenue la plus mignonne que je trouve : une jupe de patineuse bleu marine avec un débardeur blanc et une chemise à carreaux sans manches. J'aime bien ce look, mais pour ne pas prendre de risque, j'envoie vite une photo à Nicole par texto, et elle répond avec une rangée de smileys. Le sourire le plus important, cela dit, c'est celui de Ben lorsque je l'accueille à la porte.

– Tu es superbe, dit-il.

– Merci. Ça convient pour l'endroit où on va ?

– Ça dépend. Tu peux danser dans cette tenue ?

Danser ? Ça me plaît déjà. Je devrais toujours le laisser décider ce qu'on fait.

– Je peux danser dans n'importe quelle tenue, dis-je

avec une assurance qui m'étonne moi-même. Où est-ce qu'on va danser ?

– Il y a une fête sur la plage.

Soudain, mon humeur s'assombrit.

– Une fête organisée par qui ?

– Je ne sais pas trop. Kayla m'a juré que ce serait une grosse fête super sympa.

– Kayla ? je répète en m'efforçant de maîtriser ma colère. Sérieux ?

Il semble franchement déconcerté par ma réaction.

– C'est un problème ? Elle nous a invités à une fête et j'ai pensé que ce serait sympa.

– Ce n'est pas *nous* que Kayla a invités à une fête. C'est *toi*, parce qu'elle t'aime bien. Elle m'a vue piquer une crise aujourd'hui pendant le cours de surf et elle pense sans doute que c'est le moment idéal pour te sauter dessus.

– Mais non, assure-t-il. (Il est totalement aveugle.) Elle sait que tu viens avec moi. J'ai pensé que ça te plairait.

– Et pourquoi ça me plairait, au juste ?

Est-il possible qu'il ignore que Kayla et moi sommes des ennemies jurées ?

– Tu m'as dit qu'on ne t'invitait jamais à ces soirées. J'ai pensé que tu aimerais y aller une fois et rencontrer des gens nouveaux.

Soudain, je comprends pourquoi il propose ça. J'inspire à fond et j'essaie de ne pas hausser le ton pour éviter que mes parents m'entendent :

– C'est ça, l'objectif? Tu veux que je rencontre des gens?

– Je ne vois pas ce qu'il y a de mal à ça.

– Je ne veux pas de ta pitié. Je n'ai pas besoin de toi pour trouver des gens à fréquenter quand tu seras parti.

– Ce n'est pas de la pitié.

– Ça t'est venu à l'esprit que je les connais peut-être déjà, tous ces gens? Notre île n'est pas grande. J'ai grandi avec eux et ils ne sont jamais devenus mes amis. Ça ne va pas changer par magie sous prétexte qu'ils me voient arriver avec toi à une de leurs soirées. Ils seront peut-être gentils avec moi pendant que tu es dans les parages, mais ils se moqueront dès la seconde où on sera partis.

Rien de tout ça ne lui était venu à l'esprit, et je vois qu'il essaie de comprendre ce que je lui dis.

– C'est juste une fête, dit-il. Tu m'as demandé de t'étonner.

– Eh bien, c'est réussi.

– On peut juste y passer, puis faire autre chose.

– Tu veux quand même y passer? je réponds, incrédule.

– Je ne veux pas être impoli. J'ai dit à Kayla que j'irais.

– Ah oui. Il faut qu'on fasse attention à ne pas la blesser, mais moi on peut, c'est pas grave.

– Très bien, dit-il. On n'ira pas. On peut faire autre chose.

– Non. Je n'ai rien envie de faire. Va à la soirée.

Amuse-toi. Rencontre tous les gens que tu voudras. Moi, je veux juste rester chez moi. Toute seule.

À cet instant, je me dis qu'on va peut-être se séparer. C'est atrocement douloureux, intolérable.

– O.K., dit-il. Je suis vraiment désolé.

Il y a une hésitation et, pendant une seconde, je me dis qu'il peut encore sauver notre soirée. Je ne sais pas ce qu'il pourrait faire, mais je sais que je ne veux pas que ça continue comme ça. Je le regarde avec des yeux tristes et j'attends qu'il dise quelque chose. N'importe quoi. Mais il ne dit rien. Il se mord la lèvre inférieure, puis il se détourne et s'en va.

Je ne commence à pleurer qu'une fois rentrée dans la maison, lorsque j'ai fermé la porte. Je ne sais pas comment j'ai fait pour tenir si longtemps, mais dès que je suis à l'abri du monde extérieur, mes larmes se mettent à couler. Ma mère apparaît dans le couloir, et vu son expression, je m'aperçois que j'ai lamentablement échoué dans mes efforts pour éviter que mes parents m'entendent. J'enfouis ma tête contre son épaule. Elle ne dit rien. Elle se contente de passer un bras autour de moi et de me serrer contre elle pendant que je hoquète, prise de sanglots incontrôlables.

– Izzy.

Une main m'empoigne par l'épaule et tente de me réveiller.

– Izzy, debout.

Je sors d'un profond sommeil, totalement désorientée. J'ai encore les yeux gonflés après avoir pleuré si longtemps hier soir, et la vue brouillée à cause de l'heure matinale. Je plisse les paupières et je regarde par la fenêtre, ce qui confirme ma crainte : il fait encore nuit noire dehors.

– Papa ? Quelle heure est-il ?

– Cinq heures sept, dit-il.

Ma tête retombe sur l'oreiller.

– Laisse-moi tranquille. J'ai besoin de dormir.

Il m'arrache mon oreiller, et ma tête retombe brutalement sur le lit.

– Aïe !

– On va emporter ton oreiller, dit-il. Tu pourras dormir dans le van.

Je ne comprends plus rien du tout.

– Où est-ce qu'on va ?

J'arrive enfin à faire la mise au point sur lui, et il affiche un immense sourire.

– À Sebastian ! dit-il. Ça va être la folie.

Là, je commence à me réveiller. La crique de Sebastian est le meilleur spot de surf à cent cinquante kilomètres à la ronde.

– La folie ? À quel point ?

– Il y a deux ouragans dans les Caraïbes et, d'après la météo du surf, on va avoir les plus grosses vagues qu'on n'ait jamais vues depuis des années.

Je digère cette information.

– On ferait mieux d'y aller.

Papa a une Ford Bronco orange et bleu qui était déjà

vieille quand il l'a achetée, à l'époque où il allait à la fac. Elle n'est pas très belle à voir, mais elle a supporté des décennies d'air salé et de sable, et c'est le plus classe des véhicules de surfeurs. On charge nos planches à l'arrière et quelques minutes plus tard, on entre sur l'A1A, l'autoroute qui longe toute la côte de la Floride. On va mettre environ une heure et demie à gagner Sebastian, alors je cale mon oreiller contre la vitre et je me rendors.

À mi-chemin, on s'arrête pour faire une pause dans une petite cantine qui sert de fabuleux burritos pour le petit déjeuner : un œuf, des poivrons, du chorizo et de la sauce piquante dans une tortilla maison. Papa et moi, on s'y arrête chaque fois qu'on en a l'occasion.

– Qu'est-ce que c'est bon ! dit-il en savourant sa première bouchée.

Je suis encore trop fatiguée pour dire grand-chose, alors je me contente de hocher la tête et de sourire pour manifester mon approbation ensommeillée avant de prendre une nouvelle bouchée. On mange en silence pendant un moment, puis papa me surprend par une remarque :

– Malgré ce que tu penses peut-être, dit-il, Ben tient vraiment beaucoup à toi.

Je continue à manger en silence, mais je lui jette un regard qui signifie que cette conversation ne m'intéresse pas.

Il n'en tient aucun compte.

– Il n'est sûrement pas très doué pour le dire, mais le

divorce de ses parents lui brise le cœur. Ça le fait douter de tout.

J'avale une nouvelle bouchée de mon burrito et je le regarde droit dans les yeux.

– Je ne veux pas en parler, d'accord ?

Il acquiesce.

– D'accord. C'est juste que je sais que tu souffres.

– Je suis sérieuse, papa. Je ne veux pas en parler.

– Très bien, pardon. Reprenons la route. On finira ça dans la Bronco.

On remonte dans le van et, après avoir terminé mon burrito en silence, je reprends ma position pour dormir. En fait, cette fois, je ne dors pas, mais je pense que c'est le meilleur moyen de l'empêcher de parler de Ben.

Quand on roule sur l'A1A, on aperçoit l'océan entre les dunes et, avec le soleil qui se lève au-dessus, c'est totalement magique. Je repense à ce que papa m'a dit au snack et, après l'avoir ressassé vingt minutes, je lui demande :

– Comment tu le sais, au fond ?

– Comment je sais quoi ?

– Que Ben tient à moi ? Les parents, ça dit juste ce genre de trucs pour réconforter leurs enfants. Tu ne peux pas le savoir.

– Tu te trompes. Je peux le savoir. Je le vois à la façon dont il te regarde et à la façon dont il te parle. Mais si je le sais, c'est aussi parce qu'il me l'a dit.

Là-dessus, je me redresse et je le regarde.

– Quand ?

– On court ensemble trois fois par semaine, me rappelle-t-il. De quoi on parle, à ton avis ?

– De sport ?

– Non. Enfin, quelquefois. Mais en général, on parle de la vie et tout ça. Il parle beaucoup de toi.

– Qu'est-ce qu'il dit ? j'exige de savoir. Je veux des détails.

Papa secoue la tête.

– Je ne peux pas te le dire. Ce serait malhonnête. De même que je ne lui répéterais jamais ce que tu me dis en confidence. Mais je peux te dire qu'il n'a jamais tenu à quelqu'un comme il tient à toi. Tu comptes plus que tout pour lui, Iz.

– En tout cas, ça ne se voit pas.

Il me fait son sourire habituel.

– Je sais, ma chérie. Ça peut être super compliqué d'être un ado, hein ?

– Tu m'étonnes.

– Rappelle-toi juste que parfois ça peut être fabuleux.

– Comme quand ?

– Comme maintenant, dit-il alors qu'on se gare sur le parking et qu'on observe les vagues.

Le soleil vient d'apparaître à l'horizon et il y a assez de lumière pour voir que les vagues sont extraordinaires.

– Tu ne plaisantais pas, dis-je à propos de sa prévision. C'est de la folie.

On passe des heures à surfer dans la crique. Elle est bondée, alors il faut attendre son tour, mais l'attente en vaut sacrément la peine. Ce sont les plus grosses vagues que j'aie jamais surfées, et le fait que je les partage avec mon père les rend encore plus magiques.

On travaille tous les deux des techniques précises pour King of the Beach. J'essaie toujours d'être plus agressive, et papa répète son « carving », une façon de tourner en surfant sur le rail – le bord latéral de la planche – qui projette des éclaboussures.

– Tu as drôlement progressé, observe-t-il tandis qu'on attend au line-up. C'est incroyable.

– Vraiment ?

– Vraiment. Je parie que tu es prête à essayer un aérial.

– Arrête. Impossible.

Un aérial, c'est quand on remonte face à la vague pour décoller, puis retomber sur la même vague. C'est une figure impressionnante et non seulement je ne l'ai jamais réussie, mais je ne l'ai même jamais tentée.

Papa me fait un clin d'œil.

– Les vagues sont assez grosses. Tu peux prendre suffisamment de vitesse.

Je secoue la tête comme si c'était une idée ridicule, mais dans un coin de mon esprit, je l'envisage. Exécuter un aérial, ce serait fantastique. Je me souviens de la première fois que j'en ai vu un. On regardait un DVD de grands moments de surf avec mon père et tout d'un coup, comme surgi de nulle part, Kelly Slater s'est envolé au-dessus de la vague. Je n'arrivais pas à le croire. J'ai demandé à papa de le mettre sur pause et de le repasser image par image. L'année dernière, Bailey Kossoff en a fait un pendant King of the Beach, et à ce moment-là, j'ai su qu'il avait gagné.

– Essaie juste une fois, insiste papa. Pour moi.

Je lui jette encore un regard sceptique, mais je ne repousse pas complètement l'idée. Suis-je assez bonne pour réussir un aérial ? Je suppose qu'il n'y a qu'un seul moyen de le savoir.

La prochaine vague que je prends est ma plus grosse de la journée. Je vole sur la face de la vague et je zappe de belles occasions de tourner pour chercher pile le bon endroit. Je le repère sur la crête de la vague et m'élance dans les airs.

Pendant une seconde, j'ai l'impression de voler. Ça me coupe le souffle.

Je me baisse et je saisis le rail de la main droite pour empêcher la planche de se dissocier de moi, puis je retombe sur la vague. Ou plutôt, j'essaie de retomber. J'atterris mal et je tombe derrière. Je fais un gros plat dans l'océan. Ça me coupe le souffle, au propre comme au figuré. Mais n'entame en rien l'expérience. Je refais quelques tentatives et à chaque fois, j'y arrive presque mais je rate mon atterrissage et je finis par boire la tasse. Quand on remonte dans la Bronco, je suis couverte de bleus, épuisée. Mais je suis animée d'une inspiration nouvelle.

– Alors, qu'est-ce que tu en as pensé ? demande papa en sortant du parking pour reprendre l'autoroute.

Je sais qu'il me demande ce que j'ai pensé de la journée en général, mais ma réponse est plus précise :

– Ce que j'en ai pensé ? je réponds avec un grand sourire. Je pense pouvoir y arriver.

Papa glousse en roulant sur l'autoroute.

– Bravo, ma fille.

En me mêlant à la foule de touristes près du Kiosque, je regarde les enfants du centre aéré qui sont récupérés par leurs parents devant le bureau du Département des Loisirs. Personne ne peut s'en aller sans taper dans la main de Ben ou lui faire un check sophistiqué. Kayla est là aussi, ce qui complique les choses, mais par chance, elle part dans la direction opposée et ne me voit pas. Une fois que Ben est seul, je le rejoins.

– Salut, dis-je doucement quand nos regards se croisent.

– J'ai essayé de t'appeler hier, mais tu n'as pas répondu.

– Désolée. Je suis partie en expédition pour la journée avec mon père.

Il y a un silence gêné avant que je pose la question qui me ronge depuis quarante heures. Une question que je dois lui poser en personne.

– Est-ce qu'on s'est séparés ? L'autre soir sous mon porche. C'est ça qui s'est passé ?

Il hausse les épaules.

– Je ne sais pas.

– Moi non plus, je réponds franchement.

On reste plantés là un moment, et je vois qu'il est bouleversé. Je ne veux surtout pas avoir cet effet sur lui.

– On pourrait peut-être manger un morceau chez Mama Tacos pour essayer de démêler ça ? je propose. Je te promets que je ne te ferai pas de scène. Pas de vociférations. Pas de larmes.

– O.K., dit-il. Chouette.

Mama Tacos est à l'autre bout de la promenade du front de mer, alors on monte dans son van et on prend Ocean Avenue. Ne sachant que dire, je tripote la radio.

– Vous êtes allés où ? demande-t-il. Avec ton père ?

– À la crique de Sebastian. C'est un super spot de surf et les vagues étaient fabuleuses à cause de deux tempêtes dans les Caraïbes. C'est un peu notre endroit à nous. On y va de temps en temps, mais seulement tous les deux.

– C'est sympa.

On arrive chez Mama Tacos entre les heures de pointe du déjeuner et du dîner, alors on trouve une table tranquille à l'arrière. Une fois qu'on a commandé, il n'y a plus personne pour nous entendre discuter.

– Pour commencer, je voudrais te présenter des excuses pour la façon dont je me suis comportée l'autre jour, dis-je. Et même pour la façon dont je me suis comportée en général dernièrement.

– Tu n'as rien fait de mal, dit-il. J'étais en crise. J'essaie de démêler mes histoires et tu t'es pris des balles perdues.

– Qu'est-ce que tu essaies de démêler ? Je ne sais pas si je peux t'aider, mais j'aimerais essayer.

Il prend un nacho et l'examine en réfléchissant à sa réponse.

– On était une famille heureuse quand j'étais petit, dit-il. Du moins c'est ce que je croyais. On faisait des excursions ensemble. On s'amusait ensemble. Tout semblait parfait. Enfin, ces dernières années, ce n'était pas parfait. Je savais que mes parents se disputaient, mais je pensais quand même qu'ils s'aimaient. Pourtant, les gens que j'ai vus quand je suis rentré chez moi... je n'arrive pas à croire qu'ils se soient jamais aimés. En tout cas vu leur comportement.

– Je suis tellement désolée, dis-je.

– Ton père et toi, vous avez... Comment il s'appelle, l'endroit où vous êtes allés surfer ?

– La crique de Sebastian.

– Voilà. La crique de Sebastian. C'est votre lieu à vous. Je parie que le simple fait de la voir sur une carte te fait sourire et penser à lui, non ?

– Ouais.

– Mes parents avaient ça aussi. Il y a un endroit dans le Michigan qui s'appelle l'île Mackinac. C'est magnifique, avec de vieilles maisons victoriennes. Très romantique. Ils y sont allés quand ils ont commencé à sortir ensemble et ils ont tellement aimé qu'ils ont fêté leur mariage là-bas. Ils y sont même retournés plusieurs fois pour leurs anniversaires de mariage. C'était leur lieu à eux.

– Ça a l'air super chouette, dis-je.

Il lève la tête vers moi, et je vois qu'il a les larmes aux yeux.

– Quand on a tout passé en revue avec le juge, j'ai découvert que papa avait déjà emmené sa nouvelle copine là-bas. Ils ont carrément logé dans le *bed and breakfast* où maman et lui se sont mariés. Pourquoi a-t-il fait ça ? Sérieusement, c'est vraiment tordu, non ? Ça ne lui suffit pas de lui avoir brisé le cœur ? Ça ne lui suffit pas d'avoir tout gâché ? Il a aussi fallu qu'il retourne gâcher notre passé ?

Je tends le bras au-dessus de la table pour lui prendre la main, en passant doucement le pouce sur ses doigts.

– Je me demande si elle aimerait n'avoir jamais vu l'île Mackinac au départ, dit-il. Au moins, dans ce cas, ça ne la ferait pas autant souffrir.

La conversation s'arrête quand le serveur nous apporte nos plats, et je me sens super mal pour Ben, si malheureux. Une fois qu'on est de nouveau seuls, je lui pose une question.

– Est-ce que tu préférerais n'être jamais entré dans la boutique ce jour-là pour nous donner l'affiche ?

Il n'hésite pas un instant.

– Bien sûr que non.

– Moi non plus, dis-je. Même si je sais que ça va me faire mal quand tu rentreras chez toi, je n'échangerais cet été contre rien au monde.

Il me regarde dans les yeux.

– Vraiment ?

– Pas une seconde de tout l'été... Enfin, sauf peut-être ma crise sur la plage l'autre jour... et la dispute sous le porche... mais à part ça, pas une seule seconde.

Pendant un instant, je crois qu'il va pleurer, mais il se retient et sourit.

– Moi non plus.

– On n'a pas besoin de mettre une étiquette sur cette histoire. On n'a pas besoin de dire qu'on sort ensemble. Mais je veux quand même passer le plus de temps possible avec toi avant ton départ. Je me sens mieux depuis que je t'ai rencontré.

Cette fois, c'est lui qui tend le bras pour prendre mes deux mains dans les siennes.

– Moi aussi.

Le samedi, je l'invite à la maison et, pour la première fois depuis son retour du Wisconsin, je retrouve le Ben d'avant.

– Tu es prêt pour une surprise ? je lui demande en l'accueillant à la porte.

– Je suppose... répond-il, prudent.

Je passe derrière lui et je lui couvre les yeux – ce qui n'est pas facile, vu sa taille. Je le guide dans le couloir et à travers la cuisine, et on se cogne contre deux chaises en chemin.

– Bon anniversaire ! je hurle en écartant les mains pour dévoiler ma mini-fête surprise.

Il y a un gâteau, une pizza et trois cadeaux.

– C'est une vraie surprise, dit-il avec un sourire en biais. D'autant que... ce n'est pas mon anniversaire.

– Je sais. Mais demain, c'est King of the Beach et on sera tous les deux super occupés, alors j'ai pensé qu'on n'avait qu'à le fêter un jour plus tôt. En plus, mes parents sont sortis, alors je t'ai pour moi toute seule. Pas de jeu de société. Pas de parents qui t'aiment plus que moi.

– Tu m'as acheté des cadeaux ?

– Et j'ai fait un gâteau. Il y a deux fissures sur le dessus, mais je les vois comme le moyen de glisser une petite réserve de glaçage supplémentaire alors que d'autres pourraient les considérer comme un défaut.

Il se penche vers moi pour m'embrasser, mais c'est juste un petit smack. Notre relation est indéterminée, et en cet instant, je suis décidée à ne pas insister pour qu'on avance.

– Tout a un sens particulier, dis-je en m'asseyant. La pizza est une Big Lu de chez Luigi...

– En l'honneur de notre premier repas ensemble.

– Exactement.

– Et les cadeaux... ils ont un sens particulier aussi ?

– Tu n'as qu'à les ouvrir et tu verras.

Pour commencer, je lui tends une boîte plate, rectangulaire. Je panique un peu quand il se met à l'ouvrir, parce que je n'avais encore jamais acheté quoi que ce soit pour un mec qui ne s'appelle pas « papa ». Je ne suis pas sûre d'avoir trouvé la bonne combinaison.

– Des caramels à l'eau de mer ! annonce-t-il. Ça veut dire que tu...

– Oui. Ça veut dire que j'ai affronté la jungle qu'est la promenade en planches.

– Avec tous ces touristes ? dit-il comme s'il s'agissait de bêtes féroces.

– Qu'est-ce que je peux dire ? Je suis zélée. Le caramel, c'est pour te rappeler les différences entre la plage à touristes et la plage des gens d'ici. C'était aussi pour avoir une solution de repli au cas où mon gâteau serait raté.

Il déballe un caramel et le fourre dans sa bouche.

– Je sais que tu dis que c'est une arnaque, mais je les trouve quand même délicieux.

– Je suis un peu nerveuse en ce qui concerne le suivant, dis-je. Si tu ne l'aimes pas, tu peux le rendre. Je te promets que je ne serai pas vexée. Mais si tu l'aimes, c'est la dernière étape de ton relookage.

– Je meurs d'impatience, dit-il en ouvrant le paquet.

C'est un bonnet en laine avec le logo Surf Sisters dessus.

– J'adore ! s'exclame-t-il, pour mon plus grand soulagement.

– Il paraît qu'il neige dans le Wisconsin. Alors je voulais être sûre que tu n'auras pas froid et que tu garderas un souvenir de la plage avec toi.

Il l'essaie et tourne la tête d'un côté et de l'autre en prenant des poses de mannequin pour me le montrer.

– Comment tu me trouves ?

– Sympa, dis-je (c'est le plus gros euphémisme de la soirée). Bon, le dernier cadeau était difficile à trouver. Tu peux le considérer comme un double cadeau : pour ton anniversaire et la fin de tes études.

– Quelles études ?

– Tes études à l'université d'été, dis-je en le lui tendant. Tu m'as demandé de t'aider à te fondre dans la masse et, après des mois de travail acharné, eh bien... tu vas voir.

Malgré le papier cadeau, on voit bien que c'est un T-shirt, mais il joue le jeu : il le tient à côté de son oreille et le secoue comme s'il essayait de deviner ce que c'est.

– Je n'ai aucune idée de ce que ça peut être. Ça pourrait être n'importe quoi, mais j'espère qu'il y est écrit « Surf City ».

Je lui donne une tape sur le bras.

– Encore une blague comme ça et tu vas te prendre ce gâteau en pleine figure !

Il l'ouvre et, quand il voit ce que c'est, il fait précisément la tête que j'espérais.

– Je pensais qu'ils étaient juste pour les gens d'ici, ceux-là, dit-il en brandissant un T-shirt Islander du glacier.

– J'ai discuté longuement avec le patron, j'explique. Sophie et Nicole étaient avec moi, et on l'a convaincu que tu étais un indigène authentique. Heureusement que tu es né ici.

– Je l'aime beaucoup ! dit-il en le brandissant pour

l'examiner de plus près. Je te promets de ne le porter que pour les occasions spéciales.

Il se tourne vers moi et, pendant un instant au moins, presque toute la distance qui nous séparait dernièrement s'efface. Et ce n'est pas à cause des cadeaux ou de quelque chose d'aussi superficiel que ça. C'est parce qu'on a retrouvé une connexion avec les moments forts de cet été. C'est comme le cut-back ; j'ai fait un virage et je suis revenue à la source d'énergie de notre relation.

Maintenant, si seulement j'arrivais à savoir exactement ce que c'est, notre relation...

Quand on retourne à la plage pour aller voir le nid de tortues de mer, je considère ça comme un bon signe. On se tient la main et ça semble de nouveau naturel et facile. Il n'y a aucun signe d'activité autour du nid, mais l'océan paraît plus turbulent que d'habitude. Une nouvelle tempête tropicale sévit dans les Caraïbes, et elle nous envoie de plus grosses vagues.

– J'espère que ça va continuer comme ça pour King of the Beach, dis-je.

– Tu es stressée ?

– Hein ? Si je suis stressée à l'idée de concourir contre les meilleurs surfeurs de l'État ? Oh, à peine.

– Tu ne peux pas les laisser t'intimider.

– C'est difficile de l'éviter.

Il réfléchit un moment.

– Tu devrais faire ce qui est conseillé pour se détendre avant de faire un discours. Tu sais, on est censé imaginer tout le monde en slip.

– Ils seront déjà en maillot de bain, je lui rappelle. Les slips, c'est pratiquement la même chose.

– Bien vu, dit-il en cherchant une autre tactique. Alors tu devrais les imaginer avec des pagnes en feuilles de bananier et des soutifs en noix de coco.

Ça me fait rire.

– Oui, ça pourrait marcher, ça.

– J'aime t'entendre rire, dit-il. En plus ça me donne l'occasion de voir cette fossette sur ton menton. Elle m'a manqué.

Je lève mon menton dans le clair de lune pour qu'il le voie.

– Pardon pour tout, dit-il.

En disant ça, il me presse l'épaule une fois de plus. Je repense à ce que Sophie m'a conseillé : de lui dire que je l'aime et de lui donner une chance de me le dire à son tour. Mais je décide de réprimer cette tentation et on continue à marcher sur la plage. J'ai mis un bout de temps, mais je commence à comprendre que parfois il vaut mieux se taire.

Ta Tin Tadada Tin Tin Tadada Tin Tin !

Le son d'un clairon retentit dans toute la maison et m'arrache à un sommeil délicieux. Ou bien j'ai pris une machine à voyager dans le temps, je suis remontée à la Deuxième Guerre mondiale et on se fait attaquer, ou bien mon père se comporte comme d'habitude.

Ta Tin Tadada Tin Tin Tadada Tin Tin !

Ouais, c'est papa.

– Bonjour, ma jolie, dit-il en passant la tête dans l'embrasure. C'est le jour de King of the Beach !

– Je croyais que maman t'avait confisqué toutes tes clairons, dis-je en me frottant les yeux.

– J'avais caché celui-là pour les grandes occasions !

J'aperçois le clairon qui se profile par la porte entrouverte et je me bouche les oreilles juste à temps, avant qu'il refasse sonner l'instrument.

Ta Tin Tadada Tin Tin Tadada Tin Tin !

– Je peux dormir quelques minutes de plus ?

– Bien sûr. Mais tes pancakes au bacon vont refroidir.

Voilà qui me réveille aussitôt.

– Tu as fait des pancakes au bacon ? Tu aurais dû commencer par ça.

Mon père est le roi des pancakes au bacon (comprenez : avec des morceaux de bacon mélangés à la pâte). Chaque bouchée vous donne un savoureux aperçu de ce qu'est un petit déjeuner digne de ce nom. Il m'en prépare une fois par an pour mon anniversaire. Manifestement, il est tout excité par la compétition.

– Steady Eddie m'a appris à surfer, dit-il entre deux bouchées. Je n'arrive pas à croire que je vais concourir dans son équipe. C'est un grand jour pour moi.

On discute stratégie pour choisir les bonnes vagues et ce qu'on pense que les juges guetteront. Puis, après le petit déjeuner, on charge les planches à l'arrière de la Bronco et on se rend à la jetée.

Tous les concurrents doivent assister à une réunion avant le début de la compétition. Elle a lieu sous une tente géante, où on doit s'inscrire et prendre un dossier d'information. Ben travaille et moi, je participe, alors pour être sûrs que personne ne nous soupçonnera de favoritisme, on a un contact purement professionnel.

– Isabel Lucas, dis-je quand j'arrive en tête de la file d'attente.

– Tu concours dans quelle catégorie ? demande Ben.

Je vois qu'il attend ma réponse avec une certaine nervosité.

– Le Championnat principal.

Il affiche un grand sourire.

– Excellent, dit-il en cochant mon nom sur une feuille. Tu es la concurrente numéro vingt-sept. Signe ici, s'il te plaît, et prends un dossier d'information.

Notre petit numéro nous fait sourire tous les deux. Une fois que j'ai signé, il ajoute :

– Bonne chance pour aujourd'hui.

– Merci.

Je regarde la feuille d'inscription et je vois qu'il y a plus de soixante-dix participants à cette compétition. Plus de la moitié prennent part au Championnat principal. Seuls les huit premiers gagnent des points et ça, tout d'un coup, ça me paraît beaucoup plus dur.

Bob, l'oncle de Ben, qui dirige le Département Loisirs, s'adresse à tout le monde pendant la réunion. Il présente les cinq juges et rappelle les principes de base de la compétition. Il explique en détail comment les surfeurs seront notés. En gros, chaque tour dure vingt-cinq minutes et, même si on peut surfer jusqu'à six vagues, seules nos deux meilleures notes seront comptabilisées. On a mentionné ce point lors de notre discussion stratégie avec papa. L'important, c'est de réussir deux vagues bien notées dès le début. Comme ça, on peut se permettre de prendre de plus grands risques sur les dernières.

Après avoir évoqué les points principaux, Bob annonce :

– J'ai besoin d'au moins un représentant de chaque équipe pour la suite, mais les autres peuvent s'en aller.

Bien que je ne sois pas le capitaine, je reste pour garder un œil sur ce qui va se passer ensuite. Les cinq minutes à venir pourraient être les plus importantes de la journée. Au total, cinq équipes se présentent dans la compétition par équipes. Outre Surf City et nous, il y a une équipe sponsorisée par une boutique de surf de Cocoa Beach, et deux autres constituées de copains qui ont décidé d'unir leurs forces.

Mickey est notre capitaine, et c'est elle qui nous représente à la réunion. Elle se tient à l'écart des autres et je ne sais pas si c'est pour essayer de protéger notre stratégie ou d'éviter Morgan Bullard, manager et capitaine de l'équipe de Surf City, qui est aussi – surprise, surprise – une ordure.

– J'ai besoin que vous remettiez tous la liste des membres de votre équipe au jeune homme qui est derrière la table, dit l'oncle Bob en désignant Ben.

Une fois de plus, Mickey s'attarde derrière les autres pour éviter de dévoiler notre jeu.

– Facilite-toi la vie, mon grand, commence déjà à graver ces noms-là sur le trophée, dit Bullard avec un geste vaniteux en plaquant la liste des membres de l'équipe de Surf City sur la table devant Ben. Tous les autres sont en lice pour la deuxième place.

Ben parcourt la liste du regard pendant que Bullard s'éloigne. Je grimace, inquiète, lorsqu'il le rappelle :

– Excusez-moi, monsieur ! Vous avez inscrit huit personnes au Championnat principal.

– C'est ça, confirme Bullard. Et je vous garantis que l'un de ces huit-là va gagner.

– Je veux juste vérifier que vous avez lu les règles du concours, dit Ben. Toutes les règles.

Je ne sais pas où ça va, mais je suis un peu tendue. Mickey me regarde en haussant les sourcils.

– Surf City a remporté ce trophée douze années de suite, ricane Bullard. Je suis sûr qu'on connaît bien les règles.

– Alors pourquoi vous avez oublié de signer ici ? rétorque Ben en lui rendant la liste. On a besoin de votre signature pour que la liste des membres de votre équipe soit enregistrée.

Très énervé, Bullard griffonne son nom en bas de la page.

– J'ai mis mon nom en gros pour être sûr que tu puisses le lire, grommelle-t-il. Tu es content, maintenant ?

Ben lève le nez et lui fait un grand sourire.

– Très content, monsieur.

Mickey est la dernière à remettre sa liste. Quand elle le fait, Ben l'examine avec attention. Il est clairement ravi, et je vois qu'on a fait ce qu'il espérait. Je m'attarde un moment après le départ des autres pour lui parler.

– Est-ce qu'une des autres équipes a inscrit des surfeurs dans toutes les catégories différentes ?

– Non, dit-il. Dans les autres équipes, tout le monde est inscrit au Championnat principal. Surf Sisters est la seule équipe à avoir compris l'avantage de concourir dans toutes les catégories.

Je souris.

– Pourvu que ça nous serve.

Le son puissant d'un clairon retentit et j'ai peur que ce soit mon père qui ait apporté son grain de folie bien particulier à la plage, mais Ben me dit que c'est le signal qu'il ne reste que dix minutes avant la première compétition.

– Ce sont les Menehunes, dis-je. Je vais aller encourager Rebecca et Tyler.

– À plus tard ! lance Ben tandis que je pars en quête de mes jeunes surfeurs. N'oublie pas de les visualiser en pagne et en soutif noix de coco !

– Je n'y manquerai pas ! je réponds.

Surf Sisters a réservé une partie de la plage pour l'équipe et nos familles sont venues nous encourager. Renonçant à de grosses ventes, Mickey et Mo ont décidé de fermer la boutique pour la journée, afin que tout le monde puisse venir et participer à la fête.

– Merci d'avoir initié ça, me glisse Mo quand j'arrive.

– Qu'est-ce que tu veux dire ?

– C'était ton idée, qu'on participe à King of the Beach, dit-elle en montrant du doigt nos supporters. Tu nous as donné quelque chose de positif à garder à l'esprit. Tu as sauvé notre été.

Elle me serre dans ses bras.

– Bon, j'espère qu'on rapportera un trophée à exposer dans la boutique.

Elle secoue la tête.

– Peu m'importe si on finit derniers. Notre victoire, c'est d'y participer. C'est une énorme victoire.

Je comprends bien ce qu'elle veut dire, mais je n'arrive pas à voir les choses comme ça.

– Peut-être. Mais je n'ai aucune intention de finir dernière.

Je marche jusqu'à l'eau avec Rebecca et Tyler.

– Vous êtes stressés, les gars ?

– Nan, dit Tyler.

– Sûrement pas, ajoute Rebecca.

Leur assurance me surprend.

– Pas du tout ?

– Pourquoi on devrait stresser ? lance Rebecca. On s'est entraînés et on est prêts. On va faire de notre mieux. Si on gagne, on gagne. Si quelqu'un nous bat, ce sera sûrement qu'il le mérite. Il n'y a pas de honte à ça.

Comme au défilé du 4 Juillet, je me dis que mon sosie de neuf ans vient de me donner une leçon.

– Bravo.

– En plus, continue-t-elle avec une lueur d'assurance dans les yeux, personne ne va nous battre.

– Viens, Becky, dit Tyler en partant vers l'océan. Montrons-leur ce que c'est que le surf !

Ils avancent dans l'eau, et je suis époustouflée. Sophie les a entraînés et une grande partie de son aplomb a déteint sur eux. D'ailleurs, leurs prestations lui donnent raison. Tyler réussit à surfer deux longues vagues et termine deuxième ; Rebecca démontre les capacités d'une fille d'au moins quatre ou cinq ans de plus et emporte sans peine le titre des Menehunes.

Ils sont assaillis par notre groupe de supporters quand ils reviennent sur la plage. Après les avoir serrés l'un et l'autre dans mes bras, je me dirige vers le tableau d'affichage des scores et j'attends le feu d'artifice. Notre secret est sur le point d'être divulgué, et je veux être là pour voir les éventuelles réactions.

Quand les scores de Rebecca et de Tyler apparaissent à côté du nom de notre équipe, on monte à la première place dans le classement. Au bout d'une minute à peine, on voit Morgan Bullard foncer droit vers la tente des juges, un peu plus loin sur la plage.

– Comment est-il possible que Surf Sisters ait déjà des points sur le tableau des scores alors que la compétition n'a même pas encore commencé ? gronde-t-il à l'attention de l'oncle de Ben.

– Mais elle *a* commencé, la compétition, répond calmement l'oncle Bob. On vient de terminer le championnat des Menehunes, et les membres de l'équipe Surf Sisters ont raflé les deux premières places.

– Des Menehunes ? tonne Bullard. Qu'est-ce qu'un tas de petits gamins ont à voir avec King of the Beach ?

– D'après le règlement, une équipe peut récolter des points dans *n'importe quelle* catégorie, dit Bob.

– C'est ridicule, rétorque Bullard.

– Non, insiste Bob. C'est le règlement.

Bullard réfléchit et comprend qu'il est en mauvaise posture.

– Est-ce que Surf Sisters a quelqu'un dans d'autres catégories ?

Bob se tourne vers Ben, qui lui tend la liste des membres de notre équipe. Bob la parcourt du regard, puis reporte son attention sur Bullard.

– L'équipe Surf Sisters a des concurrents dans toutes les catégories.

Je jette un coup d'œil à Mickey et Mo, qui sourient toutes les deux.

– Ce n'est pas juste, répond Bullard. Je veux transférer certains de mes gars dans la catégorie Ados, dans ce cas.

Ben intervient dans la discussion :

– Vous ne pouvez pas. La liste des membres de votre équipe a été enregistrée lorsque vous l'avez signée. Vous ne pouvez pas modifier les catégories.

Maintenant, Bullard a pigé pour de bon, et il n'est pas content. Il pointe un doigt furieux vers Ben.

– Ce garçon essaie de truquer le championnat, jette-t-il à Bob. Il ne nous avait pas parlé de cette règle !

– En fait, dit Bob, venant à la rescousse de son neveu, ce matin, quand il a essayé de vérifier que vous connaissiez le règlement, vous vous êtes moqué de lui et vous l'avez traité avec mépris.

Bullard n'a vraiment rien à répondre à ça, alors il part furibond. En s'éloignant, il passe juste à côté de nous et s'arrête devant Mickey et Mo.

– Vous vous croyez malignes, hein ? Ça ne changera rien. Mes gars vont quand même gagner cette compétition, et vous allez quand même fermer boutique à la fin de l'été.

Les deux sœurs ne lui répondent même pas. Elles se contentent d'éclater de rire, ce qui ne fait que l'énerver davantage. Pendant qu'il s'en va, Mo se tourne vers moi.

– Eh bien ! Je pense que ça va être drôlement intéressant.

Il y a plus de vingt concurrents inscrits dans la catégorie Ados, et même si aucun d'entre eux n'est dans l'équipe de Surf City, le groupe est bourré de surfeurs talentueux. Sophie et Nicole se détachent du lot parce qu'il n'y a pas beaucoup de filles, surtout Nicole à cause de sa taille. Pour éviter que les vagues soient trop surchargées, ils ne sortent que par groupes de six. Sophie est dans le premier groupe, alors je reste avec Nicole pour la regarder.

– Tu as vu Sophie ? dis-je en la désignant quand elle décolle sur une vague.

Les juges guettent les figures caractérisées par la vitesse, la puissance et le flow – le rythme en harmonie avec celui de la vague. Sophie illustre tout ça en attaquant sa vague avec une série de cut-backs qui démontre sa forme athlétique. Le système de notation est sur dix points, et elle obtient des sept et des huit d'un bout à l'autre du tableau. Elle fait encore mieux quelques minutes plus tard et, quand retentit la sonnerie qui marque la fin de la session, elle a le deuxième meilleur score de son groupe. Elle est pratiquement sûre d'aller en finale.

Nicole ne sort qu'avec le dernier groupe, et c'est dommage. Elle est toute raide à force d'attendre et le fait de voir surfeur après surfeur remporter de bons scores l'a rendue nerveuse. J'essaie de l'apaiser avant qu'elle y aille :

– Ne te soucie pas du score. Contente-toi de dominer la vague, et le score suivra.

Sophie et moi, on se joint au reste du groupe pour l'encourager. Elle dispose de vingt-cinq minutes et, malgré une houle prometteuse, elle laisse passer la première dizaine de vagues sans en prendre une seule.

– Qu'est-ce qu'elle fait ? gémit Sophie. Pourquoi elle les laisse toutes passer ?

– Tu connais Nicole, dis-je. Elle attend la vague idéale.

– Elle ferait mieux de ne pas attendre trop longtemps. Il ne lui reste plus qu'un quart d'heure.

Pile à cet instant, Nicole se lève sur une vague magnifique. En général, sa haute taille la dessert, mais elle la surfe avec une telle fluidité que ça ne la fait paraître que d'autant plus élégante. Elle fait un superbe roundhouse cut-back et, quand elle surfe vers le haut de la vague pour attaquer la lèvre, des acclamations éclatent dans notre groupe.

Quelques instants après, les juges affichent une série de huit et de neuf, l'un des plus hauts scores de la journée.

– D'accord, fait Sophie, soulagée. C'était génial.

Malheureusement, quand Nicole repart vers le large en ramant, il y a une accalmie et on commence à craindre qu'elle n'ait plus de temps.

– Il lui faut deux notes, dit papa. Elle le sait, non ?

Même d'ici, je vois qu'elle garde son calme. Elle connaît la situation et ne va pas paniquer. Une autre vague arrive et, bien qu'elle ne soit pas grosse, Nicole rame dans le même sens et la prend. Il n'y a pas grand-chose à exploiter, mais elle en tire le maximum et on est tous soulagés de savoir qu'elle va obtenir un deuxième score.

Puis le clairon retentit, marquant la fin de la session. Nicole est toujours en train de surfer sa vague, ce qui veut dire qu'elle n'a pas terminé à temps et que les juges ne lui donneront pas de note. Malgré son super score sur sa première vague, elle est disqualifiée.

Elle se redresse dans l'eau, immergée jusqu'à la taille, tête basse, et attend quelques instants avant de revenir lentement vers le rivage en marchant. Sophie et moi, on se précipite vers elle pour la consoler.

– Je suis tellement désolée, dit-elle, le visage plein de larmes. J'ai été incroyablement stupide. Je n'arrive pas à croire que j'ai fait ça.

– C'est pas grave, lui assure Sophie. Trente secondes de plus et tu l'aurais eu.

– On est quand même super bien placées, dis-je pour essayer de lui remonter le moral. On va gagner cette compète.

La bonne nouvelle, c'est que Sophie s'est qualifiée pour la finale, ce qui signifie qu'elle est sûre de gagner des points pour l'équipe. Quand les huit finalistes se placent côte à côte et posent pour une photo, il est impossible d'ignorer le gabarit et le sexe de Sophie. C'est la seule fille, et en plus, les garçons qui l'encadrent mesurent au moins trente centimètres de plus.

On voit qu'ils pensent pouvoir l'intimider, ce qui est plutôt comique quand on connaît Sophie. Quelques minutes plus tard, ils sont tous à l'eau et l'un des mecs les plus grands essaie de lui taxer une vague qu'elle était déjà en train de surfer : une faute incontestable de sa part. Au lieu de se retirer, Sophie continue sa trajectoire sans broncher. Pour éviter une collision, il est obligé de renoncer ; Sophie se baisse sous la planche du garçon, qui passe au-dessus d'elle, puis elle se redresse pour surfer sa vague jusqu'au bout.

La bande de Surf Sisters est en délire et les juges lui accordent une série de neuf. Elle arrive à la troisième place, une éblouissante performance dans une catégorie de si haut niveau. Notre équipe est décidément dans la course.

Les Menehunes et les Ados étaient captivants, mais j'ai la chair de poule quand le clairon sonne le départ des Légendes. Mickey et Mo avaient toutes les deux arrêté la compétition avant ma naissance, alors je n'ai jamais eu l'occasion de les voir dans ce genre de contexte. En ajoutant mon père, ça me fait presque trop d'émotion.

Juste au moment où ils s'apprêtent à commencer, je croise le regard de Ben. On garde nos distances pendant la compétition. Malgré tout, il me sourit et je vois qu'il est excité aussi.

– Qu'est-ce que je dois guetter ? me demande ma mère pendant qu'on regarde papa ramer vers le line-up.

Maman est la seule de la famille qui ne connaît rien au surf.

– Comment savoir s'il s'en sort bien ?

– C'est un spectacle, dis-je. S'il surfe une vague longtemps et réussit à crâner un peu, on devrait bien s'en tirer.

Maman sourit.

– Crâner, c'est sa spécialité.

Avec les filles, on manifeste notre approbation par un éclat de rire.

– C'est clair !

La première de nos Légendes à prendre une vague, c'est Mo. Elle trace un long sillage gracieux sur la face de la vague et on voit qu'elle est née pour le surf. On ne devinerait jamais qu'elle a la cinquantaine, encore moins lorsqu'à la fin de la vague qu'elle surfe, elle fait un truc que personne d'autre n'a tenté de toute la journée. Elle décolle.

Ce n'est pas un saut particulièrement haut, mais elle remonte sur la face de la vague et s'envole. Elle ne prend même pas la peine de se baisser pour saisir le rail. La planche reste avec elle comme si elle était collée à ses pieds, et quand Mo retombe, on reste tous dans un silence ébloui.

– Elle a vraiment fait ça ? s'exclame Sophie. Elle a vraiment fait ça ?

– Cinquante-trois ans et elle réussit un aérial, je souffle, impressionnée.

– Ton père ne va pas faire ça, hein ? demande maman avec une touche d'inquiétude dans la voix.

– Je ne pense pas, maman. Mais il y a quelques secondes, je ne pensais pas non plus que Mo le ferait.

Mickey s'élance juste après elle et flotte au sommet de la crête avant de faire un fins-free snap – un virage très serré où les ailerons dérapent du haut de la vague.

En la regardant, je me demande ce qui lui traverse l'esprit. J'imagine qu'elle concentre sur cette vague toutes ses émotions concernant la boutique. Steady Eddie serait fier s'il voyait ses filles aujourd'hui. Elles sont vraiment exceptionnelles.

– Le voilà, piaille maman quand papa prend sa première vague. Ne tombe pas, chéri !

On éclate tous de rire une fois de plus, mais maman s'en fiche.

Quand on est allés à Sebastian, papa a travaillé le « carve », et maintenant, ça porte ses fruits. Pour employer l'argot des années 1980 qu'il affectionne tant, il « déchire ». Les piaillements de maman se poursuivent jusqu'à ce que les juges affichent leurs notes : des six et des sept.

– C'est bien, ça ? me demande-t-elle, incertaine.

– Tu m'étonnes, dis-je. Avec ça, il sera forcément dans les huit premiers.

Quand le clairon marque la fin de ce premier tour, je suis à la fois heureuse qu'ils s'en soient si bien tirés et un peu triste que ça s'arrête. C'était génial de les voir là-bas, tous les trois. Ils reviennent sur le rivage en marchant côte à côte dans l'eau, avec de grands sourires. Maman serre papa dans ses bras et sort trempée de cet énorme câlin, mais elle s'en moque.

– Pas si mal pour un groupe de vieux, commente Mickey quand on les accueille. Pas si mal du tout.

Ce n'est pas une surprise que Mo et Mickey obtiennent la première et la deuxième place, et papa est ravi d'avoir terminé cinquième.

– Ma première – et dernière – compétition de surf, dit-il. La cinquième place. Je n'en espérais pas tant.

À l'exception du raté de Nicole dans la catégorie Ados, notre plan marche comme sur des roulettes. On a raflé des points dans chaque catégorie et on est largement en tête. Ça, c'est l'aspect positif. Ce qui me réjouit moins, c'est que Surf City est prêt à dominer le Championnat principal et que je suis la seule surfeuse qu'il nous reste.

Avec tant de monde inscrit au Championnat principal, il y aura six groupes différents pour la première manche. Les seize premiers iront en demi-finale, puis les huit premiers s'affronteront en finale. Je suis dans le quatrième groupe, alors j'essaie de me détendre en attendant mon tour.

Je regarde les autres concurrents pour avoir une idée du genre de figures qu'ils exécutent, mais pour l'essentiel, j'essaie de visualiser les vagues et de réfléchir à ce que je vais faire. À ce moment-là, Ben sort de la tente des juges et vient vers moi. Nicole et Sophie s'approchent aussi, pour entendre ce qu'il a à dire.

– Comment ça se présente ? je demande.

– Vous êtes toujours en course, dit-il. Mais être parmi les huit premiers ne suffira pas. Tu n'auras pas assez de points.

Je lis la déception sur le visage de Nicole, mais Sophie lui pose un bras rassurant sur l'épaule.

– Je dois finir à quelle place ? je demande encore.

– Ça dépend du nombre de concurrents de Surf City qui arrivent en finale, mais je pense que tu vas devoir finir parmi les cinq premiers pour que l'équipe gagne.

Gloups.

Quand vient le tour de mon groupe, je m'éloigne en ramant comme je le fais tous les matins depuis plus d'un mois. Désormais je me sens chez moi à la jetée pour surfer, hormis le fait qu'elle est bondée de spectateurs. J'essaie de les oublier et de me concentrer sur les vagues. Je chasse tous les doutes de mon esprit.

Quand la première vague arrive, je suis remontée à bloc et je suis prête. La stratégie, c'est de rentrer un bon score tout de suite. Je ne vais rien faire de spectaculaire. Je vais juste surfer utile.

Je me mets à ramer et je sens la vague emporter ma planche. Je me lève et je prends de l'assurance quand je dévale sur la face de la vague. J'ai un instant d'hésitation lorsque j'essaie de décider si je veux faire un carve ou un cut-back, et à ce moment-là, je me vautre comme un « grommet » – c'est comme ça qu'on surnomme les jeunes surfeurs inexpérimentés. L'avant de ma planche s'enfonce dans l'eau et m'envoie valser devant. Je m'écrase sur l'eau, la figure en premier.

Tout se passe au ralenti tandis que je suis ballottée sous l'eau comme une poupée de chiffon. Je n'arrive pas à y croire. J'étais censée surfer cette vague sans prendre de risque et je n'aurai même pas obtenu de note. Je suis déjà à la traîne. Je commence à paniquer à cause du temps dont je dispose. Pas question de le laisser passer sans rien faire comme c'est arrivé à Nicole. Je remonte sur ma planche et je retourne au line-up en ramant.

Les autres surfeurs ricanent en me voyant. Pour eux, il est évident que je n'ai rien à faire dans le Championnat principal. En attendant mon tour, j'ai le sentiment d'avoir déçu les attentes de tout le monde et je commence à paniquer. Puis l'un des mecs me dit quelque chose.

– Qu'est-ce qu'il a, celui-là ? demande-t-il en pointant le doigt vers la jetée.

Sophie m'a mise en garde contre les distractions, alors je l'ignore. Assise à califourchon sur ma planche, je guette la houle. Puis j'entends un rire. Et un autre. Les autres surfeurs regardent tous la jetée, alors je finis par y jeter un œil aussi.

C'est Ben.

Il est planté au bout de la jetée vêtu d'un pagne en feuilles de bananier et d'un soutif en noix de coco. C'est exactement ce qu'il m'avait décrit et ça me fait éclater de rire. Sophie et Nicole sont avec lui. Ils dansent le *hula* tous les trois.

Leur numéro me guérit de ma crise d'angoisse. Mes amis me connaissent bien.

J'inspire lentement. Je vois une vague arriver et maintenant, je suis sûre d'être en phase. Sur la vague suivante, je combine un floater, où on surfe le long de la crête, avec un snap, où on effectue un dérapage sur la vague en faisant brièvement passer l'arrière de la planche à l'avant, avec le plus joli round-house cut-back que j'aie jamais fait. À la fin, je pompe en travers de la vague, ce qui est une sorte de carve ostentatoire, et enfin je remonte pour frapper la crête.

Quand je retourne au line-up, les ricanements ont cessé. Je vois qu'ils s'étonnent de ne m'avoir jamais remarquée avant.

– Comment tu t'appelles ? me demande un des mecs.
– Izzy Lucas, dis-je en m'installant à califourchon sur ma planche pour reprendre mon souffle.
– Belle vague, Izzy, répond-il.
– Merci.

Ma dixième place après la première manche me qualifie sans peine pour la demi-finale, mais je vais devoir donner bien davantage pour aller en finale. On sera répartis en deux groupes de huit et je suis dans le deuxième groupe. C'est bien, parce que ça me permet de me reposer un peu et d'élaborer une stratégie.

Papa vient me voir.
– À quoi tu penses ?
– Tu le sais bien.

Je vois à sa tête que c'est le cas. Je pensais tenter un aérial en finale, mais maintenant, je me dis que je vais devoir le faire rien que pour être qualifiée parmi les huit premiers.

– N'oublie pas que tu dois obtenir deux scores, me rappelle papa.
– T'inquiète. Je sais ce que je fais.

J'adore son expression. Un mélange de fierté absolue et d'assurance.

Je laisse cette assurance me gagner quand je m'éloigne en ramant pour la demi-finale. Bailey Kossoff, le champion sortant, est dans mon groupe. Il est calme et concentré. Je l'observe pour voir ce qu'il fait. Il est le premier de notre groupe à prendre une vague, et il met la barre très haut en surfant d'une façon agressive, avec un rythme aussi fluide que l'eau.

– Aïe, commente un des autres surfeurs. Tout ce qu'on peut viser, c'est la deuxième place.

Je décolle sur la vague suivante et, même si je guette une occasion de faire un aérial, la vague ne déferle pas exactement comme il faudrait. À la place, j'exécute un floater impeccable au sommet, puis je me baisse et je fais ce qu'on appelle un backside snap vertical. On prend le plus de vitesse possible et on fait dépasser la planche du sommet de la vague, puis on la rabat dessus d'un coup sec.

J'en suis contente, mais je pense quand même que je dois faire mieux pour aller en finale. Je suis décidée à ce que ce soit un aérial. J'essaie de décoller sur les deux vagues que je prends ensuite et, bien que je sois tout près d'y arriver, je tombe à chaque fois.

Je repars en ramant et je m'inquiète du temps qu'il me reste. Je n'ai obtenu qu'un seul score et, si je retente l'aérial et que j'échoue, je n'aurai peut-être pas d'autre chance.

Je ne peux pas réfléchir comme ça. Je sais que je peux y arriver, alors je vais tout donner.

Je prends la vague suivante et je me cantonne à des choses simples comme des carves pendant que je cherche l'endroit idéal pour décoller. Il m'apparaît comme une vision, et la vague déferle pile comme il faut. Je m'envole dans les airs et cette fois, je ne me baisse pas pour attraper le rail. Je fais confiance à ma planche et je vole. Et je vole encore. J'ai l'impression de rester en l'air pendant une éternité. Mes jambes fléchissent un peu quand j'atterris, mais je reste sur ma planche et je sens une bouffée d'adrénaline se diffuser dans mon corps. Je fais un autre cut-back et je termine ma vague.

Je suis trop exténuée pour y retourner et, même s'il reste un peu de temps, je décide d'en rester là pour cette manche. Si je n'ai pas obtenu des scores assez élevés avec ces vagues-là, je ne ferai pas mieux. Je marche jusqu'au rivage et je m'affale sur le sable.

– Quand est-ce que tu as appris à faire ça ? me demande Sophie en s'asseyant à côté de moi. Quand est-ce que tu as appris à faire un aérial ?

– À l'instant, dis-je en riant. C'est la première fois que j'en réussis un.

– Eh bien, tu as choisi un super bon moment pour ta première fois ! ajoute Nicole. Tu as vraiment décollé.

Une fois que j'ai repris mon souffle, je me lève et je rejoins le groupe de Surf Sisters. Mon père est radieux.

– Je t'avais bien dit que tu y arriverais !

Je lui souris, mais je suis toujours sur les nerfs.

On doit attendre quelques minutes avant que les scores soient enregistrés, et quand ils apparaissent, je vois que je suis qualifiée pour la finale. Je suis remontée à la sixième place, mais ça n'a plus d'importance maintenant, parce que tous les scores sont remis à zéro pour la finale.

Avant qu'on sorte, tous les finalistes posent ensemble

pour une photo sous le panneau *King of the Beach*. Non seulement je suis la seule fille du groupe, mais en plus, je suis la seule qui ne soit pas en lice pour Surf City.

Je pars voir Mickey et Mo pour leur demander des conseils de dernière minute quand soudain, Morgan Bullard me coupe la route.

– Morgan Bullard, dit-il en me tendant la main. Surf City.

– Je sais, dis-je. J'étais là tout à l'heure quand vous avez hurlé sur tout le monde.

Il ne se laisse pas démonter. Il se contente de glousser et de répondre :

– Qu'est-ce que je peux te dire ? Le surf, c'est une passion chez moi.

– Vous appelez ça de la passion ?

– Tu as été... impressionnante sur l'eau. Izzy, c'est ça ?

J'acquiesce, cherchant Mo du regard, en me demandant si c'est à cause d'elle que Morgan Bullard consacre un moment de sa précieuse vie à me parler.

– Je voulais juste me présenter et te dire qu'il pourrait y avoir une place pour toi dans notre équipe à l'avenir. C'est triste que Surf Sisters ferme, mais j'espère que tu envisageras de te joindre à nous à la saison prochaine.

– C'est très gentil à vous de me le proposer, dis-je avec toute la politesse que j'arrive à rassembler.

– Attention, ce n'est pas une offre officielle. Pas encore. Je voulais juste que tu saches que c'est une possibilité.

– Bien sûr.

Bullard se penche vers moi. Ses lèvres ne sont qu'à quelques centimètres de mon oreille. Sachant que c'est presque intolérable de partager une plage de plusieurs kilomètres de long avec cette crapule arrogante et trop bronzée, je dois faire appel à mes dernières réserves de zen-attitude pour supporter cette position intrusive.

– Réfléchis-y, chuchote-t-il en se détournant pour s'en aller quand Ben arrive à point nommé pour me donner les derniers scores affichés.

– Tu as été fantastique, lance Ben. Quand tu as décollé dans les airs, j'ai eu des frissons. Je suis tellement fier de toi !

– Merci, dis-je en tâchant d'oublier ma rencontre avec Bullard et de rester concentrée sur ce qui doit suivre. Alors ? C'est quoi, le nombre magique ? Je dois finir à quelle place ?

– La troisième, dit-il.

Je laisse échapper un soupir.

– Vraiment ? La troisième place ? Je croyais que tu avais dit que je devais finir dans les cinq premiers.

– C'était avant que Surf City rafle les sept autres places pour la finale du Championnat principal. En quatrième place, vous finiriez ex aequo, mais Surf City gagnerait l'épreuve subsidiaire. Tu vas devoir finir troisième pour remporter le trophée.

En cet instant, ma stratégie est simple. Je dois mieux surfer que je n'ai jamais surfé de toute ma vie pour arriver en troisième place. Il faut que j'enregistre deux scores monstrueux. Ça ne servirait à rien d'obtenir deux scores corrects pour être tranquille comme dans les premières manches. Je dois viser le maximum possible.

Je sors pleine d'énergie et je réussis un aérial lors de ma première vague. Je ne sais pas jusqu'où je m'élève dans les airs, mais Bailey Kossoff me tape dans la main quand je retourne au line-up. Je fais une autre vague superbe où je réussis plusieurs figures en rapide succession. Chacune se fond directement dans la suivante. Curieusement, j'entends de la musique dans ma tête, comme si je surfais de note en note.

Je suis contente de mes vagues, mais ça ne me paraît pas suffisant pour être troisième. Je dois en faire plus et il faut que ce soit spectaculaire. Alors que l'heure tourne, il ne reste plus que Bailey et moi au line-up.

– Elle est pour toi, lance-t-il quand une vague arrive.

Je commence à ramer, puis je me retire. Je pense qu'elle ne vaudra pas grand-chose. Il me sourit et la prend à ma place. J'ai un peu peur d'avoir tout gâché.

Je sais que je n'ai plus beaucoup de temps, mais j'ai appris une chose en venant ici tous les jours. La jetée est un break bizarre, et souvent, après une série de bonnes vagues, il y a une vague isolée qui arrive et qui est encore mieux. Je contemple ma planche un moment, et l'Œil du cyclone dessiné dessus m'aide à me concentrer. Puis je regarde l'eau et je vois la vague isolée que j'espérais.

– La voilà ! je m'exclame, bien qu'il n'y ait personne pour m'entendre.

Je me mets à plat ventre et je rame de toutes mes

forces. J'essaie de me vider la tête, mais je n'y arrive pas. Au lieu de penser à la vague et au surf, je pense à tout le reste. Une foule d'images défile dans mon esprit : ma rencontre avec Ben, mes cours avec les enfants du centre aéré, notre baiser au bout de la jetée, nos adieux à l'aéroport, la tête de Nicole quand on nous a offert nos planches. C'est comme si je regardais dix télévisions en même temps.

Une vague, c'est un événement cosmique, et pour faire naître celle-ci, il a fallu bien davantage que l'attraction gravitationnelle de la Lune et la puissance de l'océan. Celle-ci, c'est le résultat d'un été qui ne ressemble à aucun de mes étés précédents. Je surfe comme dans un rêve. Et avant même de m'en apercevoir, je me retrouve entourée d'eau de tous les côtés. Je suis dans le tube, et tout s'écroule autour de moi tandis que je fonce vers la lumière au bout du tunnel.

J'imagine qu'ils sont en plein délire dans notre petit groupe de supporters et, quand j'émerge à l'autre bout et que je remonte sur la face de la vague, je me sens invincible. Je glisse et je tourne jusqu'à ce que les derniers vestiges de la vague disparaissent. Alors je descends de ma planche et je saute dans l'eau. J'ai l'impression d'être dans un état second. Puis le clairon retentit et me rappelle à la réalité. C'est fini. J'ai terminé à peine quelques secondes avant le signal, mais j'ai terminé à temps.

Les deux premières personnes à m'accueillir sont Nicole et Sophie, qui me prennent dans leurs bras avec tant d'ardeur qu'on s'écroule dans l'eau.

– C'était fabuleux ! crie Sophie. Fabuleux !

C'est bizarre parce que, à part le moment où j'ai surfé dans le tube, je ne sais pas trop comment ça s'est passé. J'ai tout fait à l'instinct.

– Oh la vache, Izzy ! ajoute Nicole en m'aspergeant d'eau avec ses pieds. Oh la vache !

Je prends ma planche et on retourne sur la plage, où je détache mon leash avant de m'asseoir sur le sable pour reprendre mon souffle. Je vois beaucoup d'activité dans la tente des juges, qui additionnent les derniers scores. Je me lève pour y aller.

– Belle vague, Surf Sister, commente Bailey quand je passe devant lui. Très belle vague.

– Au fait, Bailey ! je lance dans son dos.

Il se retourne en écartant les cheveux mouillés collés sur son front.

– Dis à ton patron qui ne craint personne que je le remercie, mais c'est non.

En inspirant à fond, j'essaie de m'imprégner de tout. La plage, le bruit de l'océan, les sensations incroyables qui m'envahissent.

– Je ne peux pas surfer pour lui. Je ne le ferai pas.

Bailey sourit.

– J'espère bien que non. À la prochaine, Surf Sister, dit-il en partant rejoindre son équipe, qui est déjà en train de le féliciter.

Mo se dégage de l'attroupement sous la tente des juges et vient vers moi. Elle a les yeux rouges et semble prête à pleurer. Mon cœur se serre.

– J'ai réussi ? je demande. J'ai fini troisième ?

Elle secoue tranquillement la tête.

– Non, ma chérie. Tu n'as pas fini troisième.

Effondrée, je laisse ma tête s'écrouler sur son épaule. Elle passe un bras autour de moi et me tapote le dos. Puis elle me chuchote à l'oreille une chose que je n'aurais jamais imaginé entendre :

– Tu as gagné.

La fête pour célébrer la victoire des Surf Sisters commence sur la plage puis migre vers la boutique, où elle se mue en vraie grosse soirée avec de la musique et des choses à manger. Je ne compte plus les accolades et les embrassades de félicitations et, à un moment, je vais jusqu'à pleurer lorsque Mickey et Mo me font poser pour une photo avec le trophée de King of the Beach devant l'écriteau d'origine : *STEADY EDDIE'S SURF SCHOOL.*

Quelques heures plus tard, je n'ai toujours pas intégré la nouvelle. Je n'arrive pas à croire que j'ai gagné. Je ne sais pas comment j'ai fait. J'ai entendu diverses descriptions de ma dernière vague, mais je n'arrive toujours pas à m'en remémorer la majeure partie. Cela dit, tout va bien maintenant, plus que bien : je danse un slow avec Ben sur le toit de la boutique. Ça semble être l'endroit approprié, sachant que c'est ici que j'ai mis tout le monde au défi de reprendre le trophée à Surf City. Mais jamais, même dans mes rêves les plus fous, je n'aurais cru qu'on y arriverait vraiment.

– Si tu es le « roi de la plage », je suis quoi, moi ? demande Ben. Le Premier mec ? Le royal amoureux ?

– Amoureux ? je répète en haussant les sourcils. On utilise cette étiquette, nous ?

Il toussote et s'agite. Je continue :

– Je gagne King of the Beach et tout d'un coup, on est de nouveau des amoureux ?

À présent, il a l'air horrifié. J'éclate de rire.

– Je plaisante, dis-je. Tu as conquis ta place d'amoureux pour de bon quand tu as enfilé un soutif en noix de coco et dansé le *hula*. Ça m'a sauvée. J'étais paniquée, mais quand je t'ai vu là-bas sur la jetée, je me suis rendu compte que tout irait bien. Et pas seulement pendant le championnat. Tout.

– Le bout de la jetée nous a toujours été utile, dit-il.

– C'est sûr.

Il se penche vers moi et me donne un rapide baiser.

– Tu sais, à un moment, on va devoir l'avoir, cette Discussion avec un grand « D ».

Je lève les yeux vers lui tandis qu'on tangue sur la musique hawaïenne qui monte de la sono, en dessous. On n'a pas parlé de la fin de cette histoire. On n'a pas évoqué de tentatives pour que ça marche à distance. C'est tellement compliqué. Je ne suis toujours pas prête à le dire tout haut.

– Il me reste dix jours de l'été le plus fabuleux de ma vie. Je sais qu'il va finir, mais je n'y peux rien. Alors je vais profiter au maximum de chaque jour qui reste.

– Tu as fait ça aujourd'hui, en tout cas, c'est sûr.

Je m'autorise un moment de fierté et j'affiche un grand sourire.

– C'est vrai, hein ?

– Bon, dit-il. On va attendre, on aura cette discussion la veille de mon départ. Le soir.

– Au bout de la jetée, dis-je. Mais pour le moment, on se contente de danser.

Il me regarde bizarrement.

– Je ne savais pas que c'était toi la chef.

– Ah non ? On est à la plage et je suis le roi. J'ai un trophée qui le prouve, là-bas.

Il rit de plus belle et me serre contre lui. J'appuie mon oreille contre sa poitrine et on continue à danser sur la musique douce. Je n'avais jamais ressenti de ma vie ce que je ressens en cet instant.

Il y a quelques semaines, je m'attendais à ce que ces derniers jours soient les pires. Je pensais que je vivrais dans l'angoisse le compte à rebours jusqu'au 25 août. Bizarrement, ce n'est pas le cas. Je ne sais pas si c'est parce que je suis dans une sorte de déni et si je serai une loque sanglotante le 24, ou si j'ai réussi je ne sais comment à accepter que je ne peux pas contrôler les choses. Je ne dis pas qu'il n'y a pas des moments où je flippe ou m'apitoie sur mon sort, mais en général, ça passe vite.

Le dernier jour du stage de surf est mémorable parce que tous les gamins fêtent notre victoire à King of the Beach. En tant que membres de l'équipe des Surf

Sisters, Rebecca, Tyler et moi recevons des couronnes en carton que nous portons pendant la majeure partie du cours. En temps normal, je ne l'aurais pas fait, mais les gamins y tiennent et je vois que ça exaspère Kayla. Ben a un petit appareil photo waterproof qu'il utilise pour filmer tous les enfants en train de surfer. Puis il leur fait une surprise et leur montre qu'il est devenu bon en surf, lui aussi. À la fin du cours, on organise une cérémonie de remise des diplômes : Mickey et Mo leur donnent leur diplôme officiel de surf et on pose tous pour une photo de groupe.

Tous les soirs, avec Ben, on se promène sur la plage et on va voir le nid de la tortue. Quelquefois on reste juste assis dans le sable pendant plus d'une heure en regardant le nid et en parlant de choses et d'autres – de tout sauf l'avenir. Puis un soir, alors qu'on s'apprêtait à se lever, je vois le sable qui recouvre le nid bouger très légèrement.

– Regarde ! je chuchote. Je crois que le moment est arrivé.

Le sable commence à s'écrouler et on voit une minuscule caouanne de moins de cinq centimètres de long sortir la tête du sable.

– Elle est tellement petite, dit Ben. Comment est-ce possible qu'elles deviennent si grosses ?

Ça s'agite et l'une après l'autre, de petites têtes de tortues émergent du sable : les bébés sortis de leur œuf se servent de leurs minuscules nageoires pour se hisser sur la plage. Au bout de trente secondes, il y en a près d'une centaine.

– Regarde-les ! souffle Ben, ébahi.

– Elles vont s'orienter grâce à la lune, je lui rappelle. Le reflet de la lune sur l'océan leur sert de guide.

– C'est la chose la plus incroyable que j'aie jamais vue.

Ben se tourne vers moi dans le clair de lune et ajoute :

– Enfin, peut-être la deuxième chose la plus incroyable que j'aie jamais vue.

– Ah oui ? je demande. C'est quoi la première ?

Il hausse les épaules timidement, puis se lève et suit les bébés tortues qui rampent vers la mer.

Je lui emboîte le pas et, une fois que la dernière tortue a rejoint l'eau, j'appuie ma joue contre son dos et je l'enlace.

– Alors ? C'est quoi la chose la plus incroyable que tu aies jamais vue ?

– C'était une fille... dit-il. Elle avait une fossette sur le menton.

– Et des yeux qui avaient l'air de changer de couleur ? je plaisante.

– Exactement. Et une grosse tache de guacamole sur son T-shirt.

Il se tourne face à moi, mais je garde les bras autour de lui.

– Tu ne me laisseras jamais oublier ça, hein ?

– Moi, en tout cas, je ne l'oublierai pas.

– Tu n'as pas non plus intérêt à oublier que j'ai des

photos de toi... sur la plage... avec des chaussures et des chaussettes, un short de sport, une ceinture et un polo rentré dans ton short. Je parle de preuves photographiques qu'on peut agrandir et imprimer.

Il m'attire plus près de lui encore.

– Je ne me suis habillé comme ça que pour attirer ton attention. Je savais que tu serais obligée de me venir en aide.

Je me dresse sur la pointe des pieds et je l'embrasse. Je ferme les yeux et je laisse mes lèvres s'attarder un moment sur les siennes.

– Tu sais quoi, je ne t'ai pas encore invitée officiellement au Bal des châteaux de sable, dit-il.

– Je me demandais quand tu te déciderais. Et je trouve que c'est une grave omission de ta part.

– Ah oui ?

– Au début de l'été, je suis sûre que j'aurais sauté sur l'occasion d'aller au bal avec toi. Mais maintenant que je suis le « roi de la plage », j'ai d'autres propositions à étudier.

Il me regarde et je vois la lumière de la lune danser dans ses yeux.

– Ne plaisante pas avec ça, dit-il.

Je l'embrasse pour me faire pardonner.

– Excuse-moi.

– Isabel Lucas, aimerais-tu venir au Bal des châteaux de sable avec moi ?

– Tu ne peux pas imaginer à quel point.

Il m'embrasse à nouveau, puis on se remet à marcher sur la plage.

Il ne reste plus que trois jours d'été.

Depuis plus de cinquante ans, le Bal des châteaux de sable marque la fin de la saison estivale. Les gens d'ici sortent au Kiosque et dansent toute la nuit. Nicole et moi y sommes allées très souvent, mais cette année, c'est spécial parce que c'est la première fois que nous irons avec un cavalier, toutes les deux. On est chez moi et je mets les dernières touches à ma tenue.

– Tu es superbe, dit Nicole quand elle me voit avec ma robe.

– Vraiment ?

– Absolument.

– Toi aussi, dis-je.

Je porte une robe blanche en dentelle à fleurs sur une doublure douce. Je cherchais quelque chose de joli et de confortable qui soit encore classe après des heures à danser dehors par une nuit chaude et humide. Un compromis difficile.

Ben et moi y allons officiellement à quatre avec Nicole et Cody. Le copain de Sophie, qu'elle a rencontré à l'Université d'État de Floride, vient aussi, mais ils nous retrouveront là-bas.

– Il a été fabuleux, cet été, non ? je lui demande. Sérieux.

– Un vrai tourbillon, dit-elle. À commencer par le premier jour de Sophie à la boutique.

– C'est le jour où j'ai rencontré Ben.

– Et où tu m'as condamnée à parler à Cody.

Je souris.

– Il s'est avéré que c'était une bonne journée pour nous deux.

Elle me regarde et je vois qu'elle est soucieuse.

– Ça va aller, toi ?

Je hoche la tête.

– Il le faut bien.

– Tu le lui as dit ?

– Non.

Elle s'apprête à dire autre chose, mais on frappe à la porte d'entrée, au bout du couloir.

– Ils sont arrivés ! dis-je en me levant pour y aller.

Nicole me suit de près et, avant que j'aie pu ouvrir, elle me prend l'épaule.

– Dis-lui ce que tu ressens. Vous vous devez ça à tous les deux. À lui comme à toi.

J'acquiesce.

On inspire à fond et on ouvre la porte. Ben et Cody se tiennent côte à côte sous le porche. Suivant la tradition, ils portent tous les deux un short de surf, une chemise à manches courtes et une cravate.

– Oh là là... waouh ! s'exclame Ben. Tu es magnifique.

– Tu n'es pas mal non plus, dis-je en m'efforçant de ne pas trop rougir.

Le bal est super. Le groupe est marrant (c'est Ben qui l'a choisi) et joue des reprises de différentes époques. C'est important parce que c'est un bal pour tous les âges. Il y a des couples mariés depuis plus de cinquante ans qui dansent aux côtés d'adolescents comme nous.

– Je sais que notre grande discussion n'est prévue que demain soir, dis-je pendant qu'on danse un slow. Mais il y a quelque chose que j'ai besoin de te dire ce soir.

– D'accord, dit Ben. C'est quoi ?

– Je t'ai menti.

Il me regarde d'un air inquiet.

– Quand ?

– La première fois qu'on est montés sur la chaise de sauveteur. Je t'ai questionné à propos de Beth et de la raison de votre séparation.

– Oui, c'était une conversation sympa.

– Bref, tu m'as dit que tu avais rompu avec elle parce qu'elle était amoureuse de toi et que tu n'éprouvais pas les mêmes sentiments pour elle. Ensuite j'ai dit...

– « Heureusement pour nous, on n'a pas ce genre de problème. On sait tous les deux que c'est juste pour l'été, entre nous. »

Je suis étonnée qu'il cite aussi précisément ce que j'ai dit ce soir-là.

– Tu t'en souviens très bien.

– Oui, très bien.

– C'était un mensonge.

– Je sais.

Sa réponse me prend au dépourvu.

– Comment ça, tu le sais ?

– Je savais que c'était un mensonge, ce soir-là. Tu

avais peur que je te quitte, toi aussi, si tu me disais que tu m'aimais.

J'arrête de danser et je le regarde dans les yeux.

– Tu savais que je t'aimais ?

Il acquiesce.

– Mais tu ne m'as pas quittée.

Il secoue la tête.

– Est-ce que ça veut dire...

– Que je t'aime, moi aussi ? Oui. Je t'aime depuis le début, Izzy. Je suis follement, désespérément amoureux de toi. Tu ne le savais pas ?

Des larmes roulent sur mes joues.

– En tout cas, maintenant, je le sais.

Par chance, il y a encore deux slows d'affilée, ce qui me donne le temps de reprendre contenance.

– Bravo, Ben, dit Sophie quand on retrouve les autres à notre table. Tu as organisé un super Bal des châteaux de sable.

– Oh, merci.

Les garçons se dirigent vers le bar pour aller nous chercher des sodas. Nicole remarque que j'ai les larmes aux yeux.

– Tu lui as dit, hein ?

J'acquiesce.

– Et ? demande Sophie.

– Et il m'aime aussi.

C'est à ce moment-là que ça me frappe. C'est à ce moment-là que je comprends ce qui me tracassait. Je n'avais pas peur qu'il ne soit pas amoureux de moi.

J'avais peur qu'il le soit. Parce que ça rend encore plus pénible ce qui va arriver.

– Il est amoureux de moi et il s'en va.

– Ça va aller, m'assure Nicole. Je te le garantis.

– Je sais. C'est juste difficile à imaginer.

J'essaie de me ressaisir quand je vois les garçons revenir dans notre direction. Puis il se passe quelque chose d'inattendu.

– « The Rockafeller Skank » ! je hurle quand ma chanson préférée résonne dans les haut-parleurs.

Le groupe fait une pause et un DJ a pris le relais.

– C'est toi qui as organisé ça ? je demande à Sophie.

– Non, fait-elle en riant.

Les garçons arrivent à notre table. Je me tourne vers Ben.

– C'est toi qui as choisi cette chanson ?

Il acquiesce.

– J'ai sélectionné toute la musique. Tu l'aimes bien ?

Je souris.

– Tu peux le dire.

Je regarde les filles l'une après l'autre et on sait précisément ce qu'on doit faire.

– Bien, les garçons, dit Sophie. Essayez de nous suivre.

Les trois garçons n'ont aucune idée de ce qui va se passer, mais Sophie, Nicole et moi, on part sur la piste de danse, on se tourne vers eux et on fait une chose qui nous aurait parue impensable jusqu'à présent. On lâche l'Albatros en public.

La fille timide que j'étais autrefois n'existe plus.

Le 24 août est la dernière journée complète de Ben à Pearl Beach. Malheureusement, je ne suis pas la seule personne dans sa vie, et je dois partager cette journée avec d'autres gens. Il travaille quelques heures au Département des Loisirs, et ils l'emmènent déjeuner. Il doit aussi dîner avec son oncle et sa tante. Ce qui veut dire que j'aurai droit à un petit moment avec lui l'après-midi, puis on doit se retrouver à la jetée après le dîner.

Vu les larmes qui ont coulé au bal, je commence à craindre que la conversation tourne au mélodrame, mais je suis décidée à rester légère et gaie l'après-midi, quand il viendra dire au revoir chez Surf Sisters. *Si* il vient, du moins. Pour le moment, il a trois quarts d'heure de retard.

– Arrête de regarder par la fenêtre, grogne Sophie. Il arrivera quand il arrivera.

– Je sais. Tu as raison.

Le téléphone sonne et je vois que c'est lui.

– Salut, dis-je. T'es où ?

– Je suis désolé, répond-il. J'ai été retenu au boulot. Est-ce que Mickey ou Mo est là ?

– Mo est en congé aujourd'hui, mais Mickey est là. Pourquoi ?

– Il faut que je lui parle, dit-il, énigmatique. C'est important.

Ça me paraît bizarre, mais je passe le téléphone à Mickey et ils ont une brève conversation.

– De quoi s'agit-il ? je demande à Ben quand je le reprends.

– Je t'expliquerai quand je serai là.

Là-dessus, il raccroche.

Vingt minutes après, Mo arrive avec un homme que je ne connais pas. Ils retrouvent Mickey dans le garage.

– Qu'est-ce qui se passe ? me demande Nicole.

– Aucune idée.

Enfin, Ben entre dans la boutique. Quand il me voit, il me sourit, me serre fort dans ses bras et m'embrasse.

– Désolé d'être en retard. Où sont Mickey et Mo ?

– Dans le garage. Pourquoi ?

Il sourit de plus belle.

– Viens. Je vais te le dire en même temps qu'à elles.

Par chance, il n'y a pas beaucoup de clients, alors Sophie, Nicole et moi pouvons toutes suivre Ben dans le garage.

– Je suis désolé d'avoir fait tant de mystères, commence Ben. Mais j'ai essayé de trouver un cadeau d'adieu génial pour Izzy, et je crois que j'ai réussi.

On ne comprend rien.

– C'est quoi, ton cadeau ? demande Mo.

– Je pense avoir trouvé un moyen de sauver la boutique.

Mickey et Mo inspirent vivement. Les filles et moi, on a le souffle coupé, nous aussi.

– Qu'est-ce que tu racontes ? fait Mo.

– C'est le meilleur cadeau auquel j'aie pu penser, explique Ben. Izzy adore cet endroit, alors j'ai pensé qu'il fallait que j'essaie de le sauver. Vous comprenez, mon père est un mari vraiment nul, mais c'est un formidable avocat. On discutait tout le temps des affaires sur lesquelles il travaillait et il m'a appris à chercher le petit détail qui change tout.

– Comme le petit détail sur la constitution des équipes pour King of the Beach ? je demande.

– Exactement.

– Et tu as trouvé un détail qui peut nous aider ? intervient Mo, incapable de contenir son impatience.

– J'espère. C'est lui, l'avocat dont vous m'avez parlé ?

Il désigne l'homme qui est avec elles.

– Oui, confirme l'homme.

Mickey et Mo trépignent, tout excitées.

– C'est quoi, ce détail qui change tout ? demande Mickey.

– Luigi's Car Wash, dit Ben.

On met un moment à réagir, mais tout le monde dans la pièce, hormis Ben, est dégrisé. Il ne sait pas qu'elles ont déjà envisagé cette solution.

– Le lave-auto-pizzeria de Luigi est protégé grâce aux lois qui étaient en vigueur quand il a ouvert, continue Ben. On ne peut pas le forcer à vendre son commerce, et vous non plus.

– En fait, nous, si, déclare Mo, qui a perdu tout espoir. Surf Sisters a ouvert quatre mois après la divulgation de la nouvelle loi. Nous ne sommes pas protégées.

– Non, admet Ben. Surf Sisters n'est pas protégé.

Il ouvre son sac à dos et en sort un gros dossier.

– Mais l'école de surf de Steady Eddie, si.

Il tend le dossier à l'avocat et poursuit :

– Une partie de mon boulot, cet été, consistait à numériser les vieux dossiers papier. J'ai dû scanner les milliers de documents que le Département des Loisirs avait accumulés. Parmi ces dossiers, il y avait les contrats pour que l'école de surf de Steady Eddie donne des cours de surf et de sécurité en mer aux enfants du centre aéré. Ces contrats remontent à plus de vingt ans avant que Mickey et Mo ouvrent Surf Sisters. Mais l'adresse sur tous ces contrats, c'est celle de cette maison, c'est-à-dire la boutique dans laquelle on se trouve en ce moment, me semble-t-il.

Je jette un coup d'œil à Mickey et Mo, et je vois qu'elles sont au bord des larmes.

– Aujourd'hui, l'école de surf de Steady Eddie est toujours nommée dans ces contrats. Ce qui veut dire que cette entreprise opère dans les mêmes locaux depuis plus de cinquante ans, ce qui répond aux critères indiqués dans la loi.

Mo est la première à lui sauter dessus. Elle le prend dans ses bras et le serre de toutes ses forces. Mickey la suit de près.

– Comment tu as fait ? demande Mo.

Ben hausse les épaules.

– Qu'est-ce que tu veux dire ?

– Je veux dire, qu'est-ce qui t'a poussé à trouver tout ça ?

– C'est simple, répond-il. Izzy vous adore... et j'adore Izzy.

La pleine lune flotte au-dessus de l'océan et inonde les vagues de lumière. Je marche sur la jetée et j'essaie de réfléchir à ce que je pourrais bien dire à Ben. Il vient de m'offrir l'été le plus fabuleux de ma vie, et ce soir, je vais devoir lui dire au revoir. Techniquement, je lui dirai au revoir demain à l'aéroport. Mais il y aura d'autres gens et un avion à prendre. Les véritables adieux, ce sera ce soir. Rien que nous deux sur *notre jetée.*

Je regarde devant moi et je vois qu'il m'attend déjà. Il me tourne le dos, assis au bout de la jetée, et bien qu'il ne soit qu'une silhouette dans le clair de lune, je le reconnais de loin.

Sans un mot, je m'assieds à côté de lui et je lui prends la main.

Il se tourne vers moi et commence à parler, mais je pose un doigt sur ses lèvres pour pouvoir parler la première.

– J'y ai réfléchi et, même s'il paraît que l'amour à distance ne marche pas, je ne vais pas te laisser t'en aller pour toujours. On peut se parler sur Skype, se téléphoner et s'écrire. Tu viendras certainement rendre visite à ton oncle et j'ai déjà commencé à économiser de l'argent pour venir dans le Wisconsin. Tu pourras me faire découvrir Madison comme je t'ai fait découvrir Pearl Beach. Et il ne nous reste que deux ans avant la fac. On ne sait jamais, on pourrait bien se retrouver dans la même.

Il secoue légèrement la tête et mon cœur se serre.

– Je ne pense pas que ça puisse marcher.

– Pourquoi pas ?

Il me touche la joue.

– Il s'avère que ma mère n'a pas été très honnête avec moi.

– Comment ça ?

– Quand elle m'a dit qu'elle voulait que je passe l'été ici pour m'épargner toutes les disputes, ce n'était pas la seule raison.

– Et c'était quoi, l'autre raison ?

– Elle voulait que je voie si je me plaisais ici. Elle a l'intention de revenir s'installer à Pearl Beach pour y démarrer une nouvelle vie quand le divorce aura été prononcé. La seule question qui reste, c'est de savoir si elle va le faire tout de suite ou une fois que j'aurai fini le lycée.

– Quand est-ce que tu as appris ça ?

– Ce soir, au dîner. Elle m'a fait la surprise de venir pour m'en parler. Si on décide de rester, elle va se mettre à la recherche d'un nouveau travail.

Mon cœur s'emballe.

– Comment elle va décider ?

– Elle m'a dit que c'était à moi de décider. Elle sait que c'est dur de déménager au milieu des années lycée. Et que toute ma vie est là-bas... Enfin, presque toute ma vie.

– Ne t'installe pas ici à cause de moi, dis-je.

– Hein ?

– C'est injuste pour toi comme pour moi. J'adorerais que tu vives ici. Mais si tu emménages ici à cause de moi, le jour où ça tournera mal, ce sera ma faute. Tu finirais par m'en vouloir. Si tu m'aimes vraiment autant que je t'aime, on trouvera un moyen de faire en sorte que ça marche à distance. Mais si tu emménages ici, il faut que ce soit parce que tu t'y sens chez toi.

– Je sais, dit-il. Je suis arrivé à la même conclusion. Et c'est difficile, parce que tu représentes l'essentiel de ce que j'aime ici. Je viens de passer une heure à peser le pour et le contre pour essayer de trouver ce que je dois faire.

– C'est bien.

Il se lève et regarde l'eau. Je me redresse à côté de lui.

– En fait, j'ai passé cinquante minutes à essayer de trouver ce que je dois faire... et dix à essayer de trouver comment te le dire.

Ça n'est pas bon signe, mais curieusement, je me sens assez forte pour l'entendre, même si ça veut dire qu'il rentre chez lui. Il tourne le dos à l'océan pour me faire face.

– O.K., dis-je. Je suis prête. Quelle que soit ta décision.

Il a une expression étrange, et je mets un moment à m'apercevoir qu'il est en train de tomber lentement à la renverse.

– Mais qu'est-ce que tu fabriques ?

– Je fais ce que font toutes les caouannes dignes de ce nom ! lance-t-il. Je suis la lumière de la lune pour rejoindre l'océan.

Je baisse les yeux et je vois son sourire, son merveilleux sourire alors qu'il me regarde depuis l'eau noire.

– Qu'est-ce que tu as décidé ?

– Tu vas devoir me rejoindre ici pour le savoir.

– L'eau est comment ?

– À ton avis ? Elle est *cradool* !

Je vide mes poches, j'enlève mes sandales et, sans réfléchir une seconde, je saute. Je sens une décharge d'adrénaline dans tout mon corps et je ferme les yeux en me préparant au choc, prête à tomber à l'eau pour voir où le courant me mènera.

Glossaire
de l'école de surf de Steady Eddie

aérial (ou air) : figure qui consiste à remonter sur la face d'une vague, décoller au-dessus de la crête et retomber sur la même vague.

aileron (ou dérive) : pièce incurvée fixée sous la planche de surf.

backside snap vertical : quand un surfeur prend autant de vitesse possible avant de faire décoller sa planche du sommet de la vague et de la faire retomber d'un coup sec (dos à la vague).

bodyboard (ou boogie-board) : petite planche utilisée pour surfer à plat ventre sur les vagues.

canard : en ramant, passer sous une vague qui vient droit sur le surfeur.

carving (ou carve) : virage sur le rail de la planche permettant de se rapprocher de la mousse, une zone où la vague a encore de la puissance à offrir.

courant d'arrachement : fort courant venant du rivage en direction du large.

cut-back : virage sur l'épaule de la vague pour revenir

au point de déferlement, là où elle a le maximum de puissance.

déchirer : terme employé pour décrire une personne qui surfe bien (on dit aussi « il fracasse », « il envoie du lourd »).

fins-free snap : virage très serré où les ailerons dérapent du sommet de la vague.

fish : planche de surf épaisse et courte utilisée pour surfer des petites vagues.

floater : figure qui consiste à glisser sur la lèvre de la vague au moment où elle se met à déferler.

grommet : jeune surfeur inexpérimenté.

hang ten : position de surf avec les dix orteils recourbés sur le bord avant de la planche.

Kelly Slater : né en Floride, il a été onze fois champion du monde et est considéré comme le plus grand surfeur de tous les temps.

latte centrale : fine bande de bois qui s'étire au centre de la planche de surf pour la renforcer.

leash : cordon qui relie la planche de surf à la cheville du surfeur.

line-up : zone où les surfeurs attendent la vague pour démarrer.

nosedive : quand le nez de la planche de surf se plante sous l'eau et projette le surfeur par-dessus l'avant de la planche.

rail : bord latéral de la planche de surf.

round-house : virage à 180 degrés.

snap : quand un surfeur effectue un dérapage sur la

vague en faisant brièvement passer l'arrière de la planche à l'avant du sens d'évolution.

softboard : planche de surf pour débutants, avec un dessus en mousse.

tube : tunnel que forme la vague en déferlant et dans lequel le surfeur peut entrer. Lorsque le surfeur est recouvert par le déferlement, on dit qu'il tube.

wax : paraffine que l'on étale sur la planche pour une meilleure adhérence.